———— 阅读之前 没有真相

午夜文库

限时七日的委托

[日]方丈贵惠 著
任虹雁 译

NEWSTAR PRESS
新星出版社

目 录

1	序章
5	第一章
29	间奏 1
31	第二章
147	间奏 2
149	第三章
237	间奏 3
240	第四章
322	间奏 4
325	尾声

序章

3月13日　22:00

"喂，是我，是我……糟了，摊上大事了。"

"怎么了，翔大哥？"

听见电话那头传来回应，我立刻打起精神倾诉起来。

"听声音……是悟吧？我在名沿站前的十字路口出了点事故，撞倒了一个老太婆。看那样子……妈的，那老太婆怕不是当场死亡了。"

电话那头倒吸一口凉气，我听见悟把同伴都叫到了身边。

悟那帮人向来听话得像一群忠犬，这会儿他们大概已经在手机旁围了一圈，正屏息凝神地等我指示呢。

"我马上派人去接您！"

我神情悲壮。

"我是完了。虽然把证据车沉进了湖里，但还是被监控拍到了，脱不了干系。很快他们就会抓到我了。"

"逃跑需要钱吧？我手头还有——"

"别误会！我打这个电话，只是想通知你们逃走。警方还得花几天时间才会查到我在搞电信诈骗。趁此机会你们赶紧把事务所清空，逃吧！"

"翔大哥……"

悟的声音带上了鼻音,大概是哭了。我的眼中也泛起泪花。

"悟,从今以后你来当老大,替我管好一切,死守每月三亿的营业目标,该带什么走,你清楚吧?"

电话那头传来匆忙翻纸的声音,大概是在确认逃跑用的指导手册。

"呃……所有的收入、电脑、手机、'肥猪'名单,还有……电话话术手册,对吧?"

"别忘了放在仓库里的账本!现在马上拿出来,整理好了放在事务所备着。一定要在天亮前离开那里。还有,现在通话的手机和 SIM 卡也要处理掉。"

"明白了。"

电话那头越来越吵闹。事务所里传来杂乱的脚步声、吵闹声,还有数钞票的声音。

——看来,我这辈子都没机会见到悟他们了。

草草告别后,我挂断了电话,取出 SIM 卡,连手机一起用毛巾包好,然后抄起铁锤砸了个稀碎。

证据销毁完毕。

我用手指擦去眼角的泪水。其实,从刚才开始我就一直在努力憋笑,憋得眼泪哗哗直流。

"哈哈,一群笨蛋。"

我在柔软的沙发上坐下,抬头望向装满蓝光电影碟的架子。当然,我丝毫没有逃跑的打算。

"今天就看《骗中骗》吧!"

这是一部经典智斗犯罪片,讲述了由保罗·纽曼和罗伯特·雷德福饰演的骗子拍档设下一场惊天大骗局欺骗黑帮的故事。

电影开始二十分钟左右,我听见警车的鸣笛声。

"哦,开始了。"

打开SNS一看,悟他们事务所所在的楼前停满了警车,有人上传了现场视频。看来,警方第一批人马已经发现了这个电诈集团的事务所,更多增援正在赶来的路上。

我微微一笑。

"真是的,堂堂电诈集团,居然也会被这种'是我、是我'的低端诈骗绕进去,太丢人了吧?"

很明显,我根本不是翔。

和那种人渣不同,我开车从不超速,不碰大麻,垃圾分类也总是执行得一丝不苟。悟听到的那个撞倒老太婆的故事,更是子虚乌有。

我叫黑羽乌由宇。

人称"完美犯罪代理人"。

这一次,诈骗受害者开出三百万日元的报酬委托我彻底摧毁这个电诈集团。当然了,表面上看,委托人和我都跟这件事毫无瓜葛——也就是所谓"完美犯罪"。

——要我说,那些以诈骗手段伤害他人的家伙,就该先尝尝被人骗的滋味,再进监狱蹲着。

于是我借助可以随意变声的App,伪装成电诈集团的头目翔,把那些天天用电话"杀猪"骗钱的电诈员反骗了一通。

"哼,一出事就只会翻指导手册……"

这些电诈员从来不会独立思考。正因如此,我几句话就骗他们搬出了被翔藏在仓库里的诈骗证据。接下来,只要找准时机向警方举报,让他们突袭事务所,就大功告成了。

我眯起双眼。

——最后剩下的，只有头目翔了。

不过，他这会儿应该因其他罪名被捕了吧。

我花了整整十天，引导翔相信某个人是毒品贩子。他把假情报当了真，根本没想到对方其实是禁枪禁毒课的新任刑警。现在，他大概已经贸然对其提出大麻交易，被当场逮捕了吧。

想要实现完美犯罪，关键有两点。

一是强大的逻辑推理能力，要提前预测一切可能；二是极其谨慎的态度，要随时做好万全准备以应对任何意外。

——永远保持逻辑思维，绝不冒险，只打有把握的仗。

一切按计划进行的日子总是令人心情舒畅。

今晚应该能睡个好觉了。

第一章

1

时日不明

再醒来时,感觉简直糟透了。

嘀,嘀,咻,咻。

——什么声音?

一睁眼,一张苍白的脸几乎贴到了我的鼻尖。

"哇啊!"

我下意识地推开那张脸。奇怪,明明用了几乎能杀人的力道,指尖却没有任何触感。

——是幻觉吗?

我被一堆显示器和机械围在中间。

床上躺着一个男人。他的脸颊消瘦苍白,下巴上稀稀拉拉地长着胡楂。最令人毛骨悚然的是……那张脸竟然和我一模一样。

"这家伙是谁啊?!"

我把头发染成了棕色,眼前这个男人却是一头黑色短发,很有运动员的感觉。他的喉咙处开了个口子,插着管子,管子的另一头连着呼吸机。床尾挂着一个装满尿液的袋子,心电监护仪发出刺耳的电子音。

这里想必是重症监护室（ICU）了。宽敞的房间里还摆放着其他病床和医疗设备。

"我怎么会在这里？"

我只记得，看完《骗中骗》我就平静地睡着了。之后我做了一个漫长的噩梦……梦见自己站在一幢破烂大楼的屋顶，有人悄无声息地绕到我背后，一把将我推了下去。接着，我的身体被下面的铜像刺了个对穿。

过了一会儿，一名护士推着小车走了进来。

"我来换吊瓶了哟。"

护士用圆乎乎的手拿起输液袋，上面贴着一张标签：

　　黑羽乌由宇　三十岁　男性　二〇二四年七月二十八日

"不不不，我才是黑羽！躺在床上的那个是……"

记忆的闸门忽然打开，我的牙齿开始打战。

二〇二四年三月十三日，我成功引导警方捣毁了一个电诈集团的老巢。就在第二天晚上，我被人从楼顶推了下去。

我下意识地看了看手表。一向精准显示日期和时间的手表，不知为何竟停在了三月十四日的八点三十分。

——难道说，从那一天起，已经不知不觉过去四个多月了？

我战战兢兢地低头看向双腿。

好消息是，两条腿都还在。坏消息是，地上明明有护士和病床的影子，却唯独没有我的。不仅如此，我的双脚甚至没有踩在地上，而是悬浮在离地几厘米的半空中。

"不，不……"

我伸手去抓病床的栏杆，但就像触碰到雾气一样，手直接穿了过去，什么也没摸到。

"不，不，不！"

我不死心地继续伸出手，心想至少能碰到护士或输液的管子吧！然而，无论我尝试多少次，都只是不停抓空。最后，我朝着病床一头扎下去，差点和自己亲上嘴，这才终于认清了事实。

我已经无法回到自己的身体了。

"幽灵也会过度呼吸"——听起来很荒唐吧，但我确实喘不过气来。

理论上并不存在的心脏像快要炸裂一般狂跳不止；紧接着，连接着我的身体的心电监护仪检测到心律失常，发出刺耳的警报声。

我努力让自己慢慢地呼气。

——冷静点。我是个幽灵，没法再死了。

大约三十秒后警报声停了，心率降到六十左右。护士看起来松了口气，一边用内线电话向主治医生汇报情况，一边开始采取措施。

"真是……受够了！"

我再也无法忍受和自己的肉体共处一室了。

我穿过ICU的墙壁，飘到走廊上，一路飘进了护士站。可是竟没有一个医护人员察觉我的存在。一旁的医疗用品上都印着"久远综合医院"的字样。

——很熟悉的名字。

久远综合医院是间幌市唯一一家综合医院，本地居民基本都来这里看过病。

突然间,我听见有人说话。

"纲士医生,关于黑羽先生,有情况向您汇报……"

被叫住的医生身穿一件皱巴巴的白大褂,一对八字眉给人一种温柔却不怎么靠得住的感觉。

纲士医生是这家医院的继承人,和我是十二年的老交情了。年纪轻轻的他是一名优秀的脑神经外科医生,开设了整个伏木县都罕有的头痛专科门诊。我患上三叉神经痛期间,就是多亏他的精心治疗,病情才有所好转。

说到这毛病,实在令人苦不堪言。任何轻微动作都可能引发面部神经剧痛,仿佛整张脸遭受电击一样,严刑逼供也不过如此!幸运的是,纲士医生的手术非常成功,我的疼痛症状减轻了许多,如今已经不必再吃药了。

能在这里遇到前任主治医生,我心中一阵高兴,赶紧飘到他身边。

屏幕上正好显示着我的病历,上面列满各种字母缩写和如同咒语般的药物名称,我一个字都看不懂。

护士面色严肃地说:"自今天清晨发生心脏骤停之后,他的情况就不太乐观,血压也不稳定。"

闻言,纲士医生为难地皱起眉头。"我答应过会尽全力……唉,只能中止实验疗法了吗?"

——实验疗法?

听他们的意思,这两个月我似乎一直在参加一项临床试验。这是一种全新的疗法,利用最新发现的SiVA淋巴细胞摧毁坏死组织,同时促进机体再生,大概就是这么个原理。据说,这种疗法对我这种大脑和脏器都受损的患者或许有效。

"破坏与再生……这细胞的名字是取自印度的湿婆神吗?"

然而，世界上并没有万能的疗法。像我这样躺了很久也没有效果、最终仍然难逃一死的人想必也不在少数。证据就是，纲士医生他们话锋一转，开始讨论停止治疗和撤除呼吸机等事宜，似乎他们很快就会联系我的表妹，确定后续安排。

我一向不排斥灵异话题。我曾经搜过灵异视频，还特意跑去灵异地游玩，诸如"听见幽灵的声音"啦，"门自己就关上了"之类的传闻，现在我可以打包票，全都是骗人的。

幽灵要是有这种本事，那怎么没有一个人能听见我的声音？！

我不断地在他们耳边喊话，又试图用键盘发出请求，可惜无论我搞出多大的动作，他们都毫无察觉。

终于，护士低声感慨道："真是不幸啊……意外坠楼，还被楼下的铜像刺穿，太惨了。"

我吃惊地瞪大双眼。

"不对，根本不是意外！"

白色情人节那天晚上，我被人从六层建筑的楼顶推了下去。不幸的是，这件事似乎被当成意外处理了。推我下去的凶手实现了完美犯罪，至今逍遥法外。

"可恶！警察到底在干什么！"

我咬牙切齿，视线落在护士台上的一份报纸上。我暗暗期待上面会有关于我坠楼的报道，但那毕竟是四个月前的事了，所以不出所料，报纸上净是些陌生的新闻。

突然，护士站爆发出一阵欢笑，大概是有人讲了什么笑话吧。我捂住耳朵，笑声却像涟漪般扩散开来。我再也无法忍受活人世界的喧嚣，开始渴望寂静与黑暗。于是我转身离开，漫无目的地飘了出去。

医院一楼已经熄灯了。

现在是晚上九点多,白天时人声鼎沸的临床检查接待处,此刻也一片漆黑。

我站到登记台上面,来回踱步,陷入沉思。很遗憾,关于三月十四日的经历,至今我仍然只能想起一些零碎的片段。越是努力回想,记忆反而越发模糊,下一秒就云消雾散。这种令人不快的感受让我浑身发抖。

——那天晚上,谁有杀我的动机?

"莫非是那个电诈集团的人实施报复?还是那个被我骗去赌博,结果输到破产的房地产公司的老板和他的秘书干的?"

不,不太可能是后面那两个人。

他们俩曾经利用手中的备用钥匙,多次入侵自己公司管理的房屋实施盗窃和强奸,是两个不折不扣的恶棍、人渣。半年前他们终于被讨债的人抓住,最终不知丢到哪个太平洋小岛去了。现在大概正和椰子聊天,或者在矿山里干苦力吧。

"还有那个强卖天价除灵壶的邪教教主,也是头号嫌疑人。对了,我还骗过一个跟踪骚扰地下偶像的变态,忽悠他买了一栋被诅咒的房子,结果他就失踪了……"

仇家名单越拉越长,嫌疑人的数量迅速膨胀,两只手都数不过来。

我深深地叹了口气。"谁让我干完美犯罪代理人这种工作呢……情理之中。"

为了掩饰身份,我还经营着一家咖啡店,但开店的收入实在少得可怜。相比之下,地下生意的收入要多一百倍都不止,会有人想除掉我一点都不奇怪。

干我这行的,一旦意识到犯了错,往往已经回天乏术了。实不相瞒，我早就预感到迟早会有这一天。

我抓了抓棕色的头发。

"唉……我为什么要醒过来呢！"

*

穿过自动门，夏日的虫鸣声从医院的四面八方传来。

外面的人都穿着短袖或者背心，我却丝毫感受不到炎热。自醒来的那一刻起，始终有一股寒意萦绕着我，到现在都没有消失。

南边天空的一角隐隐泛着暗红色——是火灾！

我突然感到一阵恶心。

风中传来消防车的警笛声。

自小学时遭遇火灾、失去了一切后，我对火的恐惧就从未消退。

"该去哪里呢……"

发生火灾的方向肯定不行，那么……回咖啡店所在的破烂大楼？还是算了，看到自己惨遭推落的现场，只会让人更加丧气。

再说，我已经是个幽灵了，就算拼上老命学警察抓凶手，失去肉体的我也无法告发或报复。到头来，一切都是白费工夫。

不过，倒是有一件事让我放心不下。

我坠楼是在三月十四日的晚上八点半左右。那天晚上……不，准确来说是第二天凌晨，我记得要和新的委托人见面，刚好就约在凌晨零点。

我不由得低下头。

"失约可不是我的风格啊。"

来找我做事的，大多是走投无路的人。也不知道那天被我放了鸽子的委托人后来怎么样了？

"好，决定了！"

我轻轻飘起，朝着北边的东云町飞去。

掠过宁静的久远池，身旁车流的前后灯在夜色中明灭闪烁。我发现幽灵的飞行速度其实很有限，最快也只能和急速骑行的自行车相当。

我在快车道上晃晃悠悠地飞，汽车一辆接一辆地超过了我。怎么说呢，感觉像是在夜晚的大海中游泳，身边的车辆如同发光的海豚，确实是非常奇妙的体验。

我指定的会面地点是东云町的一处空屋。

东云町依旧没有多少住家，路上几乎看不见行人和车辆。那栋空屋位于町内边缘的山脚下，周围黑黢黢的，伸手不见五指。

玄关前的步道上积了一层干泥巴，上面印有一串小巧的脚印，看着不太像男性留下的。忽然，透过窗户我看到屋内有一道光在移动。

"里面有人？"

在好奇心的驱使下，我穿过大门，飘了进去。

一团灯光在房屋深处晃动。我飘近一看，是个体形娇小、扎着双马尾的人。她前额绑着头灯，似乎正在这座断了电的空屋里找东西。

——胆子真大啊，一个人来试胆。

她穿着七分裤，时不时地挠挠小腿，从动作看像是个稚气未脱的少女。下一秒，当看到她右手里拿着的东西时，我不由得屏住了呼吸。

"满天星？"

每次见新委托人，我都会更换碰头地点和信物。当然，说是"见面"，实际上我从不会暴露长相和身份。我只是确认委托人的相貌，确保周围没有陷阱，然后把不可追踪的通信设备交给对方而已。

四个月前的那天，我指定在东云町的这座空屋见面，并要求委托人携带满天星作为信物。

这位少女手中恰好握着一束满天星，这意味着……

"难道说，她就是新委托人？"

突然，少女转向了我。

她的双眼切实地捕捉到了本应无人能看见的我。

少女倏地亮出左臂，手中赫然紧握着一柄闪着寒光的手斧。头灯和长柄手斧的组合没来由地让我联想到丑刻参拜①的蜡烛和锤子。

——这是怎么回事？！

这个女孩显然能看到我。我被她带着魔性的眼神震慑住，杵在原地动弹不得。

少女的嘴角微微扬起。"终于见到你了，完美犯罪代理人。"

"你怎么……会知道……"

少女没有回答，矫健地一跃而起，满天星的花从她手中飘落。少女全力挥舞着手斧，朝我的胸口劈了下来。

---

① 丑刻参拜是日本古代的一种咒术。具体做法是在深夜丑时，头戴绑有三根蜡烛的铁轮，将代表诅咒对象的草人钉在神社的御神木上。

2

7月28日 22:05

我吓得浑身发软。手斧径直穿过我的脑袋,铮的一声插进了我背后的墙壁。

少女吃惊地瞪大双眼。"你……你是幽?"

豆大的泪珠从她的眼睛里滚落,我这才意识到,她是个活人。之前笼罩在她身上的神秘气息瞬间消散,眼前只剩下一个哇哇大哭的小孩。

"你能看到幽灵?"

少女抽泣着点了点头。"如果是在黑暗的地方,我会分不清活人和幽灵。"

我顺着她的视线低头看了看自己的脚。她大概是想说,若光线足够明亮,就可以通过是否有影子来识别幽灵吧。

"看来你已经不是第一次见到幽灵了。"

"你是第四个。第三个是个彻头彻尾的疯子,发现我有灵视能力后就硬是缠着我,一直念叨'我要诅咒你''你也得陪我一起死'之类的,缠了我整整五天。"

"简直是恶灵啊!"

我本以为她一定度过了极其恐怖的五天,没想到她却嗤之以鼻。

"我只是嫌他烦罢了。直到最后他都无法接受自己已经死了的事实,怨恨着这个世界。你也是这样吧?"

我一时语塞。

关于这点,其实我自己也说不清楚。我并不打算祸害活人来泄愤，但也确实无法接受像这样以幽灵的身份继续徘徊下去。

少女若无其事地走近我，拔出插在墙上的手斧。

"你不怕我？"

"幽灵伤害不了活人，没必要害怕。"

"算了，总比你一个猛冲逃走了好……对了，我问你，人死后都会变成幽灵吗？"

她使劲摇了摇头。"不会不会。如果每个人都变成幽灵，那世界早就被幽灵挤满了。"

"那我算是特例了？我有点好奇，你遇到的第三个疯子幽灵，为什么只过了五天就不缠着你了？"

绝大多数活人根本察觉不到幽灵的存在，那个幽灵既然对能看见他的少女如此执着，那么最终选择离开她也一定是有原因的。

少女咧嘴一笑道："幽灵嘛，七天一过就会消失。"

"只有七天？"

我本想当作胡话一笑置之，可不知道为什么，她的话仿佛有一种魔力，让我无法怀疑。或许是我凭本能意识到，这副灵体化的身体确实维持不了太久。

我做了个深呼吸，问她："你叫什么名字？"

"真是的，大人怎么都这样！"

她白了我一眼，吓我一跳。

"怎……怎么了？！"

"平时总爱摆架子教训人说'不能随便把名字告诉陌生人'，却又总觉得自己是例外，张口就问女孩子的名字。"

被傲慢的小鬼将了一军，我也不甘示弱地回嘴。

"你还有资格说别人，明明都不认识我，就抄着斧子抡上来了……"

"我……我可没有袭击不认识的人！我是冲着完美犯罪代理人来的！大叔，就是你吧？"

我举起双手投降。

"反正一周后就会消失，我也懒得再隐瞒什么了……好吧，我姓黑羽，'完美犯罪代理人'是我工作时的代号。"

少女突然露出嫌弃的神情。"什么中二病晚期，居然用这么羞耻的代号。"

"明明是你一直追问，我说了你又拆台，太不厚道了吧！再说了，'完美犯罪代理人'这名字也不是我起的。"

"哦？"

她满脸写着不相信。

我无奈地叹了口气。"为什么像你这样的小鬼会知道我的隐藏身份？我连见委托人都不会暴露长相和个人信息。"

少女噘起了嘴。

"我并不知道你的真实身份啦。只是你的模样比我想象中的要逊一百倍，真是太让我失望了。"

"一个初次见面的小鬼怎么这样打击我啊！"

"谁让你穿着黑色牛仔裤和土气的连帽衫！专业的犯罪者不应该是黑西装、黑领带，一副高冷酷炫的模样吗！"

"你《落水狗》① 和《玩命快递》② 看太多了吧。在现实世界里穿成那样反而引人注目，你不知道吗？越是优秀的犯罪者越会穿得平平无奇，让人看了也记不住。"

---

① 《落水狗》(*Reservoir Dogs*)，犯罪惊悚电影。讲述六名互不相识的劫匪打劫珠宝店时中了警方埋伏之后，相互怀疑、寻找警方卧底的故事。
② 《玩命快递》(*The Transporter*)，动作惊悚电影。讲述专门为黑道人物送包裹的"地下送货员"发现包裹内竟然是一个女孩，于是决定帮助这个女孩逃生的故事。

"你嘴上这么说,戴的手表却超高级呢。是劳力士,还是欧米茄?这不也是在炫嘛。"

"那你要失望了,我这块是高仿。"

"那更过分了!"

她大喊一声,平复了一下心情后冲着我竖起食指,继续道:"听着,虽然不知道你的真实身份,但我很了解完美犯罪代理人!我知道你手上有好几条人命,其中一个死者还是曾经轰动社会、绰号'逆缟'的连环杀人狂。你把他的死伪装成了事故,没错吧?"

"你怎么连这都知道……"

"别小看小孩的情报搜集能力。"

看着她得意的神情,我无奈地摇了摇头。

"不过,你的情报也不完全准确。严格来说,我并没有亲手杀死逆缟。"

四年前,我设下陷阱,帮助警方抓住了这个喜欢把被害人的尸体反转、布置成"倒吊"造型的猎奇杀人狂。然而逆缟却在刺伤了五名警察后逃跑,最终在追车过程中因车辆爆炸身亡。

当时我接到的委托只是"逮捕逆缟",此后警方的行动虽然与我无关,但我的参与导致他驾驶的车发生事故、爆炸起火,也是不争的事实。

我闭上眼睛。

——退一万步说,即便接受了"杀死逆缟"的委托,我也绝对不会采取那样的方式。

因为自从小时候遭遇了一场火灾,我就一直讨厌火。

火不是人类能控制的东西。它会蔓延,烧光周围的一切人和物。所以我从未将火纳入犯罪计划中。

突然，少女用撒娇的语气说道："但是，你不能在我不知道的情况下随随便便死掉啊！还变成了幽灵！"

"我自己也很吃惊。四个月前，有人把我从楼顶推了下去。"

"Doubt！"

"啊？"

我愣了一下，才想起在扑克游戏中，玩家怀疑其他人出的牌与宣称的不符时就可以大声喊出"Doubt"。

"我没骗你。"

"别以为我是小孩就好糊弄。幽灵过七天就会消失，你怎么可能存在这么久？"

少女唰地将手斧捅到我面前。我还没完全适应幽灵的身份，慌忙躲开斧刃。

"我还没有彻底死掉。从大楼上摔下来后我一直处于昏迷状态。不过今天早上，我的身体到达了极限，心脏一度停跳。可能就是因为这个，醒来之后，我就成了幽灵。"

"哦，那和我遇到的'第二个幽灵'一样！"

据少女说，那是一名遭遇车祸的女性。她和我一样，头部受到重击，心脏一度停止跳动，后来被抢救回来，送进了医院。但在少女眼中，事故现场却站着一个茫然的幽灵。

"那个幽灵名叫桐子，我陪她一起寻找回到肉体的方法，却总是不成功。从事故发生的那一刻算起，整整七天后，桐子就像其他幽灵一样逐渐消散了。同一时刻，原本有望康复的桐子的肉体突然心脏停跳，去世了。"

我低下了头。

——我们大概是医学发展带来的漏洞吧。

在高度发达的现代医疗技术下，许多在过去无可挽救的生命有了暂时重生的机会。也就是说，只要满足某些条件，即使灵魂已经成了幽灵，死过一次的肉体也可能暂时维持生命体征。

然而，幽灵化进程似乎是不可逆的，七天后，我将迎来和桐子一样的命运。

"对了，黑羽，你是几月几日被推下去的？"

"三月十四日，白色情人节。"

少女几乎贴到了我的灵体上，继续逼问："再说详细点！"

"详细不了。你知道有杯川旁边的柳院大楼吗？从这里步行十五分钟就能到，又旧又破，所以又叫废墟大楼①。三月十四日晚上，我就是被人从那座大楼的楼顶推下去的。"

前面她一直听得十分认真，这会儿却突然像着了魔一样双眼紧盯手机屏幕。

"喂，你在听吗？"

"你从楼顶坠落的时间是晚上八点半左右，没错吧？"

她准确地报出时间，我不禁愣住。

"你怎么知道？"

"因为黑羽先生是个名人啊。"

说着，她把手机屏幕转向了我。

手机上正播放一段视频。

柳院大楼前的马路上停满了闪着刺眼红光的救护车和警车，警笛声、人群的嘈杂声通过扬声器传了过来。

人群中矗立着一座造型奇特的铜像。

那是楼里一家牙科医院的吉祥物像——一只穿着宇航服、

---

①柳院大楼中的"柳院"（りゅういん）的日文读音近似"ルイン"（废墟）。

双足站立的狗，正举着尖锐的长矛刺穿蛀牙菌。

视频中的铜像仿如噩梦的具象化，铜像下方有一片暗红色的污渍……血泊中，熟悉的钱包和车钥匙清晰可见。

画面中心，一个人被宇航服犬的长矛刺穿后背，双手无力地垂下，鲜血顺着指尖不断滴落。镜头拉近，以长矛为支点、身体后仰的男人的面容逐渐清晰。

那是我……

一阵剧痛袭来，仿佛真有一把长矛从我的后背直捅前腹。我下意识地伸手摸了摸背，疼痛却已消失无踪。看来人的灵魂并不会忘记肉体受过的痛苦。

视频中闪过深蓝色的西装西裤，拍摄者似乎是高中生，急促的呼吸声和"太厉害了"的感叹声仿佛就在耳边。

"吓到了吗？"

我抬起头，少女正饶有兴趣地盯着我。

"黑羽先生坠楼的事成了大新闻，这段名为'穿刺人'的视频被无数人疯狂转发。你看，无所不能的网友扒出了你的个人信息，现在全网都知道你叫黑羽乌由宇了。"

我双手捂脸。"完了……"

"好闪亮的名字呀。"

"起这个名字是因为我妈特别喜欢新本格推理，怀我的时候还救助过一只受伤的乌鸦宝宝……"

说到一半，我才意识到跟这个小鬼解释名字的由来毫无意义。我到底在干什么？

"顺便说一句，我知道黑羽先生坠楼的时间是晚上八点半，是因为网上的新闻是这么写的。"

我皱起眉头。

——为什么她对准确的坠楼时间如此执着,还突然开始用"先生"称呼我?

"现在可以告诉我你的名字了吗?"

"音叶。"

"初中生?"

"我才小学六年级。"

我重新打量起音叶。她的谈吐成熟得不像个小学生,但看身高确实只有一米四到一米五。

我抱起双臂。

"都十点多了,你一个人跑到这种废弃空屋玩斧头,想干什么?"

"二〇二四年三月十四日的深夜,这里发生了一起杀人案。"

"这里?"

我难以置信地后退几步。

——如果不是被穿在了宇航服犬铜像上,我本该在这里和新委托人见面。

这座空屋确实适合密谈。当然,这里并不是什么热门灵异地点,冬天时附近的小孩甚至会过来堆雪人……它真的只是一个普通、僻静的空屋。

夜晚几乎不会有人经过,附近没有多少监控摄像头,加上周围的树木恰到好处的遮挡,完全不用担心被附近居民从窗户或者阳台看到。

这里本是确认新委托人身份、交接通信工具的绝佳地点——前提是没有其他人在此出现。

音叶点了点头,仿佛看穿了我的心思。"没错,被杀的是前来委托黑羽先生的三井夫妇，也就是我的父母。"

我愣住了，一时不知道该说些什么。

音叶的眼中泛起泪光。"三月十五日早上，有人在这里发现了我父母的尸体。他们死于毒杀，尸体还被摆成奇怪的模样。"

一阵寒气席卷全身，像是有无数根冰针扎进我的肉里。

如果我当时如约前来，这场可怕的悲剧或许就不会发生。不……归根结底，这场悲剧的责任完全在我，是我选择在这里见面，才导致了这样的后果……

"凶手呢？"

我艰难地挤出这个问题，音叶含泪的双眼顿时露出嘲讽之色。

"警察无能。无论我怎么说，他们都不相信我的父母是被完美犯罪代理人叫来的。他们觉得这种人不过是都市传说，现实中根本不存在。"

"可是……"

"不仅如此，你也看得出来，想进出这座空屋而不留下脚印是不可能的。可是杀害我父母的凶手就没有留下任何脚印，仿佛凭空出现，又凭空消失了一样。"

"啊？"

"此外，天花板上竟留有我父亲的鞋印。"

老实说，我完全无法理解。

为顺利实施犯罪计划，我也曾经使用过一些诡计，但我从未制造过像"无脚印杀人"或"天花板上有脚印"这种夸张的不可能犯罪现场。

——凶手为什么要这么做？

没有答案的问题在我的脑海中盘旋。

"直到现在，警方都没能解开脚印之谜，我已经不指望他们了。我决定亲手复仇。"

我看向音叶紧握在手的斧头，心中泛起一阵苦涩。

"所以你才在这里埋伏我？"

"嗯，每天都来。"

音叶手中的花证明了她的话，刚才飘落的满天星看起来都是干花。我想，八成是每天用零花钱买鲜花对她来说太困难，她才设法将其制成了干花吧。即便如此，这束花也已破败不堪。

她说得轻松，但一个小学生，每天风雨无阻地做这种事，其危险性自不必说。

音叶继续说道："既然夺走了别人的生命，就该做好迟早要还的思想准备，正义不就是这么回事吗？家人是我的一切，却被那个凶手夺走了。老实说，我恨不得把害死爸爸妈妈的毒药给凶手灌下去，可惜怎么都弄不到。"

我眯起双眼。"你想要他的命？"

她的反应非常坦率，完全没有成年人那种遮遮掩掩的模样，瞪着我的双眼透着不高兴。

"又想教训人？什么复仇没有任何好结果，什么复仇的尽头只有地狱……算了吧，这种话我已经听腻了。"

如果放任不管，音叶一定会不择手段地寻找杀害父母的仇人。迟早有一天，她会彻底毁掉自己。

但这些和我有什么关系？

"我可不会阻止你，毕竟我也很喜欢以眼还眼、以牙还牙。如果有哪个恶棍想给我下毒，我会毫不犹豫地把毒药塞到他嘴里。"

音叶的脸色忽然变得阴晴不定。

"还真是讽刺啊。"

"怎么？"

"第一个认真听我说话的，居然是黑羽先生这样的罪犯。"

"你放心吧，我没认真听……只不过，你已经浪费了四个月，而我和这起案子没有任何关系，你在这里等再久也不会有人来的。"

音叶的肩膀抖得厉害。

当我以为她会大哭出声时，只听她声音平静地继续说道："不用你说我也明白。我父母是在黑羽先生坠楼之后被杀的，当时你已经穿在了铜像上，还有一大堆人在旁边围观，想当凶手也轮不到你。"

——所以，她突然尊称我"先生"，是因为确信我不是害死她父母的凶手？

然而，这依然……与我无关。

我只剩下短短七天，还有更重要的事要去做，不能一直留在这里浪费时间。于是我转过身，准备离开这个古怪的少女。

"等等！"

我勉强回过头，身体还有一半嵌在墙里。

"我要代替父母雇用黑羽先生……完美犯罪代理人。"

"什么？"

"我只有一个愿望，就是复仇。我要找到夺走父母生命的人，亲手了结他。"

少女眼中燃起冷酷的火焰，微笑着说："黑羽，你既然有解决'倒吊人'的本事，实现我的愿望应该轻而易举吧？"

＊

"我知道你的愿望是什么。你和我一样,想找到那个推你下楼的凶手,然后复仇。"

音叶的话一针见血,完全说中了我的心思。

认识她之后,我得知也有能与幽灵对话的活人,我大可以找这样的人做帮手,设计一场完美犯罪,对那个害我沦落至此的凶手实施报复。为此,我一秒钟都不想再浪费。

然而,音叶露出令人毛骨悚然的微笑,瞬间让我挪不开步子。

"我觉得……你和我父母接连遇袭,这并不是什么巧合。"

我完全同意。

音叶的父母在我指定的见面地点被害,这背后必定有幕后黑手。

"我父母想委托你做的事恐怕会给某人带来麻烦。所以,凶手先把你从楼顶推了下去,确保你失去行动能力。"

"没错。随后,凶手冒充完美犯罪代理人来这里和你父母见面,偷袭了他们。"

我能活下来,对凶手而言是个意外。不过只需稍作调查,就能发现我几乎没有恢复意识的可能,和"死了"其实也没什么区别。

——所以,对方并没有冒险潜入医院,彻底干掉我。

我低声继续说道:"工作上我有几条宗旨,其中一条就是无论如何都要优先保护委托人。那个凶手不仅把我推下大楼,还杀害了我的委托人——也就是你的父母,我绝对不会放过他。"

黑暗中,少女苍白的脸上浮现一丝微笑。

"我就知道你会这么说。我们不仅有共同的敌人,而且你看,再也没有人比我更适合做你的委托人兼帮手了吧？"

我不禁咂舌。

本以为她只是一时兴起才突然提出要雇用我，没想到她竟然考虑得如此周全。和她一比，我这个成年人都要自惭形秽。

不过，我还是不能找她帮忙。

"确实，你有灵视能力，符合成为我帮手的条件。但你的年龄……你才小学六年级，实在不行。"

我故意说得十分直白，我相信这孩子一定不喜欢拐弯抹角。

音叶瞪着我，毫不掩饰自己的受伤。

"你就这么瞧不起小孩子吗？"

"对啊，小孩子就是混乱的化身。和一个不成熟还缺乏逻辑思维能力的人合作，风险实在太大了。我一向很谨慎，只做有把握的事。"

我宁可死，也不想要像定时炸弹一样不可预测的合作伙伴。六年级的小鬼最多只能跑跑腿，如果让她介入更复杂的工作，再精密的犯罪计划都会崩塌。

音叶突然举起手斧。

斧刃停在我的鼻子跟前，我吓得跳了起来。

面前传来音叶轻蔑的声音："你这个懦夫，胆小鬼！"

不知为何，这句话深深刺痛了我的心脏和……胃。

"胆……胆小鬼？"

"难道不是吗？我们刚见面时，你也被斧子吓得腿软。什么谨慎、有把握……不过都是借口，是为了掩饰你骨子里的胆小和缺乏行动力，才用漂亮话包装而已！"

一派胡言。

世界上哪有人被斧子指着还能保持冷静？我本可以轻易反

驳，却开不了口。

原因我也很清楚。才刚相处十五分钟，这个少女就迅速看穿了我的本质。没错，我的确是个胆小鬼。

音叶用左手拍了拍胸口。

"人最重要的是勇气。那些不畏风险，坚持完成目标的人，才是真正的大人，不是吗？"

我不禁嗤笑道："很不幸，我只是个幽灵。这具灵体能做的事情太过有限，而且我剩下的时间不多了。所以，即便你骂我胆小、卑鄙，我也无所谓……我已经没有选择冒险的余地了。"

音叶突然露出小大人的表情，点了点头。

"我明白。"

"啊？"

"当幽灵很痛苦。明明确实存在于此，却无法干涉这个世界上的事。你知道吗，小孩子也一样。我融不进大人的世界，连说话都没人听。"

不用说，每个当过孩子的人都体验过这种感觉。儿时的无力感涌上心头，我一时无言以对。

"确实，幽灵和小孩子单独都做不了什么，但如果我们联手，就能做到任何大人都做不到的事。你不觉得，我们两个能成为'最强搭档'吗？"

我的脊背一阵发凉，但并不是幽灵特有的那种寒意。

——有趣。

她的想法如此灵活而大胆，忘却已久的兴奋感在我心中升起。确实，这孩子拥有我所欠缺的东西。

"呃……你那阴险的笑容是怎么回事……"

我回过神，发现音叶往后退了半步。

说来惭愧，每当想出完美犯罪计划之类的"鬼点子"时，我脸上总会不受控制地露出诡异的笑容。我的前辈兼犯罪导师也经常提醒我改掉这个坏毛病。

我用手拍了拍脸颊，叹了口气。

"什么最强搭档啊，又不是给电影起名字。真是的，我居然会考虑找六年级小学生当帮手，真是疯了。"

我当然知道这很疯，但说真的，与其找一个平庸的成年人合作，不如选择这个不按常理出牌、成长潜力惊人，关键是和我完美互补的小孩，或许还有胜算。

音叶板着脸，歪着头来问道："怎么样，愿意接受我的提议吗？"

冷静想想，能看到幽灵的活人有多少呢？

百里挑一，还是万里挑一？

下一步还要从中筛选出不惜犯罪也要复仇的"破碎之人"，更是难上加难，不啻大海捞针。想在七天内找到这样的帮手并完成复仇，显然是不可能的。

而音叶，就像是自己从海里跳出来的那根针。虽然年龄是个大问题，但确实没有人比她更渴望这场复仇了。

音叶向我伸出右手。

"我虽然是个小孩，却可以成为你的手和脚，代替你行动。所以，拜托了……请帮我完成复仇，教会我复仇的方法！"

"原来如此。身为幽灵的我负责'观察与思考'，专注于锁定凶手、制订计划；身为活人的你负责'行动与实施'。"

——这很合理。

我也伸出右手。"成交。我承诺，在这七天内将复仇所需的一切知识和技巧传授给你，并帮你报完杀害父母之仇。"

就这样，本应永无交集的活人与幽灵的手叠在了一起。

间奏　1

3月14日　17:30

去他妈的白色情人节。

我锁好鲁宾咖啡店的大门，踏着多年未打蜡保养的破旧楼梯下楼。

平时我会营业到晚上八点，但今天，我提前打了烊。

店里有个烦人的常客——几乎每天傍晚准时报到，点一杯苹果茶就赖着不走，非要拉着我聊天。还好，今天我成功把此人赶了出去。

——今晚我有约。见面之前，我需要提前做些准备。

由于还要经营地下生意的关系，鲁宾咖啡店经常需要提前关门或临时歇业。不过反正平时就门可罗雀，关了门也没人投诉。

我脱下围裙，换上工作用的黑衣服。即便穿了厚外套，夜晚的寒意依然刺骨。看来，春天还远着呢。

我搓了搓手，走出柳院大楼。

天空阴沉沉的，仿佛随时都会下雨。我没带伞，只能快步跑到停车场，一头钻进爱车卡罗拉里。暖气呼呼吹起来时，我看了看车载时钟。

时间是下午五点四十分。

"果然关太早了。"

一群高中生嘻嘻哈哈地从车旁经过,他们看起来格外兴奋,我忍不住好奇地探出身子——

砰!额头狠狠地磕在半开的车窗上。

——好痛!

我疼得差点哭出来,好死不死和其中一个高中生对上了视线,他扑哧一笑。我烦躁地挥挥右手,示意他们赶紧走开。

听对话,这些高中生似乎正要去补习班。他们聊着先去便利店买饮料之类的话题,一个个兴致勃勃。

——能肆无忌惮地大笑,为鸡毛蒜皮的小事兴奋,真是年轻人的特权啊。

"突然想喝蔬菜汁了……"

我喃喃自语,发动了引擎。

距离见面时间还早,我决定先去扫个墓。

已经很久没去了。

第二章

1

7月29日　09:40　剩余时间：6天

"我们的目标一共有三：锁定共同敌人、制订复仇计划、实施复仇。"

音叶一边挠着被虫咬的包，一边小声嘀咕："不用你说我也知道。"

过了一夜，我和音叶再次前往东云町的空屋。

昨晚，仅靠音叶的头灯不足以彻查现场，所以我们决定第二天再来研究空屋案的细节，音叶就先回家休息了。

所幸现在是暑假，她不用上课。不过我也知道，即便只有短短七天，对小孩子来说也是漫长的。但为了避免她从第二天就透支体力，我还是特意让她早点回家。

——真的很麻烦。

出乎我意料的是，她半夜十二点才到家，她的监护人却整夜都不在。听说和她一起生活的小姨经常上夜班，这种情况似乎是家常便饭。唉，这年头，到处都是黑心企业啊。

音叶穿着凉鞋，发出啪嗒啪嗒的脚步声。

她今天穿了一件浅蓝色T恤，配白色五分裤，完全是一副夏日打扮。

发型也不是昨天的双马尾，她放下了长发，头戴一顶绣有"GP"Logo的白色棒球帽。我问她GP是什么牌子，她很干脆地回答"不知道"，说是随便拿来戴的，只是方便变装。脸上戴的黑框眼镜并没有度数，大概也是变装用的。

我摇头笑了笑道："怎么一脸不高兴？我本来想先查查自己在柳院大楼坠楼的事，是你唠叨半天，非要先查空屋案的吧？"

音叶啪嗒啪嗒地走着，转头给我一记冰冷的眼刀。

"你那件事已经过去四个多月了，仔细想想，警察都没查明白的事，你能解决吗？你一不是刑警，二不是侦探，只是个罪犯呀。"

"昨晚你不是还说警察无能吗？"

"比你还是强一点啦。"

"咦，原来你是这么看我的，那就别求我教你复仇嘛。"

"我也没有别的选择啊！"

"啊，又说这种扎心窝子的话！听着，警察并不傻，尤其是伏木县警，相当出色。我有好几次工作被他们搅黄了。"

这帮人里，最麻烦的就是县警搜查一课的唐津警部补。唐津凭借扎实的走访和敏锐的直觉追捕罪犯，是我们这类人的不共戴天之敌。此人总是穿一身深灰色西装，一头乱乱的鬈发。不知道为什么，西装的口袋经常一边鼓一边空，第一次见到会觉得此人相当邋遢。

虽然外表不起眼，但这位警部补高中时代就是柔道项目的县代表，当上警察后又在举重和飞碟射击比赛中夺过冠。唐津不仅推理能力出众，体力和射击方面也是超人级别，总之是个相当危险的人物。

我有预感,以唐津为首的伏木县警,必将成为我完成音叶委托的巨大障碍。

"你知道我是怎么避开搜查,保护委托人和自己的吗?"

"你运气特别好呗。"

我扶额长叹:"怎么可能!犯罪成功从来不靠运气。"

"骗人。"

"看来有必要从头教你一些基础中的基础了。音叶,你知道什么是完美犯罪吗?"

"就是'没人发现是犯罪'的犯罪行为吧?比如伪装成事故或者病死之类的。"

"狭义来看是这样,但我要说的是广义上的完美犯罪。即使犯罪行为本身暴露了也无所谓,只要自己或委托人不会因此受到法律或社会的制裁,那就OK。"

"嗯,我懂了。"

"重点在后头呢。想达成完美犯罪,必须永远保持逻辑思维,绝不冒险,万事谨慎准备,只打有把握的仗。我之所以能一直避开警方的视线,正是因为我彻底预判了他们的行动,从无数可能性中找到了最佳方案。"

音叶的眼睛瞬间一亮。"听起来有点意思!"

"而破解案件,需要对搜集到的证物和证词进行逻辑分析,从众多假设中找到唯一的真相。"

"也就是说,'搜查'和'犯罪'很像喽?"

"正是。在需要逻辑思维这一点上,二者完全一致,就像硬币的两面。所以,我作为犯罪者,必然也十分擅长推理。"

我以为音叶会赞同,没想到她露出了挑衅的笑容。

"光靠嘴说谁都会，我见过太多人吹嘘自己做不到的事情了。"

"怎么这样？"

"事实胜于雄辩嘛。"

"说实话，关于我被推下楼的事，昨晚我已经推理了一番。要不要来一场推理对决？我会告诉你我是怎么下去的，但不会给你提示，如果你能凭借我说的话锁定凶手范围，就算你赢。当然，我也会承认你是能独当一面的好帮手。"

"来吧！"

果然，她气势十足地答应了。她的情绪很容易反映在动作上，连步伐都比刚才轻快了许多。

"接下来我要说的每一句话都是线索，你注意听。"

*

"首先，三月十四日那天的记忆只剩一些零碎的片段。"

我只记得那天提早关了咖啡店，其他经历却模糊不清。

"是因为坠楼时撞到了头？"

"不好说……不过奇怪的是，走上楼顶后的记忆却异常清晰。"

在作为幽灵醒来之前，我一直在梦中反复回顾坠楼的场景。也许正因为如此，被推下楼前的记忆才得以保留。

"柳院大楼正如其名，是那一带最破的楼，租金便宜但管理很差劲，安保和维修形同虚设。当然，通往楼顶的门也没有锁。而且，那扇门锈迹斑斑，稍微一动就会发出嘎吱嘎吱的刺耳巨响。唯一的优点是监控摄像头比较少，到处都是死角。从犯罪者的角度来看，这栋楼可谓相当实用，所以我在这里租了房，用于开咖啡店和自住。"

此时我们正穿过超市的停车场，音叶闻言瞪大了眼睛。

"咦，黑羽，你还开咖啡店？"

"是啊，店名叫鲁宾。如果没个正经工作还不缺钱，很容易引起怀疑，开咖啡店就是个很好的伪装。我的理念是尽量低调，菜单上全是些永远成不了网红的土鳖菜品。"

"好无聊。"

音叶的语调顿时冷了一半，看来她是那种兴趣转变很快的人。

我眯起双眼。

"现在看来，在柳院大楼租房是个错误。如果楼里的安保措施再严格一些，推我下去的凶手早就找到了。顺带一提，当时我的另一个租房选项是隔壁的嘉乐公寓，如果租了那里，我的咖啡店还能多加一条'使用自家种的新鲜蔬菜'当宣传语呢。"

"自家种的蔬菜？"

"没错。嘉乐公寓以楼顶菜园为卖点，租户可以申请借用楼顶门禁卡上去。事发当晚，我站在柳院大楼的楼顶上，还看见隔壁楼楼顶种的小青菜来着。"

音叶毫不掩饰不耐烦情绪，嗒嗒嗒地走向自行车停放区旁边的自动贩卖机，用手机付款买了一瓶可乐。

"你这话题也扯太远了吧。"

看着她边喝可乐边抱怨的样子，我笑了笑。

"抱歉。那天晚上，我八点二十五分左右上了楼顶。当时上面还没有人。"

虽然已经是白色情人节，那天晚上天空却下着雨夹雪，冷得要命。

在这样的天气里，我瑟瑟发抖地爬上楼顶，似乎是为了见证某个犯罪成果……大概是这样吧。总之，那是我第一次来到破烂大楼的楼顶。

音叶插嘴道："你是想居高临下地看热闹吗？"

"应该是吧。我在便利店买了饮料，拿着上了楼顶。"

然而，我还没来得及打开那瓶富含维生素的蔬菜汁，就被某个悄无声息靠近的人一把推了下去。

我永远忘不了那一刻。

坠落时一切都像是慢动作。装蔬菜汁的纸盒在我身侧稍远处飞舞，浓稠的富含番茄红素的液体在街灯的映照下闪着美丽的光芒，仿佛在夜空中抛撒无数的珊瑚碎片。我的钱包和爱车卡罗拉的钥匙在伸手可及的地方一同下坠，大概是我头朝下飞出楼顶的时候从衣袋里滑出来的。

——我不想死，我不想死……我还不想死！

我拼命挣扎，试图抓住大楼的墙壁，心中满是求生的执念。一瞬间，无数活下去的理由在脑子里回荡。

——我还有太多事情没有做完。我还没能偿还前辈的恩情，而且，我和新委托人还有约呢！

真是可笑啊。

像我这样的罪犯，根本不配有"活下去的价值"。

而那座奇特的铜像，就在坠落的正下方等着我。

那只身穿宇航服、双足站立的狗，正举着尖锐的长矛刺穿蛀牙菌。坠楼的我明明有那么多地方可以着地，为什么偏偏是这里？！

为什么……

*

我坐在自动贩卖机上耸了耸肩。

"题目说完了,是不是太基础了?"

音叶手里拿着空可乐瓶陷入沉思。

"仅凭这些,真的能锁定凶手吗?"

"至少能把嫌疑人范围从全人类缩小到几十人以内吧。"

"Doubt!"

我不由得露出得胜的笑容。"认输啦?"

"给点提示!"

"音叶这次失败的原因是……太急躁了。首先,搜集情报的方法就有问题。你有没有想过,我为什么会在出题时说一些看似无关的话?没想过吧?不仅如此,你还直接断定那些信息与事件无关,立刻失去了兴趣。"

"呃……"

"第一课——想要成功复仇,急躁是大忌。看似绕远的路,往往才是最近路线。音叶,你得先学会这一点。"

音叶气呼呼地把空瓶子扔进垃圾桶。

"知道啦!可是很奇怪,你是被偷袭的。但你上楼顶的时候那里明明没有人,凶手是怎么做到的?这不可能啊。"

我轻轻一拍手。"没错。那幢破楼的楼顶大门会发出刺耳的噪声,如果凶手是在我之后上来的,我一定会听到门响,发觉有人来了才对。"

"但你并没有听见那种声音。"

"说明凶手没有走那扇嘎吱作响的门,而是从别的地方上来的。而且,那天是我第一次上柳院大楼的楼顶,凶手不可能预测到我会去那里，自然也不太可能提前布下陷阱。"

凶手很可能一直在跟踪我。

此人见我上了楼顶，忽然意识到这是个除掉我再伪装成意外坠楼的好机会。但他也明白，如果直接走楼顶那扇门，巨大的噪声会瞬间暴露其存在，令我提高警惕。

考虑到这一点，凶手立刻改变了策略。

"我刚才提到过吧？隔壁嘉乐公寓的楼顶有个菜园，我在夜色中都能看清那里种了小青菜。这说明什么？说明两幢大楼的楼顶高度几乎相同，并且离得非常近。"

"原来如此！凶手是从隔壁大楼的屋顶跳过来的，根本不需要经过那扇门，所以才能偷袭到你！"

我点点头，从自动贩卖机上下来。

"凶手能想到从嘉乐公寓楼顶跳到柳院大楼楼顶，并且有能力立刻执行，也就是说，他一定拥有嘉乐公寓楼顶的门禁卡。所以，他要么是楼里的租户，要么是房东或者管理员。"

音叶大踏步走下坡道，满脸写着懊悔。

"这么简单的道理为什么我没想到呢……真不甘心！"

我不禁笑道："听别人公布答案总是觉得很简单，靠自己想到却很难。只有大胆地打破常识，做出全新的假设，才可能实现整个逻辑转换。"

"听起来好抽象哦。"

"说是这么说啦，我也达不到那个高度。但如果只是一般的搜查和犯罪，做到刚才这种程度就足够了。你很快也能掌握诀窍的。"

"嗯。"

不知不觉间，音叶的步伐变得沉重起来。

"怎么了?"

音叶远远望着坡道尽头的东云町,喃喃自语道:"黑羽,你真的很了不起。虽然说是出题考我,但其实,回忆被推下去的瞬间一定很痛苦吧?可你没有逃避,还把一切都告诉了我。"

我轻笑出声:"这也是为了报仇。"

"其实我也是……每次回想起那一天我都很害怕,很痛苦,可我知道自己不能逃避。现在的我还分不清哪些是有用的信息,任何一件小事都可能成为线索,所以,我会把一切都原原本本地讲给你听。"

*

三月十四日。早上音叶觉得有点感冒,好在只是轻微发烧和流鼻涕,不算严重,她乐得请假在家。

一场小感冒能换来一天的休息,最开心了。

她把自己包在暖和的被窝里,想象同学们这会儿在做什么,不经间想起错过了学校的午餐,还有点小遗憾。

傍晚时分,妈妈走进房间。

"你爸爸今天加班,会晚点回来。我早点帮你做晚餐,然后你早点吃药睡觉。"

高汤鸡蛋粥,这是三井家固定的"感冒餐"。鲜粥香气扑鼻,再撒上鲣鱼干,只消喝上一碗,感冒虚弱的身体仿佛就能得到治愈。

然而,美味的余韵很快就被药的苦味冲掉了。

——以前明明都是甜甜的儿童药粉。

她更喜欢甜甜的药,但又觉得说出来显得自己还像个孩子,思来想去，还是决定忍着。

音叶苦着脸咽下药，妈妈见状有些慌张，赶紧擦了擦手，摸摸她的额头。

"嗯……还有些发烧。"

"我没事啦——"

为了缓解口中的苦味，音叶用微波炉热了一杯牛奶，又拆开一颗大红色塑料纸包装的巧克力，帮妈妈做了一杯特制热巧克力饮品。

妈妈非常高兴。她还在等爸爸回来一起吃饭，肚子应该早就饿了。

最近，热巧成为三井家固定的餐后甜品，音叶平时也喝，但今天只喝了纯牛奶。大概是因为发烧，下午还流了鼻血，她到现在鼻子仍然堵得难受，喝什么都没味道。

妈妈怕烫，一边等热巧凉下来一边微笑着对音叶说："今天早点睡吧。"

"嗯！"

音叶只喝了小半杯牛奶就起身回了房间。头痛开始加剧。

再睁开眼时，阳光已经从窗帘的缝隙中洒了进来。

闹钟显示现在是上午九点半。

身体还有些发热，音叶摇摇晃晃地走向厨房，却没看见妈妈。

"妈妈？"

家里一片静悄悄，空气和地板都冷到刺骨。她在屋里转了一圈，终于发现冰箱上用磁贴压着一张便条。

"啊……不过这张纸已经贴在这里好几天了。"

便条在比她视线高四十厘米的地方，她看不清上面的内容。

在好奇心的驱使下，音叶踮起脚，取下了磁贴。

3月14日（周四）晚10点，东云町一丁目的空屋，满天星

"这是什么？"

是爸爸的笔迹。大概是约见什么人的备忘。

音叶坐到客厅的沙发上，伸手拿起放在电子琴上的竖笛。她心不在焉地吹起《雪绒花》，手指机械地按着熟悉的旋律。

——爸爸说要加班，难道是去东云町工作了？

平时，吹竖笛能让她心情平静，今天却完全不行。明明起床后刚洗过手，这会儿却不知怎么总觉得手指滑溜溜的，按不住笛孔；即便用力吹，也吹不出想要的感觉。

紧接着她咳嗽起来……感冒果然还没好。

前天吹竖笛还完全没问题，她也没感冒。今天却像突然闯入一个陌生的世界一样，干什么都不顺心。

"真是烦死啦！"

音叶将竖笛放回去，正想把那张便条扔进垃圾桶，忽然瞥见桶里有一张收据。

她捡起收据，皱了皱眉。

这是一张花店的收据，买的是满天星。店铺地址在爸爸上班的公司附近，购买时间是昨天傍晚六点多。

"不太懂……爸爸是按照便条上的指示，买了满天星带去空屋了吗？"

——难道说加班是骗人的？

一阵恶寒顺着腰部往上蹿，音叶不自觉地开始颤抖，脑海中

忽然浮现出几天前做的一个噩梦。

在梦中……音叶口干舌燥地走下家里的楼梯,熟悉的厨房里透出诡异的黄光。

——这么晚了,怎么回事?

她探头看向厨房,发现爸爸正用一种她从未见过的可怕神情盯着妈妈。直觉告诉她,那不是她的爸爸,而是借用了爸爸外貌的"某种东西"。

那个"东西"低声说道:"我决定去见完美犯罪代理人。"

另一个妈妈模样的"东西"则用低落的声音回答:"真的没有别的办法了吗?"

"没有了。"

音叶听不懂他们在说什么,但她十分确定,如果被他们发现就完了。

她忘记了口渴,只听见自己急促的呼吸声。于是她后退几步,转身跑上楼梯,冲回房间,钻进了被窝。

音叶强忍着胃部不适,抱住膝盖蜷缩在沙发上。

——难道那不是一个梦,而是真实发生过的事?爸爸真的去空屋见了那个完美犯罪代理人?

突然,一阵电话铃声划破了寂静。音叶慌忙接起电话。

"妈妈,你在哪里?"

电话那头的人声音和妈妈非常像,过了好几秒钟她才意识到那不是妈妈,而是小姨。

后来小姨又说了些什么,她已经记不清了。脑中一片空白,只有一句话不断回响,久久挥之不去:

……你的父母被人杀了。

*

音叶的眼中噙满泪水。

——真是个糟糕的早晨。

让一个小学六年级学生亲口讲述父母的死亡，世上恐怕再没有比这更残忍的了。然而，我们确实别无选择。

我一边沿着漫长的坡道向下飘，一边组织语言。

"你刚才说的那张便条，写的确实是和我见面的事。我告诉三井海青和三井赫子夫妇，也就是你父母，去那座空屋等我，并带上满天星作为信物。"

"果然。"

"不过，有点奇怪。我定的时间不是三月十四日晚上十点。"

"咦？"

或许是坠楼时撞到了头，记忆有些模糊。但我非常确定，我告诉三井夫妇的见面时间是三月十五日的凌晨零点。

"看来是凶手故意把会面时间从凌晨零点提前了两个小时。"

闻言，音叶瞪大了双眼。

"你这么一说，便条上'晚10点'的'1'字写得有点挤，像是后来硬加上去的！"

"嗯？那也不对啊。如果是这样，原本写的时间就应该是'14日0点'，比我定的时间提前了整整一天。"

"不，这样才是对的。"

据音叶说，她父亲有个习惯，录深夜动画时，即便节目播出时间已经是第二天凌晨，他也会写成"前一天的日期"加上

"晚上×点"。也就是说,那张便条指的就是"十五日零点"的意思。

音叶气势十足地双手抱臂道:"黑羽,你觉得凶手为什么要把会面时间提前两个小时?"

"不好说。"

"肯定是为了制造不在场证明!"

我轻轻叹了口气。

"你看,又急躁了。音叶,我刚才不是说过吗?"

"可是……"

"假设可以有无数多个,但在信息不足的情况下,匆忙下结论是万万不可的。这样会被先入为主的想法束缚,从而无法客观地看待事物。"

音叶显然不大服气。转过拐角后,她盯着前方的空屋,忽然开口说道:"即便如此,凶手先在晚上八点半左右推你下楼,又在晚上十点来空屋和我父母见面,这总归是事实吧?"

我皱了皱眉头。

"没错,短短几个小时内犯下两起案件,还能逃过警方的调查。凶手搞不好是个杀人惯犯。"

白天的空屋比昨夜所见更显破败。

左侧带遮阳棚的停车位里散落着花盆的残骸,混凝土地面四处开裂,里面钻出丛丛杂草。通向玄关的步道大约四米长,上面覆盖了厚厚一层泥,看上去已经好几年没人打扫了。

龟裂的泥地上清晰地印着一串鞋印,看尺寸像是音叶的。

"原来如此……凶手在白色情人节的晚上,利用这条泥泞的步道,上演了一出'无脚印离奇杀人案'。"

音叶也看了看面前干燥的泥巴,点点头。

"更讽刺的是,时至今日,警方都没看穿这个把戏。"

我轻吸一口气,道:"要想解开所有的谜团,你先完整地讲一遍案发经过吧。"

*

三井夫妇的尸体是在三月十五日上午九点被发现的。

当时空屋持续传出奇怪声响,引起了附近居民的注意,有三个人前来查看情况。

"刚走到空屋门口就听见里面有喊叫声,还夹杂着咚、咚、咚,像是有人踢门或砸墙的声音。"一名接受采访的主妇这样说。

异响的来源正是这座空屋,似乎有人试图从里面破门而出。

"一开始,我们以为是谁家的小孩顽皮跑进去玩,结果门坏了出不来,吓得在里面大喊大叫来着。"主妇对着麦克风语气沉重地继续讲述。

然而,里面的踢门声、叫喊声怎么听都太过反常,几个居民吓得在原地面面相觑,谁都不敢上前。

终于,空屋大门从内部被踹开,一个穿着运动服、浑身是血的男子跟跄着冲了出来。

我们挪到停车位的遮阳棚下面,音叶用手机播放了一段新闻视频。

我不禁眉头紧锁,问:"这个运动服男是凶手?"

"不,他只是第一发现者。"

"什么?"

媒体制作的简陋CG动画显示，运动服男子冲出玄关，经过泥泞的步道跑到大马路上，最终因体力不支倒下。

围观居民这才意识到事态严重，其中最年轻的小伙子壮着胆子走了过去，探头看向空屋内部——

他看见了三丼夫妇的尸体。

音叶的母亲被硬塞进了壁柜，音叶的父亲则被绳子吊在横梁上，死后脖子上还勒着绳子，死状凄惨万分。

*

音叶紧紧抿住嘴唇，眼泪在眼眶中打转。

"电视和网上的信息就只有这些。"

——从描述来看，这起案件确实很不寻常。不过警方不太可能让一个小孩看血腥的照片，更不会让她去现场，她对细节的了解应该也不多。

果不其然，音叶的声音里透着不甘心。

"白色情人节第二天早上，我接到小姨的电话后，就发高烧病倒了。后来我问过小姨很多次，她始终不肯告诉我详细情况。"

CG还原的现场情况显然没有参考意义。

不同电视台制作的CG动画中，音叶父亲的尸体的姿势各不相同。有的CG动画中，音叶的父亲被一根绳索勒住脖子，直接吊在天花板上；另一些CG动画则呈现为死者胸部被一根绳索绑住并吊起来，脖子上勒着另一根绳索的状态。

我不再看手机屏幕，皱眉道："看来，警察隐瞒了尸体被发现时的准确状态。"

音叶红肿着眼睛点点头道："我也这么觉得。后来警察来找我问话时,我趁机问了一些信息,也一并告诉你吧。"

来音叶家的警察是伏木县警搜查一课的铃木巡查部长。

听到这个名字,我不由得苦笑。

——那个警察一向有点马虎,大概是在小孩面前放松了警惕,不小心说漏了嘴。

"铃木刑警说,空屋附近的居民在第一发现者闹出动静之前并没有听到可疑的声音。当然,也没有目击证词。"

"意料之中。这栋空屋位置偏僻,周围还有很多树,挡住了其他住户的视线。"

"还有……凶手使用的绳子并不是自己带来的,而是从我们家车的后备厢里拿的。"

"为什么车里会有绳子?"

音叶一边把手机放回口袋,一边答道:"是露营用品。爸爸上班不开车,车一般都停在车库里,只有周末出去玩时才会用。"

"原来如此。"

——看来从遗留物品追踪凶手也不太可能了。

"另外,警方推算我父母的死亡时间在晚上八点半到凌晨零点之间。死因是氰化钾中毒。"

"啊,是传说中的氰化钾。"

这玩意儿可是最知名的毒药,致死量仅为零点二克左右,一旦与胃酸反应,就会产生有剧毒的氰化氢,能在极短时间内致人死亡。

我坐在树篱上,换了个话题。

"那么,开始讲成功复仇的第二课吧。"

音叶嫌弃地吐了吐舌头。

"又要出题啊?"

"不，这次只是讲一些'心得'，放心吧。第二课——怀疑一切。这是搜查和犯罪的共同大原则。"

"什么意思？"

我笑了笑，说道："接下来，我们要正式开展现场调查和推理。即便是警察提供的信息，也必须仔细核实后才能用。"

"可是，死亡推定时间……"

"那我问你，你知道死亡推定时间是怎么算出来的吗？"

音叶顿时吞吞吐吐起来。

"呃……是通过尸僵和尸斑来判断的，对吧？"

"没错，但也不完全对。无论是搜查还是犯罪，若想核实并充分利用信息，各种'知识与技术'必不可少。所以，音叶你也需要掌握一些法医学的基础知识。比如，尸僵通常在死后两到三个小时开始出现，最初会发生在下颌关节和颈部关节处。尸斑产生初期如果移动尸体，可以暂时令尸斑消退；但死亡超过八小时，尸斑就不太容易消失了。是否了解这类细节，会直接影响犯罪计划的精确度。"

"原……原来如此。"

音叶慌忙掏出手机，开始做记录。

"除了尸僵和尸斑，死亡推定时间还需要结合体温下降、眼球变化、胃内容物等因素综合判断。但是，尸体所处环境也会影响尸体状态，所以警方推算的死亡时间并不一定都是准确的。说极端点，音叶的父母死于晚上八点左右的可能性也不为零。如果是那样，八点半才被刺穿的我也没有不在场证明了。"

音叶扑哧一下笑出声来。

"不，这个就算了吧，不可能的。"

"为什么？"

"光从死亡推定时间来看是这样,但我知道,爸爸妈妈在九点五十分的时候还活着。铃木刑警说,东云町附近的监控摄像头拍到了他们俩开车的样子。"

我不禁再度皱眉,从树篱上跳了下来。

"这倒是第一次听说。他们去空屋的路上被监控拍到了?"

"嗯。所以嘛,我父母确实在晚上十点左右来到空屋和凶手见了面,同时被下了毒。"

我不由得脸色大变。"即便他们打算委托我做事,也该十分清楚对方是个来路不明的犯罪者。正常人会随便吃这样的人给的东西吗?"

音叶的表情也跟着阴沉了下来。

"确实很奇怪。从小他们就经常告诫我,绝对不能吃陌生人给的东西。"

"而且氰化钾是急性毒药,从服毒到发作连几分钟都用不了。凶手是怎么在这么短的时间内连续让两个人服毒的?"

——要么是用花言巧语骗了他们,要么是把他们逼到无法动弹的绝境,强行灌下去的。

无论哪种方式,都恶劣到了极点。

音叶离开停车位,往步道方向走去。

"这一点我也不明白……但整件事最离奇的部分,还是刚才所说的,现场完全没有凶手的脚印。"

音叶站到干裂的泥地上,转过头来看着我。

"黑羽,你应该有印象吧?今年的三月特别冷。"

"确实。我坠楼的三天前似乎还有积雪。"

音叶的眼中忽然闪过一丝光芒。

"对，我永远忘不了三月十一日那一天！因为那天是两个月来头一次下雪，我开心极了，而且，我和妈妈最后一次打了雪仗。"

伏木县很少能看到积雪，所以即使只是十厘米的雪，也足够孩子们雀跃一整天。不过三月十一日那天的雪，到第二天就几乎都融化了。

受冷空气影响，三月十四日虽然下了雨夹雪，但由于地表温度不低，和普通的雨没什么区别。

音叶继续说道："我看了气象台的数据，那天直到晚上七点半，间幌市全境都在下大雨。随后天气转好，自八点起，一直到两天后的晚上，都没有再下过一滴雨。所以，空屋玄关前步道上的脚印，一定是晚上八点之后留下的。"

我苦笑着点了点头。

"我大概猜到你要说什么了。附近居民赶到空屋时，步道的泥地上只有你父母和第一发现者的脚印，对吧？"

"没错。"

这条步道宽约两米，长约四米，两侧树篱的土壤多年来逐渐流失，使得这里更像是一块泥地，而不是一条路。

"说起来，我之前路过东云町时，还看到附近的小孩偷偷溜进这座空屋玩。"

如今这里成了名副其实的凶宅，想必也没人敢靠近了。但在案发当天，还是很可能有人进出的。当然，那些脚印大概也都被晚上八点前的大雨冲刷掉了。

音叶指着泥地上自己的脚印。

"雨后走在这条步道上就一定会留下脚印。只是泥面很薄，下面是混凝土，所以脚印不会很深。"

说着，她用折下的树枝拨了拨泥土。正如她所说，下面很快露出了混凝土路面。

我叹了口气，道："要是能知道当时泥地上的脚印是什么样的就好了。"

"我知道。"

"哦？"

音叶从右边口袋里掏出一张皱皱巴巴的纸，上面是空屋和泥地脚印的示意图。虽然画质不高，但能清楚地看到两行脚印（见图一）。

"这应该是警方的资料吧？你是怎么弄到手的？！"

"我随便恭维了铃木刑警几句，他就给我看了。刚才我说，附近居民赶到空屋时，泥地上只有我父母和第一发现者的脚印，对吧？其实，一开始有人以为是小孩恶作剧，觉得有趣，还拍了段视频呢。结果第一发现者冲了出来，吓得他手机都摔了，视频也没能继续拍下去。不过多亏有这段视频，警察才能准确还原泥地被踩乱前的情况，这张图就是根据视频画的。排除第一发现者和警察的脚印，剩下的就是这些。我趁铃木刑警离席的时候，悄悄用手机拍了下来。"

那个马虎刑警啊！完全被音叶耍得团团转。

音叶也露出一副"他太好骗了"的得意神情。

"先面向玄关看，步道左侧是我爸爸的脚印，看起来没什么特别的。"

音叶母亲的脚印则有一些明显特征。

"另一边的脚印不仅步幅较小，步伐也有些凌乱。"

"铃木刑警说，我妈妈当时应该搬着什么东西，脚印才会乱。"

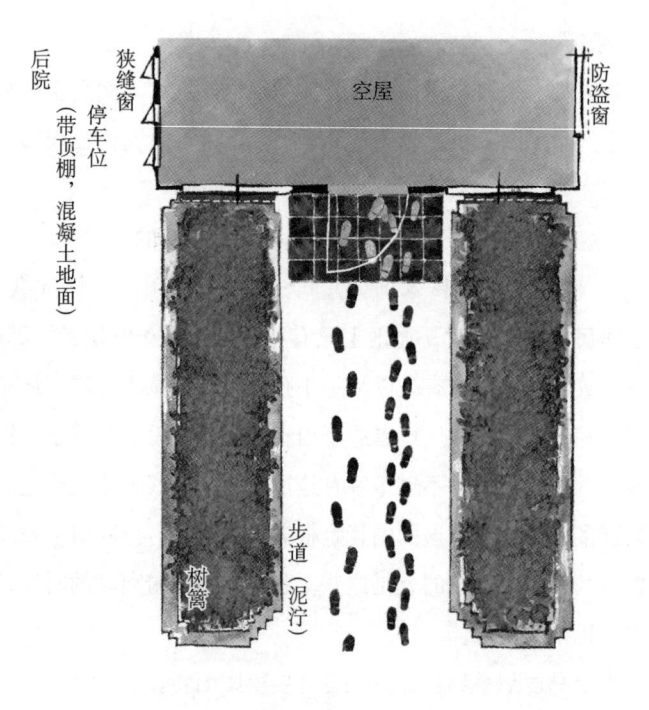

图一

"搬着东西？"

"嗯，自新冠疫情以来，我家车后备厢里一直放着一个用于大量采购的行李箱，案发后那个箱子不见了。"

不知道那个行李箱和音叶母亲凌乱的脚步之间有没有因果关系。

如果当时她确实带着那个箱子，那么她选择直接提起来走而不是放在地上拉，也是有道理的。

——轮子在混凝土上滚动时会发出巨大的噪声。想在夜深人静的住宅区避人耳目，把箱子提起来走是最好的选择。

我皱起眉头。"奇怪，我不记得让他们带行李箱来啊。"

"那也就是说，凶手不仅通知他们提前两个小时到，还叫他们带上行李箱？"

"也许吧。"

如果脚印是留在雪地上，还能通过其深度推测出搬运物的重量。但这条步道上只有薄薄的一层泥，下面就是混凝土，无论音叶的母亲是空手走路，还是搬着重物，泥地上的脚印都不会有太大差别。

我叹了口气，伸手指向步道两侧的树篱。

"那旁边的树篱呢？树篱上面是植物，下面都是土，从植物上面过去，就不会在步道留下脚印了。"

音叶没有回答，而是直接往树篱下面踩了一脚。

树篱下面的土壤似乎非常松软，她踩的这一下，在低矮灌木的根部留下了一个深深的鞋印。

"你看，走树篱区域也会有脚印的。铃木刑警说了，树篱的灌木也没有被压过的痕迹。"

说着，她故意把身子靠在一米高的树篱上。被压到的树枝立刻发出咔嚓咔嚓的声音，眼看着断了好几根。

"原来如此，确实不可行。这些灌木看起来长得不太好，枝条太细了。只要稍微施加一点重量，树枝就会断裂，留下明显的痕迹。"

"而且，看水平距离和树篱高度，想从停车位跨过树篱和步道，直接跳到玄关，也是不可能的。"

"确实。"

我有些失望，看向建筑物。

"正如你所说，只要从玄关进出，就不可能不留脚印。那么，凶手有没有可能是从窗户进出的？"

"很遗憾，几乎所有窗户都装了防盗网，只有左边的一排狭缝窗例外。但它真的太窄了，人根本过不去。"

我飘浮起来，绕着房子转了一圈。

由于长期空置，许多窗户的玻璃碎了，但防盗网都完好无损。很显然，这些窗户都过不了人。

唯一没装防盗网的，只有停车位一侧的几扇并排而列的狭缝窗。但这些窗户细而长，宽度只有二十厘米左右，连小孩都钻不进去。

接着，我又从停车位绕到后门。

"这个后门呢？"

音叶跟着我走过来，拉了拉门把手。

"铃木刑警说，后门很久以前就不怎么好用，后来就打不开了。我也试了好几次，确实从里面和外面都开不了。"

我失落地叹了口气。"如果后门和窗户都不行，那凶手只可能从玄关进出了。可是，为什么唯独没有凶手的脚印。实在可恶！这下不就成了不可能犯罪吗！"

音叶老成地耸了耸肩。"你跟我抱怨也没用啊。"

"不，我们得换个简单点的思路。那个第一发现者很可疑啊。比如说，他在死亡推定时间前后，最迟在凌晨零点进入了空屋，然后一直待到早上，那一切就都说得通了。"

"问题是，第一发现者有完美的不在场证明。"

"什么？"

"三月十四日那天，从下午五点到第二天凌晨三点期间，他一直在外地参加一个聚餐会，好像还是干事什么的。"

警察在调查不在场证明时往往很谨慎，如果第一发现者是聚餐会的干事，那他确实不可能离场很久，可谓拥有完美的不在场证明。

我不甘心地喊道："可是，擅自进入空屋，这行为本身就很可疑吧！"

"其实也不算可疑。"

第一发现者也是东云町的居民，那天他像往常一样出门跑步，发现空屋的步道上有两串可疑的脚印，出于好奇，便偷偷溜进空屋。不料被关在里面，和尸体困在了一起。

我不禁咂舌。

——作为附近的居民，他的行为还算合理。虽然不值得称赞，但如果是我，看到这种可疑的脚印，没准也会兴冲冲地跑进去查看。

"可是，我记得他出来的时候浑身是血？"

"他说是因为在里面拼命踹门，想逃出去，结果把自己弄伤了。"

"啊——原来是这么回事。"

我们重新回到建筑物正面，盯着面前的玄关大门。

这是一扇典型的日式外开门,顶部装有常见的液压闭门器,防止门一直敞开。不过门把手和门锁已经被拆掉了,只留下几个触目惊心的空洞,看起来惨不忍睹。

"还有一点我想不通。第一发现者为什么会被困在里面?即使有人从外面锁了门,里面的人也只要转动把手就能把门打开。凶手总不至于一直埋伏在附近,等第一发现者进去后再亲手用顶门棍堵门吧。"

音叶戳了戳门把手被拆掉后留下的洞,点点头。

"据说内侧把手的连动杆被人弄断了,所以他打不开门。"

这倒是我没有想到的。

古今东西,因门把手故障而被困在厕所或浴室的案例比比皆是。门把手的连动杆一旦脱落或是折断,就无法带动锁舌,门自然也就打不开了。

"被人弄断了?也就是说,不是自然老化损坏,而是留有人为破坏的痕迹?"

"铃木刑警是这么说的。"

我依稀记得,这座空屋的玄关大门上装的是按压锁,也叫装饰锁。外侧有一个弧形把手,上方配有一个拇指大小的按钮,通过连动杆与内侧把手相连。从时间上看,破坏连动杆的应该就是凶手本人。

我的后背蹿过一阵前所未有的恶寒。

"莫非……凶手故意设了个'第一发现者陷阱',就是想引诱无关人士进入,然后困在里面无法逃脱?!"

音叶重重点了点头。"嗯,警方也这么认为。凶手的目的,就是要让第一发现者在恐慌中破坏现场。"

想象一下和两具尸体被困一屋的恐怖场景,是个人都会崩溃。

事实上也正是如此。那个倒霉的男人在意识到自身处境后,瞬间失去了理智,吓得在屋子里乱跑乱撞,疯狂地用身体冲击门板,试图逃离这个恐怖的牢笼。

我们拉开正门,走进空屋。

一进门,眼前是一个大约十二叠①大小的空间。以玄关而言有点大,但这其实是个玄关兼客厅的一体化空间,所以还好。

天花板上露出几道装饰梁,一整面墙改造成实用的整体壁柜,脚下是漂亮的拼花木地板。原房主的审美品位可见一斑。不过,现在地上到处都是碎玻璃,看起来相当落魄。

四个月前,这里的状况恐怕还要糟糕许多。虽然眼下已经几乎看不出痕迹,但我完全能想象出当天的情景——满地都是第一发现者砸门时流的血,屋内犹如台风过境,惨烈极了。

从保护现场的角度看,这无疑是最糟糕的事态。

这样一来,那些原本存在的细微痕迹和线索,都被破坏殆尽了。

我皱起眉头。"无论多么小心,犯罪现场总会留下一些指向凶手的证据。凶手必然知道这一点,才故意把无辜的第一发现者困在里面,利用他的惊慌破坏现场。"

"好卑劣的手段。"

"可是,第一发现者再慌张,也不会踩到天花板上去吧?所以,你之前说的'天花板上的鞋印'是怎么回事?"

音叶指了指天花板,说道:"铃木刑警也纳闷呢,说是最中间的横梁附近,有两个属于我爸爸的鞋印。"

我抬头一看,三根黑色装饰梁将浅棕色的天花板隔成四等

---

① 一叠约为1.62平方米。

分。最中间的那根梁紧贴着天花板，左右两根位置比较低，和天花板之间大约有五十厘米距离。

我飘起来，仔细检查装饰梁周围的情况。

遗憾的是，四个月的时间让一切都变得难以分辨。不光是天花板，地板和墙壁上也有许多污渍和划痕，想从中筛选出有效证据几乎是不可能的。

我落回地面，陷入了沉思。

凶手为什么要提前两小时见面？他如何在不留脚印的情况下实施了犯罪？天花板上的鞋印是怎么回事？被害人为什么一个被塞进壁柜，另一个死后还被勒紧了脖子？还有，那个引诱第一发现人进来的陷阱也令我深感不安。

亟待解开的谜团太多了。然而公众知道的，只是警方掌握的证物和证词中的一小部分。

——尽管铃木刑警已经向音叶透露了一些信息，但仅凭这些，要解开所有谜团仍然是不可能的任务。

此刻我的神情一定异常凝重，就连音叶看我的眼神都少见地带上了不安。

"信息……还是不够吗？"

"很遗憾，是的。如果能亲眼察看警方保管的证据就好了，会简单得多。"

音叶啪地打了一个响指。

"对呀！伏木县警总部就在间幌站前面，你可以偷偷溜进去啊！反正你是幽灵，谁也看不见你，多简单！"

我笑了笑。"县警总部啊，昨晚我已经去过了。"

"什么？！"

"你回家睡觉以后我实在闲得发慌，反正幽灵不会困，我就去柳院大楼和县警总部转了一圈。"

音叶气鼓鼓地嘟起嘴。

"一个人偷偷行动,太狡猾了!"

"别生气嘛,反正两边都没什么收获。柳院大楼的楼顶太暗了,什么都看不清;县警那边,也只是确认了对三井夫妇遇害案的搜查基本没有进展。"

归根结底,我到访的时间也不合适。

深夜的县警总部,只有唐津警部补和铃木巡查部长两个人还在加班。两人像被黑心企业榨干的打工仔一样目光呆滞,一边如僵尸般机械地啃着廉价零食,一边写着另一起抛尸案件的报告书。

"我看了他们的办公桌,但三井夫妇遇害案的资料被埋在一堆文件下面,幽灵没有实体,我连亲手翻一翻那些资料都做不到。除非在接下来的六天里,哪位兴趣独特的警察愿意把这些资料和证物从头再看一遍,否则,我就算天天跑去盯着搜查一课,也很难得到什么有用的信息。"

果然,案件发生至今的四个多月时间,才是挡在我们面前的最大障碍。

"可恶……"我轻轻啧了一声,"看来正面解决是没指望了。"

总之,我们缺的不仅是信息,还有工具、钱,以及所需的一切资源。

——如果我还记得白色情人节当天的更多细节,或许就能找到些线索,锁定我们共同的敌人。

然而,记忆画布上的空洞深不见底,仿佛在无声地嘲笑着我企图回忆的努力。

2

7月29日　14:30　剩余时间：6天

音叶住在白馆町的　栋老旧独栋住宅里。

这是一栋非常普通的二层小楼，一楼有个很小的院子，还附带一个车库。

从东云町的空屋出发，步行大约二十五分钟就能到达。白馆町是市内环境最安静的住宅区之一，时不时能看到麻雀在天上飞来飞去。

离开空屋后，我们顺路去了一趟图书馆，目的是彻底梳理与柳院大楼坠楼事件和空屋杀人案相关的新闻报道、杂志特辑等资料。今天的目标是尽可能多地收集基础信息，并将它们牢牢记在脑子里。

想到这里，我不禁露出笑容。

——说起来，音叶还在图书馆里找了一本法医学入门书，读得可带劲了。看来她在认真实践我教她的东西，我不由得有些钦佩。

明天，我们计划去调查柳院大楼。

从图书馆回来后，音叶立刻摘下那顶 GP 棒球帽。

"好热……顶着大太阳跑真的太恐怖了。"

她打开空调，然后说要去洗澡，便消失在了某个地方。

她的小姨似乎还没回家。我决定去离浴室最远的书房待命，以免蒙上偷窥嫌疑。

三井家的书房氛围很舒适。

书桌上摊着一个还没拼完的太空船模型，旁边整齐摆放着丁腈手套、薄刃水口钳和砂纸等工具。墙面展示架上有很多组装好的模型，整整齐齐地陈列在眼前。

书架角落，不太起眼的地方，放着一座网球比赛双打第三名的奖杯，铭牌上刻着三井赫子、三井海青两个名字。看来是夫妻搭档参赛的战利品。

我注意到奖杯旁边放着装有纸币的男士钱包和卡包，不禁有些惊讶。

"唯独没有零钱包，硬币也没有。"

回想起来，音叶在自动贩卖机购物时用的也是电子支付，她似乎没有带钱包出门的习惯。看来三井家已经基本迈入了无现金时代。

书桌右端并排放着两个分药盒，上面用稚嫩的笔迹写着"周一""周二""周三"等标签。

其中一个药盒上贴着显眼的小兔子贴纸，里面装了几板糖尿病药和止痛药，顶上还压着一包汽水糖。

"是用来预防低血糖的应急品吧。"

胰岛素有一定概率引发血糖骤降，可紧急摄入葡萄糖缓解症状，吃汽水糖也是可以的。

另一个药盒上贴着奶牛猫贴纸，里面装着几板我不认识的药。看垫在下面的收据，是三井海青在附近的皮肤科诊所开的抗组胺药。

——是治疗过敏的吗？

这些物品都蒙上了一层薄薄的灰尘。

我不禁屏住呼吸。两个药盒里，周一到周四的药格都空空如也。

"他们最后一次服药，是在白色情人节？"

"这个家里，到处都是回忆。"

身后冷不丁传来一个声音，吓得我立刻回头。

音叶站在书房门口。她刚洗完澡，头发还湿漉漉的，脸颊微微泛红。

她将目光投向书架。

"你看书架上那些猜谜书。我爸爸是个业余谜题作家，网名叫'Blue Ocean'，经常在网上发布文字谜题，有一万多个粉丝呢。"

"哦哦……"

"黑羽，对你来说，家和家人是什么？"

突如其来的问题让我有些措手不及。

"唔，我的父母和妹妹很早就都去世了，我一直是一个人。关于家人……说实话，我不是很清楚。至于家，只要能让我放松地看电影，哪里都行吧。"

音叶一路用手指滑过那些猜谜书的书脊，慢慢走到我面前。

"我啊，非常爱爸爸妈妈。我有什么事情没做好，他们从不冲我发火。他们每次表扬我的时候都会紧紧拥抱我，笑得那么开心，让我都觉得不好意思。那时的我坚信，只要有爸爸妈妈灿烂的笑容在，无论遇到什么困难我都不会怕。在学校我会好好学习，在家我会做爸爸妈妈的好孩子，我们一家三口会永远在一起，幸福的日子永远不会结束……可是这一切都被夺走了……留给我的，只有那些珍贵的回忆。"

正如她所说，这间书房仿佛停在了四个月前的那一天。钱包、药、模型……一切都不再前进。她通过这样的方式，将对父母的追忆，连同那段一去不归的幸福时光一起封存了起来。也许正因如此，在我这个已经没有未来的幽灵看来，这个房间才显得如此温馨和舒适。

音叶走进与客厅相连的开放式厨房，径直奔向餐桌。桌上放着一个篮子，里面还剩三片吐司。

"这么一说，把午饭的事给忘了。"

我露出一个抱歉的笑。身为幽灵的我自然不会有空腹感，但正在长身体的音叶似乎已经饿得前胸贴后背了。

"我开动啦！"

她气势十足地大喊一声，连盘子都没拿，抓起吐司就是一口。

"呜哇！干吗用这么折磨自己的吃法？"

常温下放了太久，吐司看起来硬邦邦的。音叶咬下一截吐司边，艰难地咽了下去。

"我一直这么吃啊。用盘子的话还得洗，烤面包机又太麻烦了。"

"你这是有多懒啊。"

"拜托，我可是效率至上主义者。"

态度依旧理所当然，声音里却没了以往的气势。

"骗人，我看你是不会做饭吧？"

音叶的脸一下子红到耳朵根。

"才……才不是呢！我会煮鸡蛋、煎荷包蛋，还会做玉子烧！"

"行了行了，别再挖坑自己跳了。"

我指示音叶打开冰箱。

冷冻室里塞满了冷冻食品，冷藏室却空空如也，生鲜食品少得可怜，鸡蛋、牛奶、黄油、枫糖浆倒是齐全。

音叶不服气地嘟嘟囔囔："为什么我非得自找麻烦做饭啊……"

"这是第二课的实践部分。无论搜查还是犯罪，若要充分利用手头的信息，掌握各种'知识与技术'很重要，做饭也不例外。"

"呜……"

"所以，午餐就做法式吐司吧。"

*

将鸡蛋、牛奶、砂糖倒入小碗，搅拌均匀。将吐司划出小格子后放入蛋液，浸透。可以用筷子在吐司片上戳几个小洞，风味更佳。

厨房里渐渐弥漫起甜美的香气。

趁我不注意，音叶竟然自作主张，企图往蛋液里猛加牛奶和糖，实在是我行我素，很符合她的性格。

——不对，身为新手还不按分量来，典型的厨房杀手预备役啊。

我看着蛋液慢慢浸入吐司，问道："做饭还挺有意思的吧？"

"一点意思都没有，我不觉得我会喜欢。"

虽然嘴上这么说，但音叶还是麻利地在餐桌上摆好两套刀叉，另一套似乎是为小姨准备的。

"这道法式吐司可是鲁宾咖啡店的招牌菜，吃上一口，你就会对做饭有所改观的。"

"我一定会打破你的自信！"

别再扎心了，我真的会受伤。

为了让蛋液充分渗透到吐司中心，至少需要浸泡十分钟。

"好了，差不多该开始煎了。"

音叶在平底锅里抹上黄油，把吐司片放上去，加热。吐司发出悦耳的嗞嗞声，待一面煎出漂亮的金黄色后，音叶小心地将它们翻面，重复刚才的过程。

就在我以为万事大吉的时候，音叶竟然拿起一袋没开封的蛋黄酱，直勾勾地盯着平底锅看。

"住手！放开那袋蛋黄酱！"

我赶紧让她从冰箱里取出枫糖浆，淋在煎好的吐司上。

正式开吃前，音叶故意摆出一副"我才不会说好吃"的表情，结果刚把第一口塞进嘴里，她的眼神就不受控制地飘起来。

"味道怎么样？"

"唔嗯……"

音叶发出一个意味不明的声音，以惊人的速度大吃起来，一片吐司瞬间下了肚。看来，她对成品颇为满意。

当她开始惬意地喝起牛奶时，我抬头看向客厅的天花板。

"有一个进展，关于空屋天花板上的鞋印之谜，我或许已经找到答案了。"

"真的？"

我眯起双眼，道："我可以直接告诉你结论，但只听别人的推理，你自己的逻辑思维能力就得不到锻炼了。"

"我明白。就像只看数学题的答案，自以为理解了，等到真正解题的时候却还是完全不会，就是这样的感觉吧？"

"没错。你虽然负责'行动与实施'，但复仇过程中很可能会遇到各种意外状况。所以，我希望你能养成独立思考的习惯，无论遇到什么情况，都能自己找出最佳解决方案。"

音叶跷起二郎腿，露出自信的笑。

"交给我吧，我最擅长这个了。"

"很好，就参考这里的天花板吧，可以帮助你推理。"

三井家客厅上方的设计与空屋类似，白色的天花板，同样被三根黑色装饰梁隔成了四等分。

音叶抬头望去。

"我们家的三根装饰梁都装在天花板下方五十厘米的高度，这种设计比较常见。但空屋那边，中间那根梁是贴着天花板安装的，只有左右两根往下垂了五十厘米。"

她的观察力非常敏锐，迅速抓住了关键点。

"从这里能推导出什么？"

音叶起身走到客厅，拎起一只拖鞋向上扔去。拖鞋越过横梁，撞到天花板后又狠狠弹了回来。

"我知道了！凶手想把绳子绕在横梁上却没成功，鞋印就是那时留下的。绳子本身很轻，扔不了太高，所以他就用我爸爸的鞋子当重物，把绳子绑在鞋带上，再向上扔。"

我轻轻点头，回道："确实，这样一来，天花板上会留下鞋印也就不奇怪了。"

音叶正准备再扔一次拖鞋，声音却忽然低了下去。

"不对，还是不可能。"

"为什么？"

"因为最中间的装饰梁是贴着天花板的，凶手只要多看两眼，就会发现两者之间完全没有空隙，绳子挂不上去。啊……不行！得从头重想！到底哪里出错了？"

我笑嘻嘻地看着她。

"这就放弃了？"

"呜……"

"这次信息搜集做得不错，但之后的推理太草率了。第二课怎么说的来着？怀疑一切。不仅是对别人，包括你自认为理所当然的事情，也要先怀疑一遍。所谓心理盲区，往往就来自先入为主的观念。想要真正自由地思考，首先得从先入为主的观念中解放出来。"

音叶一脸不爽，把拖鞋扔到一边。

"我才没有先入为主！我认真思考了所有可能性！"

"不不不，你被束缚住了，只考虑了具备正常距离感的人。"

音叶一惊。"难道……凶手是分不清距离远近的人？犯案时有一只眼睛看不见？"

"就是这么回事。这样一来，他没发现三根装饰梁中有一根贴着天花板，也就不奇怪了。"

凶手大概以为中间那根梁也和另外两根一样，才反复尝试把绑着绳子的皮鞋扔上去。多次尝试失败，鞋底两次撞到天花板，这才留下了两个鞋印。

这大概就是真相。

音叶紧握双拳，深深低下了头，整张脸几乎埋进了沾满枫糖浆的盘子里。

"可……可恶啊……"

"你还差得远呢。"

不过音叶是个不服输的人，振作的速度相当快。或者说，她不过是单纯地发泄一下情绪。我正想着这些有的没的，她突然抬起头，伸出拳头比了个鼓劲的姿势。

"这样一来，我们又多了一条有助于锁定凶手的信息呢！看到了吗，无能的警方！"

我叹了口气。

"又小看警方，别忘了，接下来我们要开始犯罪活动了，警察会成为我们的敌人。低估敌人的能力，或者忘记必要的敬畏，都是大忌。"

音叶一手托着腮帮子，靠在桌子上。

"不愧是'观察与思考'担当，黑羽，你谨慎得几乎有点胆小了。放心啦，作为'行动与实施'担当，我会代替你完美完成任务的。"

——别，我更放心不下了。

"总之，随着计划推进，你迟早会体会到警方的恐怖之处。就连我，计划都被唐津警部补搅黄过好几次了。"

唐津简直强到不像人。

此人仿佛浑身闪耀着"文武双全"的光芒，头脑和体力都是超一流的，总能突然出现在各个现场，凭借敏锐的直觉，从细微之处解开各种案件的谜团。

"给你一个忠告。音叶，千万离唐津远点儿。"

音叶沉默以对。

忽然，我发觉音叶正盯着我背后的虚空。

——后面有什么东西吗？

我战战兢兢地回过头——只见厨房门口站着一个满头天然卷的女人。

"呜哇，唐津？！"

我绝对不会认错她那双闪着精光的眼睛。

身高不到一米六〇，标志性的深灰色西服西裤套装，隐藏在衣服下的精悍肌肉，一边鼓一边空的外套口袋……都和我在县警总部见到的一模一样。

唐津看了一眼用过的脏盘子和没开封的蛋黄酱，然后指着装法式吐司的盘子，微笑道："看起来蛮好吃。这是谁和你一起做的？"

*

"我在手机上查了食谱做的啦，因为冰箱里就只有这些东西……"

唐津大快朵颐，吃完法式吐司后，把餐具拿到水槽开始清洗。看她生龙活虎的样子，哪像是刚刚通宵写完报告的模样？！

与此同时，一旁的我抱头陷入了混乱。

"不是吧……你小姨……居然就是唐津警部补？！"

从年纪上看，唐津三十五六岁，有个小学六年级的侄女也不奇怪。这么说来，接受委托前，背调期间我看过三井夫妇的照片，音叶的母亲和唐津长得确实很像。

可是……

"你为什么不告诉我你的小姨是警察！"

这时唐津刚好洗完盘子，正一个个用水冲。伴着嘈杂的水声，音叶压低了声音。

"我以为你肯定知道啊。和委托人见面之前，你不可能不调查他们的背景。"

我无言以对。童言无忌，最为扎心。

"我当然做了背调。你父亲是会计师，在车站前的一家会计事务所工作；母亲是全职太太。不过，很奇怪啊，你父亲姓三井，你母亲的娘家姓也不是唐津。"

我疑惑地看向正在洗餐具的唐津的左手。

果不其然,这位人称"搜查之鬼"的警部补,左手无名指上并没有婚戒。看来"唐津"也不是她婚后改的姓。

音叶轻轻叹气道:"说什么谨慎准备,结果调查得一点都不彻底。小姨她上初中时就被亲戚家收养了。"

——原来如此,因为早年的收养关系,背调才没查到。

不管怎么说,眼前这位搜查一课的明星警部补就是音叶的小姨——这一事实显然无可动摇。

"唉,真是糟透了……好讨厌……"

唐津是音叶的监护人,这意味着我们做任何事情都得先过她这一关。

唐津忽然转过身来。

"对了,有什么想吃的吗?明天我应该能早点下班。好久没时间好好做饭啦,得给你露一手。"

"照烧巨无霸汉堡、超大份薯条、可乐。"

——为什么给出这么恶意满满的回答啊!

"音叶还真是喜欢快餐呢。要注意营养均衡,多吃蔬菜,才能长得高哟。"

"小姨你不也是小零食狂魔吗?"

"我有好好运动,也吃蔬菜。"

"我不要听——"

丢下这句话,音叶准备离开客厅。

"原来如此,你是不想吃蔬菜,所以昨晚才去逸品亭吃了纯肉、零蔬菜的拉面吧?"

被小姨无情揭穿,音叶的脸色红一阵白一阵。

"我才没去!"

"Doubt!"

简直把我听愣了。

——原来这个"Doubt"不是小学生之间的流行语，而是唐津的口头禅？

唐津拿起那袋未开封的蛋黄酱。

"谎言是藏不住的，这袋蛋黄酱就是铁证。"

"啊？"

"第一，音叶是蛋黄酱狂魔，在家吃什么都要加蛋黄酱。第二，昨天早上，家里所有开了封的蛋黄酱都用完了，只剩下这袋没开的。如果你昨晚真的是在家吃的饭，那是绝对不可能放过这一袋的。"

音叶瞪了我一眼，似乎在气我阻止了她往法式吐司上浇蛋黄酱。拜托，这跟我有什么关系？

然后，音叶啪的双手拍了一下餐桌。"这一切都是小姨设下的陷阱吧？太卑鄙了，故意把蛋黄酱用完才出门！"

——这两人到底在较什么劲呢？

我无奈地看着她们。唐津从架子上拿起一张卡片。

"另一个证据就是逸品亭的积分卡。你看，昨天的日期上多了一个新戳。"

"呃……"

音叶哑口无言。唐津双手抱臂，从上方俯视着她。

"你该道歉的不止这些吧？你从逸品亭出来后，还在外面晃荡到很晚，我全都看穿了。"

我终于忍不住爆笑出声。

"有个'搜查之鬼'当家人真是辛苦啊，得天天接受推理和说教的洗礼，一般人可没有这种体验。"

唐津听不到幽灵的吐槽，继续得意扬扬地说道："若要人不知，除非己莫为！看你，满腿的蚊子包，让我数数……哇，有十多个呢！嗯，得上点药，药呢？"

唐津一边念叨着一边翻找厨房的抽屉，但里面只有烧烤用的钢钎。

"咦？"

她像入室盗贼一样翻遍了所有抽屉，却只找到量勺、砂糖罐这类厨房用品，药品的影子都没见着。

"咦？咦？"

看着在凌乱的厨房中手足无措的唐津，我简直哭笑不得。

——被誉为"搜查之鬼"的人居然如此天然呆，实在叫人大开眼界。

音叶深深叹了口气。

"小姨，药都放在冰箱里呢。要说多少次你才记得住啊？"

"抱歉，我先入为主地以为药品应该常温保存。"

唐津唰地红了脸，小声道歉。

她的认知其实是正确的。药品如果放在冰箱里，取出时的巨大温差会导致结霜，反而容易变质。

然而，音叶毫不掩饰轻蔑地继续嘲讽："把药放在抽屉里，那是小姨你独居时的习惯吧？"

唐津的脸色瞬间苍白。

"不是的。你也知道的吧？小学毕业之前我一直住在这里，那时候你外婆就把药放在抽屉——"

"那种老皇历无所谓了！但如果小姨以后还打算在这里住下去，至少该记住东西都放在什么地方！"

音叶冷冷地说完，转头跑上了楼梯。

"等等！"

唐津忙追上去，只留下像被小偷扫荡过一遍的厨房。

唐津不知所措地站在二楼音叶的房间门口。

"我马上要回去工作了，但我保证，明天晚上七点前一定回来。到时候我们再好好谈谈，可以吗？"

房间里没有回应。

唐津一步三回头，拖着沉重的脚步慢慢走下楼梯。

"这位警部补啊……莫非并不是天然呆，只是单纯地不擅长带孩子？"

现在想来，只要音叶露出一点轻蔑的神情，唐津就沮丧得好像世界末日来了一样。

我穿过房门，飘进音叶的房间。

门内侧装了一个插销，螺丝拧得有点松，旁边还有一个像是安装失败留下的洞。多半是音叶自己装的。

作为室内门，这扇门罕见地向外开。

——大概是因为门附近装了个固定壁架，占据了原本开门的空间，这才设计成外开门。

房间主人正坐在床上，双臂抱着膝盖。

一旁的书桌上乱七八糟地放着手机、耳机和移动电源。书架上，各种解谜书正正反反地塞成一排，一只粉红色的小锤子和一个看起来已被砸成两半的存钱罐充当书挡。

她绝对是那种不擅长整理的人。

看到音叶颤抖的肩膀和脸上的泪痕，我叹了口气。

"你们啊，一个个的都这么不坦率。"

"我最讨厌小姨了！"

"是啊，一开口就是推理和说教，这谁受得了。"

音叶紧紧搂着一个半新不旧的巧克力盒子。盒子是柠檬黄色的，只有一个巴掌大。

"这是你父母送的吗？"

音叶倏地抬起头来，点了点。

"嗯，是爸爸送的。虽然巧克力已经吃完了，但空盒子也装满了回忆。"

"为什么药一定要放在冰箱里啊？"

如果她回答"我觉得治疗蚊虫叮咬的药冰镇之后更有效"那就没问题，说明是我想多了。

但音叶瞬间收敛起笑容。

"药放在冰箱里，是妈妈定下的规矩。我绝对不允许有人把它们移到别的地方去。"

"这样啊。"

音叶和小姨如果想成为新的家人，就应该一同决定家里的规则。无论是维持原来的位置也好，改变摆法也好，她们可以慢慢调整，让生活更加舒适。

但音叶拒绝改变。

她在与时间对抗，试图让这个家保持父母在世时的样子。也许连放吐司的篮子和洗衣袋的位置，她都希望原封不动。

——或许她相信，只要守住这个家，就能守住那些充满父母笑容的幸福日子。

这个世界上有太多无可奈何的事。突如其来的疾病、从暗处突然袭来的恶意、难以预知的事故……等发生之后，一切都为时已晚。

即便如此，人们也不愿意坐以待毙。

我也是在这种冲动的驱使下才活到现在的，音叶也一样，即便理智告诉她一切都是徒劳，她也还是会拼尽全力，试图留住家人的回忆吧。

——我相信，唐津也理解这种心情。

她自己也在承受失去姐姐、姐夫的巨大痛苦，并且决定收养侄女，和侄女成为新的家人。

同时，唐津还是一位极其忙碌的警察。

音叶可能会将其斥为"大人的借口"，但唐津能陪伴侄女的时间确实有限。因此，要求她完全掌握家里每样东西的位置、完全理解音叶拼命想要守护的东西，的确不太现实。

最初或许只是一个微小的误解，但日积月累下来，不知不觉中，两人之间已经有了巨大的隔阂。

这是再常见不过的故事，可能发生在任何人身上。

音叶毫不掩饰声音中的厌恶之意。

"而且，小姨总是想扔东西。"

"这么霸道？比如呢？"

她的视线突然钉在那个柠檬黄的空盒子上。

"小姨她趁我高烧住院的时候，把我珍藏的巧克力全吃光了不说，还差点连盒子都扔了！"

对音叶来说，这个盒子是无可替代的宝物；但在不知情的唐津眼中，它恐怕只是个该丢的垃圾罢了。

音叶滔滔不绝地控诉："像她那种只懂廉价小零食的人怎么会明白！她大概觉得没什么特别的，但是……这可是超人气店'巧克力职人梅丽莎'的超人气礼盒啊！也是爸爸送给我的礼物，是我的宝贝！黑羽，你懂的吧？"

"当……当然。"

——好险,差点说错话。

梅丽莎是一家以干果威士忌酒心巧克力闻名的高端店铺,也是本地人送礼的热门选择。她的品位还真是相当挑剔,嚣张得叫人火大。

音叶仍旧愤愤不平。"还有,爸爸用过的乳胶坐垫,不知道什么时候也被小姨扔掉了。"

——八成是发霉了才扔的吧。

心里这么想,表面上我却连连点头。"嗯,确实不可原谅。"

"真的!既然这么讨厌这个家,干脆早点搬走算啦!"

我不禁对唐津生出几分同情。

再优秀的警察也不是神仙,回到家里还被要求保持明察秋毫,太强人所难了。音叶抱怨了半晌,听来听去不过都是些鸡毛蒜皮的小事罢了。

想到这里,我不禁扬起嘴角。

"什么啊……又是那种不怀好意的笑!"音叶瞬间警惕起来。

看来,我又不知不觉中露出了"鬼点子"式的危险笑容。我连忙假咳一声,转移话题。

"总之,音叶,你要全力以赴,和小姨搞好关系。"

"啊?"

"先发条 LINE 消息道歉吧,就说你想吃蔬菜满满的回锅肉。她一定会很开心的。"

音叶吐了吐舌头。"不要,我最讨厌蔬菜了。"

"你要是这么爱吃汉堡,回头我带你去一家超好吃的夏威夷汉堡店。说实话,我对你们的家庭纠纷没什么兴趣,只是我的时间不多了,她既然是搜查一课的人,从她那里打探情报就是最快的手段。"

"我先说清楚,小姨可不负责空屋案。据说是因为和被害人关系太近什么的,她被排除在搜查组之外了。"

我不禁再度叹息。

"不负责,手上就没有情报了吗?我说过吧,要怀疑一切。表面上她可能无法参与调查,但以她的性格,肯定会想各种办法获取情报的。"

音叶坐在床上,不甘心地咬着嘴唇。

"即便如此,她也什么都不会告诉我的,再怎么搞好关系也没用。"

"这得看方法。"

"不是方法的问题。小姨总是用一堆漂亮的大道理把我排除在外,说什么不想让我受伤。黑羽,你一定能明白我有多焦虑、多难受吧?"

"我明白……简直好极了。"

一个枕头迎面飞来,穿过我的眼睛,重重地砸在架子上。

如今的我渐渐习惯了幽灵状态,因此并没有躲闪。这似乎更加令她火冒三丈,她抓起一只更大的抱枕,恶狠狠地瞪着我。

"别把我当小孩子耍!"

"不不不,你要知道,不被当作成年人看待,在犯罪时可是非常有利的。"

"哪里有利了!"

"只要让别人相信'小孩子可做不来这个',就没人会怀疑到你身上。第三课——除非必要,否则尽量让别人低估你的能力。这样对方就会放松警惕,露出破绽。音叶,你要学会更好地利用'身为孩子'的优势。"

音叶松开了抱枕。

"好啦,我给她发LINE就是了。"

她伸手拿起桌上的手机,撇了撇嘴。

"按黑羽的说法,小姨是个超级优秀的刑警吧。接近这么危险的人,万一我们的计划暴露了……我可不管!"

我只能报以微笑。

——要是能不和唐津接触,那自然最好。

可她们毕竟住在同一屋檐下,怎么可能保持距离?所以,我只是提出了我认为最好的"方案"。至于这究竟是吉是凶,我自己也不知道。

3

7月30日　09:30　剩余时间:5天

柳院大楼位于沿河的国道旁。

有杯川水量充沛,河面宽度大约五十米。

大楼前面那尊牙科医院的宇宙犬铜像已经撤走了,想必是因为我被长矛刺穿的事引发了争议。原址现在改成了花坛,里面盛开着五颜六色的唐菖蒲。

从三井家步行到柳院桥大约需要二十分钟,再走上三分钟左右就能到达柳院大楼。如果以东云町的空屋为起点,步行到柳院大楼大约需要十五分钟。

"从哪里开始查呢?"

音叶今天仍旧是一副假小子装扮,头戴变装用的GP白色棒球帽,脸上架着黑框平光眼镜。

"先去鲁宾咖啡店吧。"

听我这么说，音叶愣了一下。

"你的店？"

"经过昨天的调查，我深刻体会到要在五天内解决问题，工具和资源都远远不够。所以，我们得取一些东西回来。"

我指挥她到后院，挖出我早先埋在混凝土碎块下面的备用钥匙，然后快步走向大楼二楼。

作为房租打折的交换条件，我一次性给柳院大楼房东预付了一年的租金。

——下次付款时间是十月。至少在我的肉体彻底死亡之前，不必担心因为拖欠租金而被强行撤店。

幸运的是，今天二楼走廊上仍旧空无一人。

戴上手套后，音叶插入备用钥匙，在触摸屏上输入密码。

"哇，这店真不错！"

一进门，音叶就兴奋得两眼放光。可惜店里到处都是灰，呈现出一种褪了色的怀旧感。

"啊，竟然积了这么多灰……"

我这人有点洁癖，每天都会把店里打扫得一尘不染，朋友的咖啡店关门时转让给我的复古风吧台和桌子我都会擦得锃亮。现在它们都不是记忆中的模样了，就连在古董店一见钟情买下的彩色玻璃隔断也蒙上了一层灰尘，仿佛陷入了沉睡。

"放了四个月的食材肯定都坏了吧？搞不好已经腐烂成水了。"

"别说了，好恶心。"

音叶以彻底豁出去的气势拉开冰箱门，下一秒便露出失望的神色。

"空了。"

"太好了,应该是我表妹小环帮忙处理掉的。"

根据在久远综合医院听来的只言片语推测,我陷入昏迷后,我唯一的亲戚——表妹夫妇一直在照顾我。善良的他们想必早已和大楼房东取得联系,还帮忙清理了鲁宾咖啡店吧。

我微微眯起双眼。

"我的住院费……恐怕也是小环帮我付的吧。"

小环在间幌市一家私立高中担任数学老师,当然,她并不知道我的另一副面孔。我孑然一身,没有孩子,因此早早将她列为遗产继承人,并在生前赠予她一笔钱,以备不时之需。

正因为这层关系,小环才会一直为我支付高昂的住院费吧。

我冲音叶招招手,带她走向咖啡店最里面的房间。

这里是咖啡店的办公室,也是我的私人住所。

刚一进屋,音叶就猛地捂住嘴。

"天哪,好脏!"

"真没礼貌,区区灰尘怎么能叫脏?你得认清事实,去别人家时看到的整洁景观,都是对方临时抱佛脚打扫出来的。"

"我开玩笑的啦。"

环顾四周,书架上的书、电影蓝光碟、游戏软件,全都按五十音顺序码得整整齐齐,厨房的水槽也收拾得干干净净,没有一丝垃圾。虽然洗衣篮里还塞着几条内裤,算是扣分点,但以一个独居男性的房间而言,我自认已经干净得近乎洁癖了,应该吧。

我指了指角落里的一个小熊摆件。

"打开。我把工作间的备用钥匙藏在里面了。"

音叶旋开小熊的身体,从里面掏出一把系着扭蛋挂件的钥匙。

我从不在私人住所和咖啡店里留任何与地下生意相关的东

西，这样即便出了什么事，警察找上门来，他们也找不到任何把柄。唯独这把备用钥匙是例外。

我教音叶怎么消除进店痕迹，然后指了指正上方。

"再往上爬两层，秘密工作间就在那儿。"

"欢迎来到我的工作间。"

室内拉着厚厚的遮光窗帘，放眼望去一片昏暗。音叶掏出头灯，小心翼翼地踏入。

这里是我用其他名字租下来的，大概是因为拖欠电费的关系，如今彻底断电了。

这间屋子和鲁宾咖啡店之间只隔一层楼，警察一旦展开搜查，确实有暴露的风险，但"距离近"和"出入方便"两大优势实在令人难以割舍。因此，我想了些法子，用一个和黑羽乌由宇完全无关的名字租下这里，保证了一定的安全性。

音叶用头灯照向墙上的一张照片。

"右边比着剪刀手做鬼脸的人是你吧，嘿嘿。"

"唔……是读大学时的照片了。"

"头发颜色和衣服都和现在一样，那块黑色手表也一样，我一眼就认出来了。喔！旁边这个人看起来阴沉沉的，是你朋友？"

她指着旁边那个留着长刘海的男生。我移开了视线。

"不，跟我合影的这位是大学里的前辈。"

毫不意外，音叶的兴趣已光速转向了下一个目标，她似乎并不在意我的回答。头灯照亮另一个架子，上面整齐地摆放着无人机、窃听器等设备。

"哇哦，这边好厉害！就像电视里那些人的秘密基地一样。"

难得见音叶这么兴奋，看来她对机器设备很感兴趣。不过，环视完这间六叠大的房间后，她的脸上露出了不满的神情。

"比想象中要小呢。"

"因为只放了最低限度的必需品。"

她的直觉很敏锐，我确实还有其他工作间。最大的一个位于隔壁湾田市的郊外，我在那里租了间仓库，面积大约是这里的五倍。那边放了许多伪装身份用的东西，包括假工作证、保安和建筑工人制服，等等。

不过那个仓库离三井家太远了，开车单程都要至少半个小时。

——我以前都是开车过去，音叶就不太好办了。

小孩子独自打车去那么远的地方，必然会引起出租车司机和仓库工作人员的怀疑，风险太大，还是尽量利用眼前的资源吧。

忽然，音叶被架子最下层的某个东西吸引了注意力。

"这是……电击枪？"

我眯起眼睛，低头看向那支做工粗糙的电击枪。

"这个做过特殊改造，功率比一般的电击枪要大，是我用来应急的撒手锏。不过我还没经历过必须请它出山的绝境。"

"都被穿成串了，还好意思说。"

音叶嗤笑一声，兴奋地按了几下扳机，电极却毫无反应。于是她转过头来，可怜巴巴地看向我。

"放心吧，只是没电了，找地方充几个小时电就行了。"

音叶赶紧把电击枪塞进背包。看那猴急的模样，估计是怕我以"小孩子拿这个太危险"为由，不让她带走。

接着，我用下巴指了指架子右边的保险箱。

"接下来是资金。不管怎么说，这世上九成的麻烦，只要砸钱就能解决。先拿三百万日元吧。"

"就喜欢你这种务实的想法！"

那里放着我提前备好的应急生活费，万一哪天需要逃到国外就用得上。算上这里，我一共在五个地方藏了总计两千万日元。

音叶按照我的指示转动密码盘，打开了保险箱。但看到里面成捆的纸币时，她突然变得不安起来。

"真的可以吗？为了我，拿出这么多钱……"

"就算现在不拿，等这间房被处理的时候，也会被其他人拿走私吞掉的。"

"谢谢。"

难得从音叶口中听到这么坦率的感谢，我不由得眨了眨眼。

"要不干脆再拿一百万？这些钱都洗得很干净，没有任何后顾之忧。我还可以教你一些钱生钱的好办法。"

音叶用力摇头。"我不要！"

"开玩笑的。"

"我用不惯现金。"

"哈哈，新时代的小鬼。音叶是无现金主义者啊。"

将三捆一百万日元的纸币用力塞进背包后，音叶的目光落在保险箱角落里的一块黑色手表上。

"这个该不会是你戴的那块手表？"

我笑了笑，低头看向左腕，那里确实戴着一块完全相同的表。只不过它的指针永远停在了我从楼顶坠落的时刻——三月十四日晚上八点半。

"保险箱里那块是真正的手表，而身为幽灵的我戴的这块，只是由我生前的记忆构成的、虚假的幽灵手表罢了。"

"送给我吧。"

"嗯？"

音叶紧紧攥住从保险箱中取出的真表。

"不知怎的，不管是山寨货还是什么，我都觉得它好酷啊。"

我犹豫了一瞬间。她似乎察觉到了，立刻露出小猫一样的眼神看向我。

"我会好好珍惜的，我保证。"

反正等我死后，这里所有的东西都会被处理掉。想到这里，我妥协了。

"说到做到啊！"

"没问题！"

音叶雀跃起来，把手表扔进包里。

"好啦，别玩了，正事还没办完。"

我们搜刮到了平板电脑、手机、一次性SIM卡，此外我还挑了几件通用性较高的窃听器和小型无人机等设备，音叶麻利地将它们全部塞进背包。

背着沉甸甸的战利品，音叶忽然僵住。

"带回去是无所谓，但要怎么瞒过小姨？"

"手表和一次性SIM卡确实棘手，但平板电脑这类东西，就说和朋友借的，应该能糊弄过去吧？"

"谁知道呢？小姨的直觉一向很灵。"

"那就没办法了，毕竟是搜查一课的警部补嘛。"

多想无用，清理完入室痕迹后，我们迅速离开了工作间。

*

音叶有些饿了，我便履行承诺，带她去了那家超级美味的夏威夷汉堡店"小野汉堡屋"。

我看着她以惊人的速度吃掉一个连成年男性都要犹豫三分的巨大培根芝士汉堡，还顺带消灭了一大份薯条。趁她打算再点一杯番石榴汁的当口，我赶紧指挥她办正事——

用从工作间带出来的手机给情报贩子发悬赏。

"经过昨天的推理，我们已经明确了锁定凶手的条件。因此我们要查明究竟哪些人符合条件，所以需要三月十四日当天嘉乐公寓的住户名单、借用楼顶门禁卡的人员名单，以及大楼房东、管理员等人的身份信息。报酬就设二十万日元的加密货币，太高或太低都会惹人怀疑。"

音叶一边通过专用 App 发悬赏，一边好奇地问："情报贩子是做什么的？"

"顾名思义，他们的工作就是在黑市上贩卖各种情报。"

有传言说那些情报贩子的真面目多是在 SNS 上运营爆料自媒体的网红，也不知道是真是假。

"对了，他们那里能买到空屋案的警方搜查资料吗？"

我轻轻摇头。

"情报贩子也不是万能的。这帮人主要面向诈骗犯和盗窃犯提供服务，像我刚才要的'个人信息'就是他们的强项。要不了多久，就会有人发来准确无误的情报。至于警方内部的搜查资料，就不在他们的业务范围了。"

"果然不能什么都指望别人啊。"

"没错。但找情报贩子本身也是有风险的……"

我话音未落，正在充电的手机忽然铃声大作。

音叶差点打翻桌上的蒜蓉虾仁，小心翼翼地低头看向手机屏幕。

"刚开机不到半个小时，谁啊？"

我扫了眼通知栏,正是刚才发悬赏的App打来的。我叹了口气。

"是情报贩子。找他们虽然能方便地买到准确的情报,但'谁买了什么情报'也可能被当成生意卖出去。这位仁兄多半是看我四个月来头一回有动静,才打电话来探探口风吧。"

我示意音叶准备好耳机。

这部手机里预装了变声App,只要对话足够简短,情报贩子应该不会发现电话这头换人了。

音叶把一只耳机塞进耳朵,另一只对着我。耳机里传出一个故作风情的甜腻女声。

"哟,老主顾,好久不见啊,头一回这么久没接到你的单,人家都寂寞死了。"

这架势,怎么听怎么像风俗店的骚扰电话,但这就是情报贩子的常态。对方肯定也用了变声器,甜腻女声背后的真面目没准是个油腻的中年大叔。

音叶听得浑身起鸡皮疙瘩,我则一字一句地指导她怎么回复。

"这次也要加急,一小时内能搞定吧?"

音叶的嗓音经过变声处理后,应该能模拟出被我命名为"太上老君"的那种仙风道骨的声线。

"哎呀,还是那么冷淡呢。这样吧,特别给你打个折,只要十万日元,但你得告诉我这四个月你都跑到哪里,干什么去——"

在我的示意下,音叶利落地挂断了电话。

"这么突兀地挂断,对方不会怀疑吗?"

"没关系,反正我也从来没听完过'她'的废话。"

"哦,这样啊。"

"如果表现得太过礼貌,对方会察觉到换了人。很快,他们就会相互散播'有人冒充完美犯罪代理人开始活动'的情报了。"

音叶吐了吐舌头。"好讨厌的业界。"

离开小野汉堡屋,下一站是柳院大楼的楼顶。

站在楼顶门前,音叶皱着眉,咬着番石榴汁的吸管。

"锁上了。"

我耸了耸肩,道:"预料之中。毕竟都有人坠楼了,再马虎的管理员也会想起来锁门的吧。"

透过平光眼镜,音叶向我投来怨恨的目光。

"你该不会在想,反正幽灵可以穿门而过,你不如一个人上去调查之类的吧?"

事实上我正有此意。被她一语戳穿,我心虚地指了指锁眼。

"像这种老古董筒式锁,我如果不是幽灵,五秒钟就能打开。"

虽然从工作间带来了撬锁工具,但我不认为音叶这么快就能学会怎么用。突然,我看到音叶紧握双拳,摆出了功夫大师的架势。

"你在干吗?"

音叶一边做着不知是太极还是波纹呼吸法的动作一边回答:"我一直想试试华丽地踹开门。"

"'踹门'成就还是留到下次吧。"

"你这个游戏脑!"

"你才是,别想借着犯罪见缝插针地制造回忆!抱歉哪,我是个有原则的人,无论发生什么情况,委托人永远都是第一位的。凡我经手的犯罪,必须确保我自己和委托人都没有任何风险。像踹门这种粗暴的方法,既会发出噪声,又会留下痕迹,还有受伤的风险,你想都不要想!再说了,你也不想沦为那种开场瞎冒险,最后只能靠运气过关的二流角色吧?"

"好吧……"

我重新端详起门把手,音叶也戴上手套,尝试摆弄起铰链。

"黑羽,你为什么会成为犯罪者?"

"大概是机缘巧合吧。"

"啊?"

"这种问题,你问十个犯罪者,有八个都会这么回答。哪有人会从小立志犯罪啊?我也不是自愿走上这条路的。我还在KO大学读书的时候……"

音叶眼睛瞪得老大。

"那可是名校啊!黑羽,没想到你看起来不怎么样,脑子还挺好使!"

"抛开搜查与犯罪的课程不谈,光凭学校来判断一个人,就像看到书皮就自以为读懂了内容一样愚蠢。"

"原来如此。也就是说,你实际上并没有看起来那么聪明,对吧?"

"不不,我不是那个意思……总之!入学典礼后我就被拉进了游泳社,一个月后,我第一次去社团活动室,遇到了桂司前辈。他比我大三岁,当时已经大四了。"

听到这里,音叶开始窃笑。

"我知道了!工作间那张照片上的人,就是桂司前辈吧!"

"没错。"

"所以你是被游泳社的前辈带上了犯罪的道路?"

"完全不是。"

音叶一脸困惑。"不是吗？"

"他不是游泳社的人，而是强占了隔壁活动室的'杂草鉴赏会'的会长。据说他这个社团的活动就是收集杂草种子到处撒。"

"哇，听起来就无聊且奇葩。"

我一边观察铰链一边回忆。

"不过他这个社团搞得有多用心，就不好说了。总之，我难得去一趟游泳社，当天就发生了泳道绳失窃事件，我被当成了小偷。"

音叶老气横秋地叹了口气。

"你看，日常的一言一行都很重要啊。"

"跟这个有什么关系！他们只是想把锅甩给我这个平时不来的人，只要把我开除，他们就能继续一团和气了。结果，帮我洗清冤屈的，恰好就是刚在外面给一只死貉子供了两枚百元硬币的桂司前辈。"

"啊？"

"当然，他不是在给邪神献祭，那只貉子是在校园内被车撞死的。往它头上放硬币是前辈独特的悼念方式，也就是冥钱。"

音叶眨了眨眼睛，似乎听得云里雾里。

"冥钱？"

"就是给死者的路费，让他们坐船过三途川的时候不被为难，日本著名的'六文钱'习俗就是这么来的。包括某些外国电影，比如《处刑人》里，也有往死者眼皮上放硬币的情节对吧？前辈的做法也是这个用意。"

音叶愣了好一会儿，终于摇摇脑袋，似乎放弃理解了。

"好吧，总之我知道那位前辈是个怪人了。所以，桂司前辈并不是把你带上犯罪道路的师父，只是个擅长推理的普通人？"

"也不完全是。"

"什么嘛！"

"嘘！小声点。确实，前辈以他敏锐的洞察力证明了'小偷不是游泳社的人'，帮我洗清了冤屈。游泳社那些家伙还假惺惺地向我道歉呢，但我当场宣布退社，摔门而去。"

音叶满意地点点头。

"你是为了向前辈报恩，才弃暗投明，从此追随他的吗？"

"谁会干那种事啊！我是气炸了才走人的。但我始终觉得前辈的推理有些疑点，于是抓住他一问，果不其然，偷泳道绳的贼就是桂司前辈！"

"搞了半天，他才是那个坏人！"

我哈哈一笑，指着楼顶门的把手。

"好啦，磨炼'知识与技术'的机会来了。这扇门装的是筒式锁，这种锁安全性很差，如今已经很少用于户外门了，对付它甚至不需要硬撬。来，非法开锁的时间到了。"

"就等你这句话呢！"

"我先问问，你知道什么叫锁闩吗？"

音叶立刻用手机查了起来。

"嗯……就是用来固定门、不让它自己打开的金属件吧，会随着门把手的动作伸缩的那个。"

"筒式锁的特点是锁体系统全部集成在一条锁闩上，没有额外的插销。所以即便上了锁，也只要往门缝里插张卡片就能打开。你有带什么用不着的卡片吗？"

音叶像变魔术一样，从她的猫耳卡包里摸出一张积分卡。

她把卡片斜着插进门缝，尝试了三次后，卡片终于顶开了锁闩。她迅速拉开大门。

"成功了。"

伴随着一阵鬼哭狼嚎似的巨响，楼顶门开了。

一阵疾风吹过，音叶已经噔噔几步跑了出去。她站在楼顶，张开双臂转了一圈。

"嗯——景色真不错！"

柳院大楼的南边就是有杯川，算上堤坝，河道总宽度约一百米，岸边有不少垂钓的人。沿河道路是一条国道，柳院大楼和嘉乐公寓就并排建在道路一侧。

不过外面的景色和我没什么关系，我径直来到楼顶的东南角。

"嗯……白色情人节那晚，我就站在这里，远远望向河对岸。"

从这里探出去看，正下方是一座花坛，里面开满了唐菖蒲。三月十四日那天，花坛的位置还是牙科医院的恶趣味铜像。

我回头一看，音叶正试图翻越楼顶的栏杆。

"喂，你在干什么！"

我一声大喝，音叶缩了缩身子，不情不愿地从栏杆边退开。

"没事啦，我只是想试试跳到隔壁大楼有多远。"

这种时候，小孩子口中的"没事"是最不能信的。

"笨蛋！不要做那么危险的事！"

柳院大楼一共六层，屋顶离地面大约二十米高，摔下去几乎必死无疑——哪怕像我那样被穿起来。

音叶夸张地咂了咂舌。"真是个烦人的幽灵。"

"听着，不准再接近栏杆了。还有，不准咂舌。"

"这不是学你嘛。"

"别学了！"

"既然你这么说，那你去量到嘉乐公寓的距离。"

我飘浮起来，按照她说的穿过栏杆，飘到两栋楼之间。从正上方看，两栋楼之间的距离极小，双腿迈开一大步就能跨过去了。

"不到九十厘米吧。"

相关法律规定，建筑外墙和用地边界之间必须留出一定空间。但柳院大楼和嘉乐公寓都采用了楼顶向外突出的设计，导致两边楼顶的距离要远小于楼间距。

"嘉乐公寓的楼顶比这边稍微高一点，但落差最多也就十厘米。这个距离的话，轻轻一跳就能过来，也不会发出什么声音。"

我以灵体之身在两栋楼之间来回"跳"了几次。音叶环视一圈，又夸张地"啧"了一声。

"果然，四个月前的案件似乎没留下一点痕迹。"

我坠楼前面对的栏杆上没有明显的痕迹，面向嘉乐公寓的一侧也一样。也许事发当时这里曾经留下过什么，但如今已被风雨冲刷得无影无踪了。

音叶乖乖地后退几步，远离了栏杆。

"回去之前，能再给我讲讲你和'冥钱桂司'的故事吗？"

"别给前辈起奇怪的外号。"

"有什么关系嘛。黑羽是教我复仇的师父，这是事实吧？现在听说你还有个师父，我当然会好奇喽！"

实在说不过她，我无可奈何地开口："既然你这么想知道……行吧。泳道绳失窃事件过后，我加入了'杂草鉴赏会'，会员只有我和前辈两个人。最终我们也没真正去撒过杂草种子。"

音叶嘎吱嘎吱地嚼着番石榴汁里的冰块，眯起双眼。

"那个社团只是幌子，你们实际上是在搞犯罪活动吧？"

"八九不离十吧。早在认识我之前，桂司前辈就已经在用

'完美犯罪'来制裁那些法律审判不了的人了。这个世界充斥着肮脏龌龊的行为，虐待、权力骚扰、性骚扰……其中大部分甚至不被认为是犯罪。明明白白的犯罪行为被一笔带过，受害者反而要弃家舍业才能摆脱侵害，这就是现实。"

"真是个讨厌的世界。"音叶有气无力地吐槽道。

她太聪明了，恐怕已经意识到，自己迟早也会成为这个肮脏社会的一个齿轮。

"不过，我们当时做的事情还谈不上犯罪，顶多算是学生仔的恶作剧。"

"比如呢？"

"刚加入社团不久，我们接到一个委托，要教训一个屡次实施性骚扰的法学教授。那次，我们在教授心爱的兰博基尼上贴满了他最喜欢的非法黄游贴纸，然后把车子竖起来，倚在了法学部大楼的墙上。"

"真过分！"

虽然这么说，音叶的嘴角却挂上了一丝笑容。

"表情出卖了你呢。我们可贴心了，特意选了教授最喜欢的角色，用的还是无痕胶，事后清理一点都不费工夫。"

"还有呢？"

"还有一次，某个体育社团的教练动不动就打人，我们把他的恶行印成传单，发遍了KO大学，然后把他的爱车也竖了起来，倚在了学校正门的围墙上。"

音叶终于忍不住爆笑出声。

"最后一步都一样啊！"

"当时的委托费一律三万日元，不算贵，但桂司前辈总缺钱，所以还是得收。他还经常以'杂草鉴赏会'活动的名义，跑去河堤上挖能吃的野菜。"

我也被迫品鉴过几次野菜料理，记得小根蒜和菊芋意外地好吃。

"前辈家里很穷吗？"

童言无忌的提问让我笑出声。

"恰恰相反，桂司前辈家里有钱极了。他家三代经营综合医院，据说在市内有好几处豪宅。而他是院长的公子。不过你应该也理解吧？那种被父母强迫继承家业，恨不得赶紧远走高飞的感觉。"

音叶感同身受地点点头。"太理解了。我不喜欢数学，要是有人逼我继承爸爸的衣钵，跑去当会计师，我肯定不乐意。"

"前辈的父母无论如何都想让他当医生，将来继承久远综合医院。但前辈坚决不从，就离家出走了。"

"获得了自由，但失去了经济支持？"

"没错。学费和生活费都得自己挣，而且因为家里世代从医，亲戚自然也成了敌人。当时只有还在念高中，非常崇拜他的弟弟纲士还站在他这边。"

无奈之下，前辈只能打好几份工，再搞些恶作剧聊以糊口，也算是完美犯罪代理人的前身吧。虽然被迫留级，但他还是保住了工学院建筑系的学籍，以当上一级建筑师为目标努力学习。

"他说等当上建筑师后，要攒钱开一家小小的建筑事务所兼咖啡店。当然，店内设计要自己来。"

音叶一脸困惑。

"建筑事务所我懂，但怎么还带上了咖啡店？"

"他想开一家独一无二的咖啡店，作用类似于样板间。客人在喝咖啡之余，还能亲手摸到建材和设备，店里还能展示各种模型。"

"确实,如果当了医院院长,就不可能实现这个梦想了吧。等等,久远综合医院?不就是你住院的地方吗?"

"对啊,市内的大医院就这一家。"

"那,为你治疗的医生,就是久远桂司前辈的父亲,那位院长吗?"

我笑着将目光投向有杯川。

"音叶,你好像有不少误会。大医院里有几十个医生,每个人有各自的专长,院长不可能亲自诊治所有住院病人。"

"哦。"

"顺便说一下,我的主治医生是前辈的弟弟,纲士医生。他上高中的时候我们就认识了,他现在是脑神经外科医生。还有,'久远'其实……"

"嘿!咻!"

身后忽然传来令人不安的声音。

我立刻回头,音叶竟然已经翻过了栏杆。只见她脸上挂着灿烂的笑容,从屋顶跳了出去。

我感到浑身的血液猛地一滞。自从变成幽灵,已经好久没有这种感觉了。

她的身体穿过停留在两座楼之间的我,伴随着沉稳的落地声,她跳到了嘉乐公寓的楼顶上,回过头来看向我。

"发什么呆呢?快来调查这边的楼顶啊。"

——又被她摆了一道!

她假装对我的过去感兴趣,原来是为了转移我的注意力,好找机会跳到隔壁楼顶。

音叶颤颤巍巍地勾着脚跟翻过混凝土围栏,动作生涩得让我心惊胆战，看得我浑身发冷。

"你知道自己在干什么吗？"

音叶大刺刺地躺倒在地，一边喘着粗气一边用T恤袖子擦汗，完全没把我的担忧放在眼里。

"做绝对不能做的危险行为超级刺激的，对吧？这样才有活着的实感。"

"啊？"

"我觉得啊，'活着'就是不断鼓起勇气，选择道路的过程。早餐吃什么？该走哪条路？选择什么职业？应该帮谁、不帮谁？所有这些累加起来，才是一个完整的'人生'。世界上根本没有轻松的路，无论做什么选择都可能有危险，痛苦和悲伤也总会发生。但要是因为害怕就装成乖孩子，什么都不做，那和死了有什么区别？如果连踏出一步的勇气都没有，活着又有什么意义？"

我不禁眉头紧锁。

——这不是小学生该有的想法。

任何选择都必然会影响他人，制造出新的幸福或不幸。带着这种觉悟与妥协活着，本应是更肮脏的大人才要面对的事。

"原来如此。音叶认为只有背负风险，才能算是'活着'。"

音叶支起上半身，冲着我点点头。

"对我来说，这次复仇比什么都重要，这是我失去一切后仅有的东西了。所以，就算赌上生命也无所谓。"

我失笑。

"你管这叫勇气？错了，你只是自暴自弃，沉溺于慢性自杀的劣质刺激。确实，这样做能暂时带给你自己很强大的错觉，但这种强大毫无意义。"

"才不是呢！"音叶脑袋摇得像拨浪鼓，像个闹别扭的小孩。

"真正的勇气,是在充分品尝过危险与恐惧之后,仍然敢于向强敌挥拳。音叶,再这样自暴自弃下去,你真的会死。到那时,就别妄想什么成就感了,留给你的只会是无尽的后悔。多少也考虑一下唐津的感受吧,别让她一个人孤零零留在世上。"

"小姨才不会为我难过呢。"

我长叹一口气。"这谎撒得太拙劣了。"

在我看来,音叶虽然装出一副无动于衷的样子,声音却抖得厉害,暴露了她的真心。

她突然暴怒起来。"少装模作样了!考虑小姨的感受?哈,别假惺惺地扮演好人,假装关心我了!我全都知道——死在你手上的可不只那个杀人魔逆缟,也有许多无辜的人!大薮、葛西、石龟,这几个名字很耳熟吧?"

一阵寒意从胃底往上蹿。石龟……我确实没有印象,但前两个名字,我永远也忘不掉。

"你……你从哪儿听来的?!"

这一刻,我的脸色怕是比死人还要难看。音叶眯起双眼,仿佛一切尽在掌握。

"爸妈被杀后,我告诉警察凶手就是完美犯罪代理人。所有人听完都当成都市传说一笑置之,只有小姨不一样。"

"怎么,难道唐津在调查我?!"

"对。她虽然被排除在空屋案搜查组之外,私下里却一直在调查完美犯罪代理人,还专门将成果整理成册。一个月前,我趁她洗澡时翻她的包,在最底下发现了那本资料。"

我一惊。"上面有大薮和葛西的名字?"

"嗯,可惜她立刻就抢了回去,之后换了个地方藏。所以我只记得你杀了逆缟和这三个人。你把大薮的死伪装成随机杀人狂所为,葛西和石龟则做成了意外坠落楼梯事故,对吧?"

她说这些时的神情天真得可怕。

"难怪你这么了解完美犯罪代理人,原来是偷看了唐津的资料。"

"没错。"

"只可惜那份资料有不准确的地方,我完全不认识叫石龟的人,她八成是跟别人的案子搞混了。"

又或者——

我不禁打了个寒战。

音叶似乎没有察觉到我的动摇,仍自顾自地念叨:"竟然还有错,看来小姨的办案手段也不怎么样嘛。"

"也许吧。"

不管怎样,把警方的内部资料偷偷塞进包里带回家,怎么看都不太合规。想来唐津一定是瞒着上司和同事,独自调查着姐姐和姐夫的命案。

但是,我的咖啡店兼住所并没有警察搜查过的痕迹。强大如她,也没能锁定我的真身。

我轻叹一口气。

"所以呢?就算我杀过大薮和葛西,那又怎样?"

音叶耸耸肩道:"不怎么样,我只是觉得复仇更有把握了而已。"

我无言以对。

"不过,听杀人犯喋喋不休地说教'要关心家人',实在很恶心。比起这些虚伪的话,你不如说'音叶有利用价值,所以在成功复仇前,我不会让任何人伤害你',我反而会开心。"

*

嘉乐公寓的建成年份比柳院大楼稍晚一些，混凝土地面的楼顶肉眼可见地更高级，管理也更到位，地上干净得一点垃圾都没有。

音叶在屋顶的菜园旁边蹲下。"是南瓜呢！"

白色情人节那天种着的小青菜似乎已经成熟，收掉了。音叶用手指戳了戳小巧的南瓜，抬头环顾一圈。

"这边的视野就不怎么样了。"

柳院大楼的楼顶只围了一圈金属栏杆，视野全无遮挡，三百六十度的风景一览无余。嘉乐公寓这边则是混凝土围栏，原本能俯瞰有杯川的南侧还立着几块两米高的广告牌，附带脚手架和防护网，连身高一米七四的我都完全看不到河景和国道。

"四个月前也是这样吗？"音叶盯着广告牌的背面问。

"广告牌应该一直都在，我记得有律所打过处理超额债务的广告。"

音叶的背包中传出一阵电子音，我们对视一眼——这超绝木鱼练习曲般的旋律，定然是情报贩子的回复，没跑了。

音叶掏出平板，在广告牌的阴影里盘腿坐下。按照要求，情报贩子发来了三月十四日当天嘉乐公寓的住户名单、楼顶门禁卡持有者清单，以及大楼房东和管理员的资料。

音叶将棒球帽翻了个面戴在头顶，一边随意翻弄着变成镜像的 GP 刺绣线头，一边将资料念给我听。

"嘉乐公寓的总户数为二十五户，四个月前刚好全满。"

"哦？楼旧归旧，还蛮受欢迎的嘛。"

"白色情人节当天,借用门禁卡的一共只有四户,分别是二〇五、三〇二、四〇三、五〇三。"

即便列出这些门牌号,我也没有任何印象。

"有楼房的平面图吗?"

音叶用手指在平板上滑动几下,调出了平面图。

"一楼是餐厅,二至五楼是住户。每层格局差不多,都是六户,以走廊为界,南北各三户。"

根据平面图显示,奇数号房间朝南,能看见有杯川;偶数号房间朝北,窗外能看见山。

音叶又打开另一份资料。"其中,五〇三的住户已经搬走了。会不会是畏罪潜逃?"

"未必。我的事被定性为意外,说明完美犯罪已然成立,凶手根本没有必要逃走。只要心够大,完全可以继续住着。"

音叶轻轻咂舌。"果然没那么容易锁定嫌疑人。"

"目前看来,住在这四个房间里的七个人,个个都有嫌疑。"

情报贩子搞到了各住户的入住申请表复印件,连那四间房里具体住了几个人都查得清清楚楚。当然,也不能排除虚假申报或后期增加同住人员的可能,但大体情况应该八九不离十。

音叶重新戴好 GP 帽子,抱起胳膊。

"嫌疑人可不只有住户。除了这七个人,至少还得加上公寓房东和管理员两个人吧?"

"不,只需再加一个。房东本人就住在六楼,管理员也是他。"

嘉乐公寓的房东名叫柄隆久。事实上,"嘉乐"这个名字就取自他的姓氏[1]。

看到六楼的平面图,音叶惊讶地瞪大双眼。

"哇,房东住的这一层,布局完全不一样!"

整个六楼都是柄隆久的住所,足足5LDK的超大格局,与其他楼层相比,空间规划堪称奢侈。

资料显示,自五年前妻子去世以来,柄就一直独自住在这座楼里。他年轻时就没出去上过班,如今全职做着公寓管理员的工作。

"光靠收租就能过日子,真是好命啊。"

音叶完全无视了我的感慨,伸出食指,在菜园的泥土上画了一个"8"字。

"好,加上房东,嫌疑人一共八个了。"

"接下来,要如何锁定……"

忽然不远处响起"嘀"的一声,我们惊愕地抬起头,齐刷刷看向楼顶门的方向。

……有人来了。

4

7月30日　13:40　剩余时间:5天

我不禁露出微笑。"是刷门禁卡上来的,搞不好就是嫌疑人之一呢。"

"这种不怀好意的笑真让人火大!"

音叶话音未落,楼顶门方向就传来了刷卡解锁、转动门把手

---

[1] 嘉乐公寓(Residence Gala)的"Gala"和柄(がら)同音。

的声音。

"怎……怎么办?!"

音叶焦急地东张西望,慌忙寻找藏身之处。

我摇摇头。

"来不及了。把平板收好,待着别动。"

"啊……"

"别一脸心虚的表情。换个角度想,有人跑到楼顶上来可是天大的好事。"

"哪里好了!"

"要是没人来,你就得从这边再跳回柳院大楼了。凭你这运动神经,下次说不定真要脚底一滑,跟我一样摔下去。"

我说着风凉话,音叶却露出"宁可跳上一百次"的嫌弃表情。

来者是个五十多岁的中年男人,穿着印有夸张条纹的POLO衫,迷彩工装裤上落了些尘土,胳膊上别着"管理员"袖章,手里抱着肥料袋和园艺铲。身材看起来方方的,像用积木块堆出来的一样。

"资料上有他,"我低声说,"就是这儿的房东,柄隆久。"

至于他的嫌疑大小,目前尚不能下结论。与此同时,柄也看见了音叶,吃惊地瞪大双眼。

"您好!"

音叶自暴自弃地用力挥手,主动打招呼。

"哦……你好,你是……田中家的孩子?"

柄困惑地低声嘟囔。看得出来,他并不十分清楚每户人家的成员情况。音叶顺势歪了歪脑袋,既没有肯定,也没有否定。

"今天上来是有什么事吗?"

音叶给了我一记眼刀,眼珠滴溜一转,无声传达着"快给我想办法"的讯息。

——收到。

"我在找初中暑假自由研究的课题。"

音叶完美复读了我的耳语。小孩子想要掩盖可疑行径，没有比这更经典的借口了。

然而时代变得实在太快，在汉堡店狼吞虎咽的时候，音叶说她就读的小学已经允许学生用自选课题替代传统的自由研究。音叶就打算以手工代替研究——说是等到暑假后半段，她要用UV树脂做一些小饰品。

——连复仇成功之后的事都盘算好了，该说是心大，还是没心没肺呢。

尽管还是小学六年级生，音叶却故意对管理员虚报年纪，装成了初中生。毕竟年长些更容易套话。

闻言，外表粗犷的柄露出憨厚亲切的笑容。

"要不要在菜园里种点什么？正好还有空地，可以种点迷你番茄之类的。啊，如果想从种子开始，樱桃萝卜也不错，二十五天就能收，做沙拉或腌菜都很棒。"

"真的吗？"

"嗯，我这儿还有彗星萝卜品种的种子，也可以给你。你可以试试不同肥料和日照时间对生长和口味的影响。"

管理员开始拔杂草，音叶竟也跑去帮忙。最令人震惊的是，才不过几句话的工夫，她就跟这个中年大叔熟络了起来。

——和对着我跟唐津张牙舞爪时简直判若两人。

她津津有味地听着和蔬菜相关的小知识，眉眼间透着难得的快乐。在失去双亲前，她应该就是这样一个活泼开朗、能和任何人打成一片的孩子吧？

现在蹲在那里的，确实是一个我从未见过的音叶。

天色骤然转暗，方才还灼人的烈日被西边翻涌的积雨云吞噬，阴影在天空中扩散开来。

柄抬起头看了看乌云。"要变天了啊。"

我迅速扫视屋顶——很好，没有晾衣架，这意味着不会再有人上来闲逛或收衣服。要套四个月前坠楼事件的情报，此刻正是绝佳时机。

"其实……"音叶将我的话语转化为人间的声音，"自由研究我想做白色情人节坠楼事件的专题。"

柄的身子抖了一下。

"这……这题材不太合适吧？"

"为什么？"

"啊……中学生搞这种沉重的话题，未免太激进了。家长和老师肯定会骂。"

我和音叶不约而同地耸耸肩。

"大叔，只给孩子看美好的童话，才是过时的伪善教育，而且很不负责任。"

"呃？"

"我朋友要做'饮食生活与生命教育'课题，准备亲手宰杀自己从小养到大的鸡，做鸡肉沙拉。另一个更夸张，做的是'虚构艺术中的死亡'，这几天正忙着给电影史上最血腥的屠杀场景排名呢。"

当然，这些都是我和音叶一唱一和、临时编出来的鬼话，柄却一脸肃然起敬的神情，显然是被这些"了不起的当代青少年"唬住了。

"啊,嗯……好像确实挺有深度的,大叔也觉得不错。"

支吾了半天,他才勉强挤出几个字。我在心中默默补充:放心吧大叔,世上没有这种青少年,都是我们瞎编的。

头顶的乌云越来越厚,短短几分钟,四周就暗得像傍晚一样。风也呼呼地刮了起来。

"大叔……白色情人节那天,您有没有看到什么?"

柄面色凝重地脱下工作手套,手指抚摸着下巴陷入回忆。

"那天晚上,楼下路上突然传来一阵骚动。我吓了一跳,赶紧跑到阳台……"

"当时是几点?"

正当我以为柄要推说不记得的时候,他忽然伸手,从POLO衫的胸前口袋中掏出手机。

"当时拍的视频还没删,看一下就知道了。听见动静跑到阳台,我第一时间用手机录下了事故现场的情况。"

"给我看看!"

音叶伸出右手,抬起头盯着柄的脸。

我忽然意识到,这丫头似乎有种与生俱来的气场,能轻而易举地打乱成年人的节奏。就像我莫名其妙接下她的委托,唐津一而再、再而三地被她耍得团团转一样,眼前的柄也毫无悬念地失去了思考能力,手指头已经开始解锁手机了。

*

雨点噼里啪啦地敲打着玻璃窗。

同柄告别后,我们躲进附近的柑橘咖啡厅避雨。窗外,闪电不时划破天际。

这家店确实是避雨的好去处——但也是抢走了鲁宾咖啡店三成生意的可恨对手。

音叶正大口啃着特制焦糖坚果松饼。冰激凌、三种坚果和焦糖糖浆堆叠在松软厚实的饼身上，糖分高到令人瞠目。烤得恰到好处的坚果香气四溢，可惜幽灵连流口水的资格都没有。

"世界上要是有料理幽灵、甜点幽灵该多好，比如不小心弄撒的冰激凌变成冰激凌幽灵之类的。"

"说什么傻话。"

音叶小口啜饮着蓝色夏威夷苏打，目光落在平板上。屏幕上的环形进度条已经转到了90%，再过一小会儿，视频就能完成高清化处理。有一搭没一搭的"傻话"倒是让等待的时间不那么难熬了。

柄拍摄的视频时长只有一分钟，画面昏暗得几乎难以辨认细节。那些原本肉眼能看清的东西，一旦从六楼阳台俯拍，就全被压成了模糊的色块：楼下道路上的围观人群、匆匆赶来的救护车闪烁的灯光，在手机镜头里都显得异常渺小。音叶初看时大失所望，啃起松饼来都恶狠狠地，仿佛在泄愤。

"你这就不懂了吧，视频看不清反而是好事。"

我望向雨水蜿蜒的窗玻璃。要是我被穿在铜像上的模样清晰可辨，管理员绝对不敢把这种视频拿给小孩子看，更别说把文件发给音叶了，想都别想。

音叶烦躁地撇嘴道："可是，模糊成这样，还有什么意义！"

"别急着下结论，急躁是大忌。柄用的是新款手机，别看画面现在黑乎乎的，只要调整亮度，再用软件高清修复一下——应该可以还原大部分细节。"

进度条满格的瞬间，音叶立刻扔下叉子，点开了修复后的高清视频。

拍摄开始时间是二〇二四年三月十四日晚上八点三十六分。

网上流传的"穿刺人"视频是在八点四十分、救护车抵达之后才拍摄的——柄的视频足足早了四分钟。

镜头先是掠过拍摄者脚上的运动鞋和印着植物花纹的裤子，接着又拍到阳台上的花盆和拖鞋。突然，视角猛然抬高，依次越过晾衣架和栏杆，最终对准了楼下。

画面右侧，赫然出现被铜像贯穿的我。与网上流传的视频不同，这个视角近乎垂直俯拍，散落在地的钱包、爱车卡罗拉的钥匙均依稀可辨。

"不对劲。"音叶突然暂停视频，眉头紧锁，"柄不是在嘉乐公寓六楼的住所拍摄的吗？理论上不应该出现这种垂直俯拍角度才对。"

"这很正常。我坠楼的位置靠近柳院大楼东南角，就是紧挨着嘉乐公寓。"

"啊，我明白了。如果柄是在最靠近柳院的西南角阳台拍摄的，这个角度就说得通了。"

视频中可以听见越来越近的警笛声。三十秒处，传来柄"啊，救护车来了"的自言自语，镜头转向救护车十秒后，又转回来对着昏迷不醒的我。

又过了十五秒，柄大约是拍腻了，镜头转向房间方向，玻璃门上映出柄的身影，之后视频结束。

总的来说，没什么特别值得注意的地方。

音叶一手托腮，将视频拉回开头再次播放，随后迅速按下暂停。

"这个灰扑扑的东西是？"

她放大画面——嘉乐公寓门前的灌木丛中，隐约可见一个模糊的物体。这片灌木丛位于人行道内侧，几乎正对着柄所在的阳台下方。物体陷在枝条里，放大了也看不清真容，只看得出形状近似长方体，表面有一些图案。

我倒吸一口气。"蔬菜汁！看图案想起来了，是我买的纸盒装蔬菜汁！"

一向不喜欢蔬菜的音叶抛来一个嫌弃的眼神。

"你之前好像提到过。为什么带这么难喝的东西上屋顶？"

"明明健康又好喝。"

"味觉白痴！"

"总之，那天我还没来得及打开那盒蔬菜汁，就被人推下去了。"

"但纸盒消失了。"

"嗯？"

我慌忙凑近屏幕。确实，当镜头拍了十秒救护车再转回来时，灌木丛上的凹陷已经空空如也，那盒蔬菜汁不见了。

我与音叶面面相觑。

"会不会被人当垃圾捡走了？"

"拜托，我还被穿在铜像上呢，哪有人会在救护车刚到时忙着捡垃圾？"

纸盒卡在灌木丛中，既不影响救援也不妨碍通行，根本没必要急着清理。

音叶陷入思考。"这么说，很可能就是凶手拿走的。他为什么要这么做？"

我闭上双眼，再次回溯坠楼瞬间的记忆。

"现在想来很奇怪。我摔下去之后,明明还没开封的蔬菜汁却洒了出来,在空中跟着我一起下坠。"

富含番茄红素的液体如珊瑚碎片一样在夜空中闪耀,那噩梦般的场景在脑海中闪回了太多次,我永远都忘不了。

"会不会是你被推下去的瞬间,下意识地挥舞胳膊,把纸盒撞开了?"

"多半是。既然凶手特意把它捡走……莫非那盒蔬菜汁和他产生了直接碰撞?"

尽管不太记得细节,但当时我肯定拼命挣扎,想抓住栏杆,顺势用手上的东西砸中对方也不奇怪。

"到底砸中了凶手的哪个部位?很可能是脸——眼睛、嘴、鼻子,砸中这些地方,很容易沾上体液。"

音叶像是想到了什么,用手捂住了嘴。

"难道……凶手被纸盒砸中了眼睛?"

我不禁露出微笑。这两天下来,音叶的推理能力进步神速,和初见时几乎判若两人。

"漂亮!若是砸中眼睛,他急着拿走纸盒就很合理了——上面很可能沾着他的血和体液,不可能留在犯罪现场。"

"而且他可能因此伤了一只眼,视力受损。"音叶立刻接话,"只剩下一只眼睛好用,没办法区分物体的距离远近。若他以这种状态去空屋……"

"自然注意不到装饰梁是否紧贴着天花板,会反复将拴着绳子的鞋往上扔也合理了。"

"这样一来,两起事件就串联起来了。"

我看向自己的指尖。

——我的手上、指甲里,或许也曾沾到过凶手的血和皮肤碎屑。凶手当然也明白这一点，只是现场聚集大量人群，让他无从下手。

音叶两手一摊，趁机挖苦道："警方果然不中用。要是及时检查你的手指，早该发现不是单纯的坠楼事故了。"

"除非警方一开始就强烈怀疑事件的性质，否则一般不会检查指甲缝。何况我当时那个状态，想检查也难。"

身体上被穿过的伤口不断滴血，我的双手也早已血污斑斑。即便我手上沾染了他人的组织细胞，恐怕也鉴别不出来，甚至可能已经被我自己的血冲掉了。

音叶开始第三次观看视频，大约二十秒处，画面边缘出现一个可疑的人影。那人从嘉乐公寓正门走出，目标明确地直奔灌木丛而去，走了十几步。

"这个人太可疑了。"

音叶所指的人影是个穿黑衣的瘦削男子。身高不高不矮，头戴帽子遮住了脸。当镜头转向救护车再转回来时，纸盒已经消失，男子仍站在灌木丛旁。

然后，他镇定自若地迈开脚步，就这样混入了人群。

"不会错的……这家伙就是凶手。"

*

"验证一下喽。"

音叶从便利店袋子中取出蔬菜汁。容量五百毫升，和我那晚买的是同款。

案发现场周边和四个月前相比基本没有变化，只是行道树和灌木丛由嫩绿变成翠绿，高度则几乎完全一样。

——唯一的例外,就是宇宙犬的铜像被撤掉了。

我一口气飘到嘉乐公寓六楼的高度,目标是距离柳院大楼最近的西南角阳台。

柄家的阳台上摆着花盆和旧拖鞋,晾衣竿上挂着背心和内裤。透过玻璃门和蕾丝门帘,能看到柄正在厨房里忙碌。

他兴冲冲地摆好两人份的餐具和餐巾,还在桌上放了一小瓶花。他换了一身好看的衣服——黑色格纹裤配腰果花衬衫,比在楼顶见面时花哨多了。

——哦?这是要和恋人共进午餐吗?

虽然窥探他人的私生活很有趣,但也不好让音叶等太久。

我背对房间,站到阳台边缘,用双手的拇指和食指比画出取景框。

"角度和视频一致,柄确实是从这里拍的。"

对了,柄已经被排除出嫌疑人名单,证据就是视频最后玻璃门上映出的身影。没有人能在楼下捡完纸盒,再用短短二十秒返回六楼阳台,因此他的不在场证明成立。

也就是说,推我下去的是其他住户。

音叶指着灌木丛的某个位置,抬头向我确认。我用手势比了个叉。

"不对,纸盒的落点不是那里,要再往右一步。不,是你的右边!对,就是这里。"

确认四下无人后,音叶将手中的蔬菜汁狠狠砸进灌木丛。纸盒深深卡进枝叶间,完美重现了当晚的情景。

接着,我飘向柳院大楼的楼顶。

看视频难以判断远近,实际上宇宙犬铜像和纸盒落点之间有将近三米的距离。

——噩梦中的纸盒似乎也在离我稍远的地方下落，看来是坠落过程中又飞远了些。

刚在柳院大楼楼顶东南角站定，我就发现了问题。

"嗯？从这里看不见纸盒啊。"

骤雨初歇，在明晃晃的烈日下，纸盒被茂密的枝叶遮挡得严严实实，看不清具体在哪里。为防万一，我耐心地变换方位，总算得出结论——整个楼顶都不存在能看见纸盒的地方。

我回到地面时，音叶正站在人行道边凝视着灌木丛。

"你这边进展如何？"

她如梦初醒般回过头。"能看见纸盒的位置非常有限，比想象中少得多。"

此刻她站立的地方距离纸盒只有三米远，但就连身高一米七四的我都无法从枝叶间准确找到它。

"白天尚且如此，晚上只会更难发现吧？"

"我试了好多位置，除非靠得特别近，才能从上方看到灌木丛间被纸盒砸出来的凹陷处，否则根本找不到。"

我眯起双眼。"视频里凶手的身高看起来相当普通，总之往高了算吧，按一米七八来假设看看。"

我往上浮了大约四厘米，一点点缩短到灌木丛的距离。很快，我得出结论：至少要进入半径一点二米的范围内，才能发现纸盒。夜晚的话，难度只会更大。

"一点二米？这也太近了吧。"

"确实。"

这片灌木丛位于公寓楼门前绿化草坪的最里侧，距离人行道足足两米远，要发现纸盒就必须先走到草坪上。

音叶忽然惊呼道："等等！凶手取走纸盒时，是从公寓入口径直走过来的吧？"

"对，完全没有犹豫。"

我暗自惊叹她的敏锐。明明还是小学生，发现证物疑点和矛盾的能力却远超我见过的任何人。

——真不愧是天天和唐津斗智斗勇的小孩！

越看越觉得，她简直就是那位警部补的小号版。我一边估算着公寓入口到灌木丛的距离，一边恍惚有种在和天敌共事的感觉。

两者相距大约八米。这么远的距离，根本不可能看见纸盒。

"看来凶手事先就知道纸盒在哪里。"

"他是怎么知道的？"

"总之不大可能是到地面后才发现的。刚才我们已经证明，想在地面上发现纸盒，必须接近到一点二米以内。如果他事先就在那里，直接拿走就好，何必离开然后又回来？"

"一伸手就能轻松够到的话，确实没理由拖延。"音叶也在灌木丛上方比了比捡东西的动作，"嗯，用排除法可得：凶手一定是在高处发现纸盒所在位置的！他在楼顶把你推下去之后，顺便找到了纸盒的落点，这才转身下楼。"

我哈哈大笑。"这种事还能顺便？以及，很不巧，从柳院大楼楼顶根本不可能找到纸盒。刚才我确认过了，从那上面只能看见密密麻麻的灌木枝叶，连纸盒的角都看不到。"

音叶气鼓鼓地抱起胳膊。

"那会不会是他把你推下去后，一直盯着纸盒的掉落轨迹呢？"

"也不可能。"

"为什么？！"

"突然被东西砸中眼睛，正常人都会条件反射地闭眼并且身体失去平衡吧？"

"哦……那确实没办法继续盯着纸盒了。"

"况且他也没闲工夫追踪纸盒。为了伪装成事故，他必须立刻离开楼顶。"

音叶挠了挠手臂上的蚊子包，嘀咕道："仔细想想，整个柳院大楼，唯一有可能从俯视角度观察到纸盒的，就只有楼顶的东南角了吧？如果连那里都看不见，其他楼层和方位就更不用考虑了。"

"没错。说明凶手是在柳院大楼之外的地方发现纸盒的。"

我们再次抬头环顾四周。

这片灌木丛正对着国道和有杯川，能俯瞰这里的高层建筑就只有柳院大楼和嘉乐公寓。

"柳院大楼不可能，莫非凶手是在嘉乐公寓看到的？"

"但嘉乐公寓的楼顶也不行啊。楼顶南侧有广告牌挡着，根本看不到下面的灌木丛。"

音叶的眼睛忽然一亮，像发现猎物的猫科动物。

"那凶手就很好锁定了。能从自家阳台看见纸盒的住户就是凶手！"

我腾空而起，挨个检查嘉乐公寓符合条件的阳台。

出乎意料的是，能看见纸盒的点位极其有限，只有柄拍摄视频的六楼阳台及其正下方的一排西南角房间。

躲进小巷子里乘凉的音叶得意扬扬地亮出公寓楼平面图。"南侧房间都是奇数号，其中符合条件的西南角房间，房号末位都是'一'。"

"也就是说，能看见纸盒的房间只有二〇一、三〇一、四〇一、五〇一。"

"赶紧对比一下楼顶门禁卡持有人列表吧！情报贩子给的是：二〇五、三〇二、四〇三、五〇三……嗯？"

我耸耸肩。"末位都不是一。"

"咦？这怎么办……没有符合条件的……"

音叶的情绪像过山车一样瞬间跌落谷底，一脸世界末日来了的表情。这副尊容活脱脱唐津被侄女拒绝时的翻版，惹得我扑哧笑出声。

"你笑什么？！"她恶狠狠地瞪了我一眼。

"抱歉抱歉，只是突然发现你也有可爱的一面。真没想到，你会用这种漏洞百出的筛选方式。"

"啰唆！你刚才不也是这么想的吗？"她气鼓鼓地半带着哭腔，却又别扭地向我求助，"到底哪里弄错了？快……快帮我想想啦！"

我冲她露出促狭的笑容。"其实，我已经知道凶手住在哪个房间了。"

"Doubt！"

突然提高的嗓门震得我整个人都飘高了半米。

果不其然，提着购物袋路过的中年主妇也被她吓了一跳，疑惑地盯着小巷看。音叶这才意识到自己喊得多大声，瞬间从耳根红到脖子，慌不择路地跑到垃圾站后面躲了起来。

"我说你啊，别动不动就条件反射地说别人撒谎。"

"对不起嘛。"

音叶抱着膝盖坐在别人家的空调外机旁，我也索性在外机上坐了下来。

"看柄拍的视频时，你有没有注意到一个奇怪的点？"

音叶无言地打开视频，固执地不肯开口向我讨要提示。

看着她闷头戳平板的模样，我继续循循善诱："很遗憾，这次你又输在了情报不足上。不过好消息是，这次既不是因为急躁而漏看了情报，也不是被先入为主的观念蒙蔽了双眼。"

"那到底是哪里有问题啊！"

"这起案件啊，需要好几阶段的层层推理，才能把搜集到的情报完整拼凑起来。真相藏得很深，推理难度必然很大。"

"原来如此，这算是进阶应用喽？"

平板上，视频正播放到柄穿着植物花纹长裤和运动鞋的画面，接着映出阳台上摆着的拖鞋。

音叶忽然瞪大双眼。"咦，柄为什么穿着运动鞋？"

很多家庭都会在阳台准备专用的鞋，方便进出晾衣服。视频里也确实拍到阳台上有一双拖鞋。但奇怪的是，柄偏偏没有穿拖鞋，而是穿着运动鞋在阳台走动。

我欣慰地点头道："没错，这就是锁定凶手的关键。"

"比起拖鞋，运动鞋更方便跑动对吧？或许柄只在最开始是手持拍摄，后来就把手机架在了机械装置上，让它自动拍摄？最后玻璃门上映出的身影，说不定也是贴在阳台上的照片反射……"

"嗯，嗯。"

就在我以为她会顺着这条思路继续推理时，她停了下来。

"不对，不能这么想。"音叶摇了摇头，"你在便利店买蔬菜汁、跑去柳院大楼楼顶、蔬菜汁盒子掉进灌木丛……这些都是突发事件啊。"

确实如她所说。凶手不可能预见到这么多巧合，提前在阳台布置好机械装置。

音叶继续推理道："如果柄不是凶手，说明有其他情况导致他换不了拖鞋。难道说，有人先穿着拖鞋来到了阳台，才导致他只能穿运动鞋？"

——正确。

"资料显示，柄自妻子去世后一直处于独居状态。换言之，那个穿走拖鞋的神秘人并不是他的家人。"

音叶目光炯炯地看向我。"也就是说，那天晚上，他家里有客人！"

*

"原来如此！那位客人先穿了拖鞋去阳台，柄才被迫去玄关拿来自己的运动鞋，再追出去。是这样吗？"

"多半是的。"

音叶搂了搂怀里的背包，似乎又有些疑惑。

"可视频开始时，拖鞋就放在阳台上呢。那位客人去哪儿了？"

"很简单，客人在拍摄开始前就离开了阳台。柄独自被留在那里，才想到用手机拍下坠楼现场。"

音叶仍然眉头紧锁。"既然客人已经回屋，柄为什么不跟着回去呢？把客人丢在一旁，自己在阳台逗留，这也不合常理啊。"

我摇摇头。"关系特别亲密的话就另当别论了。如果是经常往来的亲朋好友，就不需要每次都在玄关送别，打过招呼直接离开也没问题。"

音叶的脸色忽然变得煞白。

"等等！那位客人既然在柄家的阳台俯瞰过现场，自然也能看见灌木丛中的纸盒。也就是说，那位去过阳台的客人就是……"

"恐怕就是推我下去的凶手。"

音叶绕到嘉乐公寓正面，仰头望向六楼阳台。

"总觉得还有疑点。你被推下楼是晚上八点半，柄开始拍摄是六分钟后。凶手要在这六分钟内从柳院大楼楼顶跳到嘉乐公寓楼顶，再下到六楼柄家，出现在他家阳台？"

"如果两人关系亲密，这并非不可能。"

"但是，想找到丢失的纸盒，直接去地面找不是更靠谱吗？没必要特意跑去别人家的阳台吧？"

"那晚情况特殊。"我看了看国道方向，"路上挤满了来看'穿刺人'的路人，不方便。"

"也是……在那种情形下还到处找纸盒，也太可疑了，一定会被人记住的。"

最坏的情况下，甚至会被闻讯赶来的警察注意到，说不定还会遭到盘问。

"所以啊，凶手先在高处确认了蔬菜汁的落点，再下来精准回收。"

音叶撇着嘴，投来充满怀疑的目光。

"即便如此，目前也只能确定凶手去过柄家，或末位是一的某个房间的阳台吧？黑羽，你真的锁定凶手了吗？"

我露出胸有成竹的微笑。

"无论他去了哪个房间，结果都是一样的。"

"啊！又是这种一肚子坏水的笑法！但你为什么这么肯定？有门禁卡的四个房间明明都'看不到纸盒'，在这一点上没有区别才对。"

"给你一个提示……"

"停！我要自己推理出来！"

——好吧。

我识趣地闭上嘴。音叶从灌木丛中取回蔬菜汁，自顾自念叨起来。

"楼顶门禁卡的持有者是二〇五、三〇二、四〇三、五〇三的住户，而嘉乐公寓南侧房间都是奇数编号，北侧是偶数，所以只有三〇二位于北侧。"

忽然，她两眼一亮。

"等等，如果是南侧房间的住户，肯定会先回自己家吧？从自家阳台光明正大地俯瞰'穿刺人'现场，不会引来任何怀疑！"

"没错。如果他用这个方法没找到纸盒，你觉得他下一步会怎么做？"

"如果是我就直接下楼，不会特地跑去别人家的阳台再找一遍。"

"为什么？"

"因为既然从自己家找不到，正常人都会以为纸盒掉进了车底或水沟之类从高处看不到的地方，从而放弃从高处搜寻吧。"

——答对了。

这次纸盒恰好落在只有从特定角度才能看到的位置，实属小概率事件。凶手不可能料到这种巧合，因此无论能不能看见纸盒，他都只会从阳台查看一次。

我点头赞同："二〇五、四〇三、五〇三这几户在南边，注定会在仅限一次的'阳台抽奖'中落空，只能选择下楼去地面找。"

"凶手却精准抽中'大奖',锁定了纸盒的位置!能在单发限定的抽奖中直接命中的,只有位于北侧的三〇二住户!"

"三〇二是唯一一个北向房间,从自家阳台看不见现场,于是他借用了南边朋友家的阳台。巧的是,柄家恰好是最佳观测地点。"

"黑羽,你太厉害了!"

音叶拼命压低音量,却抑制不住手舞足蹈的冲动,蔬菜汁都快被她甩飞了。

"突然这么夸我,听着好害怕。"

"我是认真的!要是没有你的提示,我根本想不到答案。仅凭'柄穿着运动鞋'这么微小的线索就能展开推理,一口气锁定了真凶,真不愧是完美犯罪代理人,比警察和小姨强太多了!"

我明白她这番话毫无恶意,但听到"完美犯罪代理人"这几个字,我还是不自觉地摆出了臭脸。

音叶抬头看向我,露出受伤的神情。"你怎么生气了?"

"我没生气,只是既然干了这行,这种程度的推理不过是基本要求罢了。"

"你对自己太苛刻了。"

我无奈地一笑。"我还差得远呢。"

"是比不上你的师父,久远桂司前辈吗?"

"是啊。像前辈那种开辟全新道路的天才本领,我这辈子都不可能有。"

沉默了两秒,音叶忽然像外国电影里那些不伦不类的忍者一样,向我行了个双手合十的大礼。

"再次谢谢你,愿意当我的犯罪导师。"

"哈?"

"多亏有你,我终于找到人生目标了。等复仇成功,真正长大成人之后,我也要好好锻炼思维能力,成为像你一样的完美犯罪代理人!"

我不禁倒退两步。

"喂喂,能有这种志向,本身就证明你还没长大好吗!听好了,做这行可是要遭报应的。看起来像委托人的,搞不好其实是伪装身份来取你性命的杀手。光我就遇到过两个在会面地点事先藏了刀的杀手,还有一个带着麻醉针来见面的蠢货。幸好我提前调查,识破了陷阱,让他们吃尽了苦头……"

"太棒了!听起来好好玩!"

"哪里好玩了?!真想锻炼推理能力,就去拜唐津为师嘛!"

我本以为她会像往常一样气鼓鼓地闹别扭,没想到她仍旧保持着认真的表情。

"我才不是永远长不大的小鬼呢。等明年上了初中,我就是大人了!"

"笨蛋,初中生也是小鬼。"

"大人!"

"小鬼!"

在这场毫无营养的争论中,我不经意地抬头望向天空。

——瞬间呼吸停滞。

"音叶,别抬头,现在就离开这里。"

"怎么了?"

我的警告反而激起了她的好奇心,音叶那戴着棒球帽的脑袋不听话地仰了起来。

"咦,六楼那边……有人在看我们?"

"如果是房东倒没什么问题。我去确认一下,你立刻回家。"

音叶乖乖低下头,转身迈步离开。

我立刻腾空而起,升到六楼阳台高度时,只看见一个即将返回室内的背影——那人手中攥着一条白色手帕,正在脱拖鞋。他的背影看起来年轻、文雅,和粗犷的中年房东柄降久明显不同。

——他是谁?

那人慢悠悠地走向玄关,途中突然将脸转向右边,俏皮地抛了个飞吻。

"柄先生,谢谢款待,今天的午餐也非常美味。你还记得我喜欢凤尾鱼,真是太贴心了。"

我趁机看到了他的长相。厚实的嘴唇透出独特的性感,细长的眼睛和高挺的鼻梁又显得清爽利落。他说话时微微歪着脑袋,斜睨的目光更增添了几分风情。

一小时前,房东准备了两人份的午餐,还用一瓶鲜花精心装点餐桌,看来是要招待恋人——只是我没想到,那位恋人竟然是个下巴上留着胡须的男人。

*

透过玻璃门,我凝视着柄的恋人。

房东是同性恋者还是双性恋者并不重要,毕竟硬要分类的话,我自己也算是无性恋者。这世上最烦人的,莫过于旁人擅自给你的取向和生活方式贴标签,贴完还成天指手画脚了。

那个男人正在玄关穿运动鞋。

他体形瘦削,身高约莫一米七,随性地穿着宽松T恤和五分休闲裤。最令我毛骨悚然的,是他的左边眼睛——不,从他本人视角看应该是右眼角，有一道惨白的伤疤。

体形、身高都与视频拍到的凶手相吻合，再加上眼角的伤。那恐怕就是我用纸盒反击时留下的痕迹。

他正微微向右歪头，检查有无遗落物品，像个地铁站务员一样用手指挨个点选确认。

我凑近了些，只见他的双眼略带茶色，目光阴沉，和远观时的利落感截然不同。身上的休闲短裤看起来完全是居家款，裤袋里连钱包的轮廓都没有，怎么看都不像是专程来访的客人。

这个男人……恐怕就是三〇二室的住户。

我不由得动了动嘴角。看来是房东告诉他有个小孩在打听坠楼事件，他才不安地出来查看情况。我让音叶尽快离开是明智的。

刀叉餐盘都已收拾完毕，屋内干干净净，丝毫看不出招待过客人的痕迹。

右眼带疤的男人咧嘴一笑，道："嗯，完美。"

连句招呼都没打，他就这样捏着手帕推门而去，消失在走廊中。

我不禁咂舌。见他磨蹭这么久，还以为他对音叶失去了兴趣，看来是我判断错了。

必须立即跟上。

脑中警铃大作，身体却像被磁石吸住般动弹不得。如同飞蛾扑火一般，我的视线不受控制地被吸引到房间右侧。

——似乎有人在看我。

那是疤眼男方才对着说话的方向。

空荡荡的沙发上，叠放着熟悉的腰果花衬衫和黑色格纹裤，正是房东忙活午餐时穿的那身。

我有些意外，目光继续投向更深处。

两叠大的步入式衣帽间里，一双圆睁的眼睛与我相对。

……是柄上吊而亡的尸体。

"开什么玩笑……"

我踉跄着后退了几步。

衣帽间里塞满了西装、长裤、衬衫、外套，各式各样的服装如潮水般涌入眼帘，唯独房东柄失去了颜色。

他穿着素灰色的工作服，面容如蜡般惨白，与生前健康红润的模样判若两人。一条漆黑的绳索深深勒进他的脖颈，裤子上还留有失禁的痕迹。

那个浑蛋，居然对着死尸发表午餐感想，还抛飞吻？！

这种怪异举止足以证明柄的死亡决非单纯的自杀，疤眼男一定是用伪装上吊的手法谋杀了柄隆久。

——午餐时房东大概是提到了有个小孩在调查坠楼事故，然后在某个瞬间，他忽然意识到恋人可能与那起事故有关。

于是，柄隆久被灭口了。

将餐具收拾得干干净净，甚至连来客痕迹都完美消除的，肯定也是那个男人。他始终攥着手帕，想必是为了避免留下指纹。

我咬紧牙关。

在阳台发现音叶后没有立刻追赶，反而在玄关反复确认，是因为他有自信，即使先销毁室内证据，也来得及追上音叶吗？

很显然，他是个熟练的杀手。

——不好，音叶有危险！

我顾不得多想，立刻飞出公寓，追了上去。

5

7月30日　15:30　剩余时间：5天

右眼带疤的男人正沿着有杯川旁的国道快步前进。可能是为了避开电梯里的监控，他特意走楼梯下楼，耽误了些时间，我这才没被他甩开太远。

他目不斜视，盯着前方两百米开外的柳院桥。隔着桥栏杆，能看见一个戴着白色棒球帽的女孩正在行走。

——是音叶。

"快跑！"

我的喊声勉强传到音叶耳中，她不顾形象地开始飞奔。

幽灵的飞行速度最快也不过和自行车相当，但凭借能直线横穿河面的优势，我总算赶上了刚过桥的音叶。

她喘着粗气，满脸困惑。"怎么突然这么急？"

"长话短说，推我下去的凶手是房东的恋人，他刚杀死了房东，现在正在追你。"

"什么鬼！"

音叶回头望向有杯川对岸，只见疤眼男正一脸杀气地逼近，顿时吓得她魂飞魄散，声音都带上了哭腔。

"怎……怎么办……"

不知是不是日常缺乏锻炼，音叶还没跑上几步就气喘吁吁。不过这也不全是她的错——她背了一个沉重的双肩包，里面塞满了从工作间带出来的平板电脑、无人机和现金。

身后的追兵却是个两手空空的成年男性。这样下去，她根本逃不掉。

从柳院桥到三井家，步行需要近二十分钟。即便音叶侥幸逃回家，一旦让对方知道住处，也会完蛋。

——更糟的是，唯一有攻击性的电击枪偏偏还没电，起不到任何作用。

"这边！"

我指挥音叶拐进老旧的住宅区。这一带的地形我很熟悉，尽管记忆还停留在四个月前，但只要利用错综复杂的小巷，甩掉追兵并非难事。

但还不能放松警惕，因为对方同样熟悉这片区域。

如果他真是嘉乐公寓的住户，那这里对他而言无异于自家后院。搞不好他已经预判了我们的逃跑路线，甚至提前包抄。

我回头看了一眼呼吸急促的音叶。

"没办法，只能扔行李了。"

· · ·

我带着音叶穿过一栋民宅的后院，走捷径拐到了大路上。

暂时还没看到那个男人的身影。

音叶躲到一家美容院背后，GP棒球帽已经摘掉了。她将轻了些的背包抱在怀里，身体不住地发抖。

我故作轻松地对她笑了笑，说道："到这里就安全了。这附近人来人往的，还有派出所，路过的出租车也很多，只要打到车，就能彻底甩开他了。"

"嗯。"

我飘到空中环顾四周。百米开外有辆空出租车正在等红灯，估计几分钟后就能开过来。

然而比出租车更快出现的，是那个如鬼魅般从巷口冒出来的男人。更要命的是，他毫不犹豫地朝美容院的方向冲来。

我不禁咂舌。果然被他预判了路线，无论打车还是去派出所求救，走这条路都是最佳选择。

音叶若是现在冲出大路去拦车，一定会被疤眼男半道截住。趁她抬头之际，我迅速对她比了个"不要动"的手势。

忽然，疤眼男停下脚步。

吸引他目光的，是方才音叶戴过的那顶白色棒球帽，它此刻正孤零零地挂在前方的行道树上。帽子被翻出内侧揉成一团，GP标也反转成镜像，露出粗糙的刺绣线头。

男人两眼一亮，仿佛发现了宝藏。

"啊……原来在这儿……"

他满面笑容地走近行道树，轻轻拈起那顶内外翻转的帽子。

我迅速俯冲到他面前确认，不由得会心一笑。恰到好处的逆风适时刮起。

下一秒，男人发出一声闷哼。

从行道树上飞出的纸团狠狠抽中他的眼角，他脚下踉跄，又有成堆的纸片如雪崩般散落，被风卷着流向人行道。

……是两百张万元大钞。

马路上当然不可能凭空冒出这么多钱，这是我们从工作间带出的现金，小心包在了棒球帽里。

惊叫与欢呼声同时炸响，手拿棒球帽的男人转眼就被丧尸般涌来的人群包围。

"钱丢了！"

"您没事吧！"

人们以为他不慎弄散了钞票，九成群众出于纯然的善意，立刻上前围住疤眼男，将他挤在中心，并且热心地帮他捡掉在地上的纸币；剩下的一成假意帮忙，实则往口袋里偷藏几张；还有几个看客站在一旁忙着拍视频……不一会儿，派出所的警察也闻讯赶来。

——很好，这下他插翅难飞了。

我瞥了一眼大路。趁着这场价值两百万日元的骚动制造的时机，音叶已经成功拦到出租车。她抱着背包迅速钻进后座，告诉司机去车站。

为防万一，我叮嘱过她千万别报真实住址——绝对不能从出租车司机那里泄露情报。

车辆开动前，音叶向外看了一眼，不禁倒吸一口凉气。

人墙缝隙之间，那个男人和她四目相对。

他仍旧微微歪着头，细长的双眼眯成缝，厚厚的嘴唇边挂着宛如古典油画里的人物般平静、慈爱的微笑，仿佛一个送孩子去野营的母亲。

但与平静的表情相反，他的眼神变得愈加阴狠，捏着棒球帽的手青筋暴起，指尖像痉挛一样颤抖不停。

*

"为什么你也跑回来了啊！"

从白馆町公交车站往家走的路上，音叶气得不住嚷嚷。我一边飘在半空保持警戒，一边老老实实地道歉。

"……实在惭愧。"

"明明夸下海口说要跟踪那个男人，结果不到三十分钟就灰溜溜地回来了！该不会是被甩掉了吧？"

"幽灵拼尽全力也只能达到自行车的速度，对方一旦乘上汽车，我就无能为力了。"

疤眼男没有理会前来问话的警察,他扔下两百万日元,只带着棒球帽挤出了人群。警察本想追赶,却因捡钱群众的推搡而错失时机。男人灵巧地走出警察的视线,然后一路刷着手机,施施然穿过私人地块与商铺,回到了嘉乐公寓。

——瞧这家伙,刚摆脱警察,竟然有闲心刷SNS!

回到三〇二室后,他立刻从床底拉出一只行李袋,带着下楼前往停车场。一楼的信箱上标着的姓氏是"八须"。没错,根据情报贩子给的资料,三〇二的住户名叫八须和也,想必就是他了。

"之后,那家伙开车向北去了。我拼命追赶,但自行车的速度实在追不上他。"

他驾驶的白色轿车很快将我甩开。虽然记下了车牌,但不到五分钟我就跟丢了。

"他往车站反方向去了,应该不是为了追杀你,但为防万一,我还是决定回来和你会合。"

音叶深深叹了口气。"最差的选择。跟丢了还情有可原,可你竟然专门回来找我,为什么?你明明还有很多选择,至少可以调查一下三〇二室啊!"

我低下头。"你知道我不可能那样做。"

音叶仍旧不高兴,她气冲冲地推开自家院门,大步走了进去。

这座住宅没有围墙,取而代之的是一圈齐人高的黑色铁栅栏。栅栏本身不算高,但每一根铁管都做成长矛造型,尽管不能和铁刺网相提并论,拦住一般人翻越还是没问题的。

——防盗能力勉强及格吧。

再三确认周边安全后,我降落到音叶身边。"具体情况等进屋再说。"

"反正只有我能听见幽灵说话，在哪里说有什么区别？"她边掏钥匙边嘟囔，"你不会想说，那家伙也有灵视能力吧？"

"不可能。我都飘他脸上了，他仍毫无反应。那种连瞳孔都不动的镇定，光靠演技可做不到。"

"太好了……"

走进室内，音叶长舒了一口气，洗完手，打开空调。

"开到十九摄氏度？你完全不考虑省电是吗？"

"我家一贯是舒适度优先！夏天恒温十九摄氏度，冬天二十六摄氏度。"

"浪费电力这种事有什么好得意的？再说了，内外温差太大会生病的！"

"习惯就好喽。"

音叶蹦跳着奔向厨房，并不想听我说教。

"等你有空听正事时叫我一声！"我冲着她的背影喊。

三井家的起居室似乎兼做客厅，沙发和正方形的茶几看起来都是高级货。

照片墙上挂着许多家族合影，赫子之妹唐津也出现在一部分照片中，似乎在音叶出生前她就时常来串门。

我自嘲地笑了，怎么第一天晚上没发现呢？

音叶的母亲和唐津容貌相似，气质却截然不同。赫子肌肤白皙，有大家闺秀之范；唐津则身材精瘦、肌肉发达，仿佛把她扔进原始丛林，她都能和铁血战士打个有来有回。就连发质，唐津都比其姐硬上许多，一头天然卷总令人想起彼得·福克扮演的神探可伦坡。

墙上的照片大多为近十年拍摄：襁褓中的音叶第一次参拜神宫的纪念照、运动会上的抓拍、葡萄采摘留念，甚至有喜提新车时全家欢乐的瞬间。

——说来惭愧,当年买卡罗拉时我也曾举起手机,对着爱车一顿咔咔狂拍。

虽然看不清车型,但照片里那辆黑色汽车旁,比现在足足小两圈的音叶正兴奋地比着剪刀手。驾驶座上的母亲看起来十分娇小,都占不满座椅,却摆出飙车族的架势单手握着方向盘,对着镜头吐舌头。

照片拍得有些模糊,想必是掌镜的父亲被妻女的搞怪样子逗到手抖了吧?

眼前这些照片里,封存着家人、幸福,以及我在火灾中失去的一切。

终于,音叶抱着超大盒苹果茶风风火火地回来,往沙发上一坐,把吸管戳进纸盒。"好啦,可以说正事了!"

我转向音叶,正色道:"刚才那个右眼带疤的男人,我认识他,所以才能用棒球帽当诱饵,帮你脱身。"

音叶咕噜咕噜地吸着苹果茶,了然地点头。"一开始听你说用棒球帽设陷阱,我只觉得蠢透了,谁会被那种东西骗到呀?没想到那人见到帽子就像饿虎扑食,还真是恋帽癖。所以呢,他是你认识的变态罪犯吗?"

我皱了皱眉。"大概吧,但长相完全不同。我认识的那个人有一双大眼睛,双眼皮,但好像永远睡不醒一样,嘴唇则更薄。"

"整容了?"

"很可能。"

音叶忽然一副泄气的模样。

"听下来完全没有惊喜嘛。我早就隐约觉得,我们共同的敌人是个连环杀手了。"

"问题在于，柄隆久死时穿的是一套没有花纹的灰色工作服。"

"咦？在屋顶菜园见面时，他还穿着条纹POLO衫和迷彩工装裤啊。对啊，明明是要和恋人吃饭，却特意换上工作服，挺奇怪的。"

"事实上，准备午餐时他倒是换了一身好看的衣服——腰果花衬衫配黑色格纹裤。"

"哇，好骚气。"

"他的衣帽间里全是这类花样繁复的服装，应该是本人的喜好。"

音叶忽然双手捂住嘴。"啊！我听说有的人看到cosplay护士装就兴奋！难道房东也是那种……工作服控？"

——这话从六年级小学生嘴里说出来，听着可真刺耳。

我摇摇头。"这可就大错特错了。想想我的坠楼事件、柄隆久死时的服装，还有棒球帽陷阱，这三者有什么共同点？"

音叶立刻来了精神，像是阻止我给提示一样开始推理。

"棒球帽是内外翻转过来，包住了两百万日元。"

"没错。"

"房东遇害时穿的既不是条纹POLO衫和迷彩裤，也不是花衬衫和格纹裤，而是一套没有任何图案的灰色工作服。"

冥思苦想了一分钟，音叶忽然"啊"地大喊出声。

"我明白了！被舍弃的都是带花纹的衣服，最后穿在身上的都是没花纹的！莫非……凶手是故意让姓柄的房东穿上和姓氏意思相反的无花纹衣服①后，才杀死他的？"

---

①房东的姓氏"柄"在日语里有"图案、花纹"的意思。

我轻轻鼓掌。"正确。"

"这么一说，棒球帽翻过来后，露出的是左右反转的镜像Logo。但还是不对啊，你坠楼的事……虽然你成了'穿刺人'，却没有反转的要素。"

"太天真了！你总爱草率地下结论，都不知道改改。回想一下，当时'穿刺人'视频到处扩散，网上有人连我的全名都扒出来了，对吧？"

"黑羽乌由宇嘛！"音叶立刻接上，"超闪亮的名字。"

"先别管闪不闪亮行吗？把我名字里的第一个字换成片假名，再反过来读试试？"

"'ウ由宇'……反过来读就成了'宇宙'①……咦！！"

眼看她差点打翻苹果茶，我点头道："四个月前的那晚，我被穿在了宇宙犬铜像上，那也是一种'反转'。"

"可……可是，那天你会去楼顶，本身只是偶然事件……"

"没错，下手方式并不是预谋好的。那天晚上，凶手应该一直在跟踪我，寻找动手时机。碰巧我走上楼顶，站在了与我名字'相反'的铜像的正上方。凶手绝不可能放过这个千载难逢的实施'反转杀人'的良机，于是将我推了下去。"

想起他看见反帽子时欣喜若狂的神情，白色情人节那晚他必定也如这般，像发现了什么宝藏似的，满脸笑容地将我推下高楼。

我轻轻叹息。

"现在明白了吧？我的坠楼和柄隆久遇害案的共通之处，是'反转'痕迹。而那个男人对'反转'的执念，让他轻易地中了

---

①主角的名字"乌由宇（烏由宇）"读作"うゆう（uyuu）"，转化成"ウ由宇"后竖写可看成"宙宇"，反过来读就是"宇宙"。

棒球帽陷阱。"

音叶忽然神情一滞。"难道说……"

"没错。把我推下楼、又杀害了你父母的凶手就是……'倒吊人'。"

客厅里忽然爆发音叶的大笑声。

"哈哈哈，就算是小学生，也不会相信这种鬼话啦！逆缟不是四年前就死了吗？被你设计逮捕后驾车逃亡，最后车辆爆炸，他烧成了焦尸呀！"

我垂下眼盯着地板。"确实如此……但逆缟向来喜欢在案发现场留下各种'反转'痕迹作为签名，利用被害人姓名制造'反转'更是他的招牌手法。"

"那就更奇怪了！"音叶激动起来，"四年前的逆缟每次都会留下夸张易懂的反转标记，才被称为'倒吊人'。那样的人，又怎么会搞这种隐晦到没人发现的'反转'呢？"

我竖起两根手指，说道："有两种可能。其一，袭击我和你父母的是模仿犯。其二，四年前，我很可能被逆缟耍了……追捕你的那个人，他的嗓音和阴沉的眼神，和我记忆中的逆缟简直一模一样。"

音叶打开平板搜索，眉头渐渐紧锁。

"我记得'倒吊人'的真实身份是时年三十二岁的补习班老师田中奏多，对吧？"

"田中奏多"这个名字是回文[①]，正读倒读都一样。据说他童年时曾因名字而遭受霸凌，有犯罪心理学者分析说，正是这段扭

[①] 田中奏多（たなか かなた）读作 tanaka kanata。

曲的经历造就了他对"反转"的执念——当然，这类分析往往不太靠谱。

"另一方面，嘉乐公寓三〇二室住户登记的名字是八须和也，同样是回文名[①]……他和逆缟的共同点实在太多，我不认为这只是巧合。"

——有没有一种可能，田中奏多当年其实识破了我的计划？

四年前，我向警方提供了田中就是逆缟的铁证，还精心设计陷阱，帮助警方把他抓了个现行。逮捕当日，包围田中家的警车不下十辆。以他的智商，不可能妄想逃脱。

可他偏偏选择了夺车逃亡，无异于当众自杀。

或许那只是他死到临头的自暴自弃，但对于高智商猎奇杀人狂逆缟而言，这么莽撞的行为实在不像他的风格。

"或许，他其实利用了我的计划，假死脱身，事后通过整容改头换面，又过起了正常生活。"

"等等……"音叶脸色煞白，"连环杀手的'正常生活'能有多正常？"

这可问到点子上了。就像我，生活和犯罪密不可分。逆缟如果还活着，必定在不断杀人。这四年间，他很可能制造了很多起看似意外的凶案，用隐晦的"反转"标记满足自己的欲望……

音叶的身体微微颤抖。

"可是，我记得新闻报道过警方对焦尸做了DNA鉴定，确认就是田中本人啊！"

"这个完全有可能造假。"

警方并未提前采集田中的DNA数据，如果他事先彻底清扫

[①] 八须和也（やず かずや）读作 yazu kazuya。

过住宅，再在牙刷、水杯等物品上刻意沾染别人的毛发和体液呢？警方自然会误认为这些来自他家中的DNA属于他本人。

——尽管田中奏多还有兄弟姐妹在世，但就四年前的案件性质而言，确实没必要特意做亲属DNA比对。换句话说，想钻空子并非难事。

我沉声继续道："他很可能囚禁了一个年龄、体形与自己相仿的男子，用那人的毛发和唾液布置现场，骗过了警察。最后留下的焦尸其实是那个倒霉的替死鬼。"

音叶用力摇头，牙齿咬得咯咯作响。"这也说不通。他如果真的逃过一劫，为什么不立刻找你报仇？还非得等上四年，不可能的。"

"即便他知道害他的是完美犯罪代理人，要锁定我的真实身份也不容易，花了四年才查到并不奇怪。"

"好吧，这或许是他盯上你的原因。可我父母呢？他们和犯罪毫无瓜葛。"

"这不好说。大概与他们想委托我的事情有关吧。"

音叶忽然紧紧抱住自己颤抖的肩膀。

"好可怕……"她喃喃自语道，"第一次有这种感觉。我该怎么办？黑羽，我现在害怕得不得了。当时逆缟的眼神……呜呜……不要！我好想逃，想立刻就逃走！"

我愕然地睁大双眼。

这么久以来，面对罪犯和我时，音叶从来没有退缩过。这份倔强正是她坚守自我的脊梁，是她绝对不肯退让的底线。

而此刻，她第一次示弱了。

"音叶，你会害怕很正常。知道敌人是连环杀人狂还面不改色，才不正常。"

音叶却咬紧牙关。"不,我不要这种'正常'。否则……就没法报仇了。"

她静静地将手伸向客厅角落的电子琴,琴身上躺着一支通体漆黑的竖笛,只在笛头和笛尾部分有一些白色塑料配件,是比较常见的款式。

音叶心不在焉地拿起竖笛。我茫然地在一旁看着她。

三月十五日那天清晨,她在空无一人的家中醒来,然后似乎吹过这支竖笛。她还说,演奏乐器能让自己平静下来。

——这大概是她特有的防御机制吧。

我本该默默地守在一旁,可当目光落在她手中的竖笛上时,我的洁癖忽然发作——

"等等!竖笛上全是灰尘!已经放了四个月吧?至少该用酒精擦一擦,或者冲冲水!"

但音叶似乎并不把灰尘放在眼里,或者说,我不合时宜的劝阻成功起到了反效果,现在她只想和我作对了。

就在笛子即将触到嘴唇的刹那,她爆发出一阵惊天动地的干呕。

"我说什么来着?"

"不,跟灰尘没关系!这笛子……哇,好臭!臭水沟一样的味道!"

我乐得捧腹大笑。"怎么会这样?难道是保养不当,发霉了?"

音叶气呼呼地拆起笛管。拆到一半,她苦着脸愣住了。

"糟透了。"

"怎么啦?"

"笛子里面卡了一颗水族箱用的造景石。怎么会这样?完全搞不懂。"

正如她所说，笛头内部嵌着一颗透亮的蓝色石子。

"一眼就认出是水族箱用的……音叶，你以前养过热带鱼？"

"养过孔雀鱼。这东西就是当时铺在鱼缸底做装饰的。"

三井家客厅里似乎曾放过一个长方形大鱼缸，水底铺满五颜六色的石子。音叶一直试图让家里保持父母健在时的样子，唯独舍弃了那群孔雀鱼。

"其实……我也想继续养的。一共二十三条，都取了名字呢。"

"它们长得差不多吧？普通人根本分不清。"

"嗯，只有纯黑的恺撒和白化的力比多比较好认。"

——好浮夸的名字，也不知道怎么起的。

"但后来……我发高烧住进了医院，小姨忙着办理监护手续，没人照顾它们，一不小心就死了五条。"

出于愧疚，音叶最终下定决心，将恺撒、力比多和它们的小伙伴都送了人。

"从失去父母的那天起，我就决定从此只为复仇而活。至于其他生命，我已经没能力保护它们了。"

她将竖笛放回到电子琴上，抬起头。

泪水仍在她的眼眶里打转，但先前深埋在眼底的恐惧和不安已渐渐消散，取而代之的是燃烧的恨意——那个夺走她的家人、幸福和美好的一切的仇人，必须付出代价。

"黑羽，你是对的。"

"何出此言？"

音叶两眼含泪，露出不甘的微笑。

"从前我自以为天不怕地不怕，原来……只是因为没有经历过真正的危险和恐怖。我那点决心，根本算不上勇气。可是，即便知道对方是杀人狂，我满脑子想的却还是报仇。恐惧不会消失，可要是拿它当借口放弃复仇……我绝对不允许自己做出这种事来！"

她眼中跳动着如同空屋初遇时那般——不，是比那时更加炽烈的黑色火焰。

——看得出来，她身上那股不屈的意志丝毫未减。

"而且，我已经不像一开始那么害怕了。现在的我虽然只是个不会做饭、不会调查、连独立生活都成问题的孩子，但至少不再是孤单一人了。毕竟，有犯罪导师兼超级推理高手黑羽在呀。"

我不由得皱起眉头。"你也太看得起我了。"

"我保证会拼命学习，努力掌握所有技巧。所以求你啦！帮我制订一个完美的复仇计划吧！让我这样手无缚鸡之力的小孩，也能亲手干掉那个杀人狂。好不好？"

"完美的复仇计划……"我沉思片刻，忍不住笑出声，"就连四年前活蹦乱跳的我，都被逆缚摆了一道。现在让我在五天内制订犯罪计划对付他，还要包实施？这辈子都没见过你这么过分的委托人。"

音叶却心满意足地坐回沙发。"太好啦。"

"刚才哪句话让你这么放心？"

"因为……你只有在想到什么妙计，或者一切尽在掌控的时候，才会露出那种一看就没安好心的笑啊。"

"咯！"

我那憋不住坏笑的习惯，完全被这小丫头看穿了。音叶啜饮着苹果茶，坏心眼地歪头补刀道："黑羽呀，其实你超级不擅长演戏的，对不对？"

"胡……胡说！在你面前演戏又没有意义，我只是觉得毫无必要，才……"

"哼哼，别继续给自己挖坑啦。你做完美犯罪代理人的时候从来不在委托人面前露脸，也是因为知道自己演技差吧？"

我怒目而视。

——我可算明白了，这丫头分明是记恨我说她厨艺差，见缝插针地报复我呢！

音叶抬起头，用她惯用的、足以打乱成年人节奏的眼神盯着我。对视片刻后，我们不约而同地笑出了声。

音叶伸出双臂，抱住膝盖。

"说真的，我很高兴。"

"嗯？"

"虽然你嘴上总说我是小孩，实际上却一直用平等的态度对待我，认真听我说话，教我东西时也从不敷衍，所以我才能信任你。"

我抱起胳膊。"这单纯是因为我也不够成熟吧。"

"或许吧。不过，自从四个月前的那天起，所有人看我的眼神都变了。在老师和同学眼中，我好像成了一个易碎品。他们还是像以前那样待在我身边，可我们之间却隔了一层看不见的墙，我怎么都跨不过去。真的好难受，我不知道该怎么办。"

——只有黑羽始终站在墙的这一边。

听着她的真情诉说，我不禁垂下双目。

"我明白。在我很小的时候，一场火灾夺走了相依为命的母亲和妹妹……我失去了一切。"

"咦？！"音叶惊讶地瞪大双眼。

"当时的情形我记不清了，后来听说母亲和妹妹都没能逃出二楼卧室，只有我挣扎着爬出后门，捡回一条命。再次醒来时，已经是整整一天之后了，浑身都是烧伤的剧痛。哎，你怎么哭了？"

我才刚刚挪开视线，没想到音叶已经泪流满面，整张脸皱成一团。

"后来啊，我也当了好几年'可怜的孤儿'。不过嘛，再后来就变成'无可救药的问题儿童'，再也没人管我了。"

"我也会变成那样吗？"

看她认真的表情，我不禁失笑。"怎么会！人生又不是流水线上的剧本，怎可能每个人都一样。当年是我主动推开所有人，那些同情的目光、亲切的关怀，比什么都要刺痛我。至于那道无形的墙……当时的我既厌恶别人站在墙那边小心翼翼地对待我，又害怕他们真的翻过来。"

音叶不安地问："那现在呢，还是这样吗？"

"现在当然不是，都变成幽灵了，我还装什么清高呀。"

听我这么一说，音叶顿时有了底气，又恢复成平日里那种没脸没皮的模样。

"看来变成幽灵之后你也成熟了一点呢！"

"你这小鬼……"

音叶身子向后一倒，望着天花板上的装饰梁叹气。"唉……今天有得也有失啊。虽然查明了案件背后有'倒吊人'存在，但也被他看到长相了。"

"确实失策。"

不过当时音叶戴了变装用的平光眼镜，头发披散着，只要今后出门时注意扎起头发、换穿其他衣服，短期内应该安全。

听完建议，音叶仍然愁眉不展。"最糟糕的是，当时只顾着逃命，不但跟丢了目标，整个调查也直接回到原点。"

我一时没反应过来。"原点？"

"别装傻啦，所有关于那个杀人狂的线索都断了！他不会再回嘉乐公寓，从三〇二室带走的那件行李，分明是早就准备好的逃亡装备。"

"天真。"

我刚说完，音叶就狠狠地瞪了过来。

"禁止急躁。至少今天有一个收获。我敢说逆缟右眼的伤八成还没好，现在还是看不清东西，所以总是不自觉地把头向右偏。"

"原来如此，将左眼朝向正面，可以弥补缺失的右眼视力。"

四年前，逆缟通过假死改头换面，但这也意味着他再也不能轻易踏进医院大门。伪造的医保卡经不起查验，那张彻底整过容的脸更是随时可能被戳穿。

"白色情人节那天被我用纸盒砸伤之后，他多半也没去看眼科医生，只能自己处理。结果就是视力永久损伤。"

音叶仍然神情黯淡。"但是，这能帮我们找到他的藏身之处吗？"

我轻轻摇了摇食指。

"不不不，这么麻烦的事，何必我们亲自奔波？推给别人去做就好啦。"

"难道你又要找那些只会乱泄露情报的情报贩子？"

"恰恰相反，这次的事情情报贩子派不上用场。如果那家伙真的是逆缟，他绝不会留下能被情报贩子抓住的把柄。"

音叶一脸困惑。"那还能找谁？"

"警察。"

那一晚，唐津警部补直到晚上九点多钟都没回家。

她本人想必正在为没能兑现"七点前到家"的承诺而懊悔不已。另一边的音叶倒是毫不在意，独自享用了一份超大芝士牛肉饭外卖，自在得很。

伏木县警总部与我上次潜入时截然不同，不再寂静无声，此时刑警们的叫嚷声此起彼伏。

我在铃木刑警的办公桌上盘腿坐下，望着他们露出苦笑。

"嗯，这也是理所当然的。"

唐津回不了家，整个搜查一课人仰马翻……全都是因为我和音叶向警方提供的那条情报。

时间回溯到四小时前。三井家的客厅里，我对着音叶极力推荐一项计划。

"三井夫妇遇害案的调查停滞，搜查组几乎停摆。此时我们要给警方一个无法拒绝的诱饵，让他们重新动起来。"

音叶的表情逐渐有了活力。

"我懂了！新的线索会迫使他们召开紧急会议，重新讨论案情！"

"一旦他们动起来，我就悄悄潜入会议，将所有情报一网打尽。"

这本该是个完美计划，却不知为何换来了音叶的怒目而视。

"太狡猾了！又想单独行动！"

"除了幽灵，谁还能大摇大摆地混进县警总部？"

"以超优秀、超值得信赖的黑羽的能力，一定能想出好办法！"

"你再耍赖我也没辙，做不到的事就是做不到！"

音叶夸张地咂舌抗议，赌气地在沙发上跷起二郎腿，却因为不熟练，一条腿"砰"地踢到了方形茶几的尖角。

"好痛！"

"小心点啊，笨蛋。"

音叶痛得眼泪汪汪，却还不死心地追问："我在想啊，如果告诉警方'黑羽坠楼和三井夫妇遇害其实都是逆缩干的'，他们会轻易相信吗？"

"正儿八经去举报，只会被当成笑话。所以必须想办法下点'猛料'，让警方不得不行动。"

"真有这种猛料？"

我没有回答，只是露出一个志在必得的微笑。

忽然，搜查一课的氛围变得紧绷。我暂停偷看搜查资料，疑惑地抬起头。

原来是县警刑事部长亲临加班现场，我还以为出了什么大事。他那地中海发型在人群中格外醒目。

部长不安地开口道："关于那通举报电话，进展如何？"

说这话时，他看着静沼课长。

静沼是从基层摸爬滚打上来的，纯靠实力当上了搜查一课的老大。这样一位人物的外表却和硬汉的声名相去甚远——童花头、滴溜溜的圆眼睛、爱穿柠檬黄衬衫的奇怪审美，活像奇幻故事里的中年橡果妖精。

静沼课长罕见地绷着脸，抬起下巴，指了指部下唐津警部补。

身着深灰色裤装、一头神探可伦坡式天然卷的唐津开口道：

"刚接到冬野刑警从现场发回的报告。简而言之,告发内容全部属实。"

"在嘉乐公寓里发现了死尸?"

"是的,房东柄隆久在自家的衣帽间上吊而亡,值得一提的是,死者衣帽间里挂满了带有花纹的服饰,他本人身上却穿着纯色的工作服。"

部长眼中顿时充满绝望。"天哪……是'反转'?"

"是的……报警人在电话中不仅提到楼里有死尸,连尸体细节都说得分毫不差。这恐怕不是普通报案,而是'倒吊人'本人发来的犯罪声明。"

整个楼层鸦雀无声,我在一片寂静中满意地笑了。

要的就是这个反应。

恰在此时,另一名刑警默契地开始播放那通报警电话,或者说"倒吊人"发表犯罪声明的录音。

"今天我又杀了一个人。这个世界有太多'反转',以至于根本无人质疑身边层出不穷的'反转'之死。整整四年过去了,你们这群蠢货还是毫无长进,连我精心打造的'反转'都看不穿。我玩腻捉迷藏了。"

这段台词是我编的,再让音叶照本宣科地念出来。内容看着古怪,那是因为要模仿五年前逆缟通过SNS发给媒体的电波系恐吓信,怪不到我身上。

我手机里的变声App相当高级,只要样本足够多,连田中奏多本人的声线都能用AI还原。但那样未免太过火,所以这次还是应音叶要求,模拟了某英国演员的低音炮绝美声线——被她命名为"夏洛克"。

录音里突然传出接电话刑警的声音:"你在胡说什么?!"

"白色情人节那晚,我怀着诚意一连制造了三起'反转'死亡,居然还没人发现我已经复活,那就给亲爱的蠢货们一个提示吧。嘉乐公寓六楼有一具伪装成上吊自杀的尸体,注意那堆花哨的衣服哟。"

"喂!等等……喂!"

录音到此戛然而止。

常规举报根本不会有人当真,于是我和音叶决定假借逆缟的名义,向警方送去一份"倒吊人"复活宣言。

我用活人听不见的声音低语:"收到这么血腥的犯罪声明,警方也该坐不住了吧?"

不过,警察们恐怕也不会轻易相信——一个四年前就该死透的杀人狂居然活了过来?他们更有可能认为这只是某个模仿犯作祟。

——无论哪种情况,对我们都同样有利。

"来吧,替我们去追捕那个杀人狂吧。"

这一手确实能扭转乾坤,对音叶而言却并非万全之策。

当然,联系警方用的是从工作间拿出来的手机和SIM卡,这两样都不是寻常之物,内置了反追踪功能,无法精确定位信号来源。

——为防万一,通话后我们立刻将SIM卡掰烂后扔进马桶冲掉,手机也已妥善处理,警方应该查不到音叶身上。

事到如今,骰子已然掷下。即将被警方追缉的逆缟,以及必须在警方的眼皮底下完成复仇的我和音叶,我们都已无路可退。

间奏 2

3月14日 18:10

驱车行驶在街道上，四周弥漫着躁动的节日气息。

"今天是白色情人节啊……"

巧的是，明天是周六。路上看到的高中生自不必说，连西装笔挺的上班族都掩不住对周末的期待，足见世人日日劳作之艰辛。

唯独我怎么都融入不了这欢快的氛围，满脑子都是刚刚出炉的完美犯罪计划。事先去目标居住的独栋住宅踩点耗费了大量时间。趁等红灯时，我从口袋里掏出一沓防水贴纸，而且是可撕无痕款，专门为这次犯罪准备的。

想到即将收网的陷阱，我不禁嘴角上扬。

——接下来，就等那个恶徒自投罗网了。

一切顺利的话，这次犯罪在白色情人节结束前就能了结，用来栽赃目标的证物也都准备妥当。

当然，无论准备得多么周全，都不能完全杜绝意外。

我曾遭遇过惨痛的背叛，也曾被迫铤而走险。但眼下，包括应对这些意外的预案在内，所有环节都堪称完美。

可为什么握着方向盘的指尖止不住地颤抖？

"当年设局让警方逮捕逆缟时也有过这种感觉。"

我从不相信什么预感，此刻预感却如潮水般涌来——前方似乎有什么无法挽回的"东西"正等着我。

"荒唐！"我猛地摇头，"畏首畏尾，像什么样子！"

桂司前辈曾说过：比任何危险都可怕的，是执行任务时心中的"迷茫"。

如果是确有根据的不安，大可以另谋对策来化解。但若只是毫无来由的臆想，为此费神则纯属浪费时间。

我瞥了眼副驾驶座，线香、刚买的供花和艾草大福正静静地躺在那里。车内飘着淡淡的檀香和菊花香气，熟悉的味道让我恍然置身于死于火灾的母亲和妹妹的灵前。

"死亡"二字在我脑中挥之不去。

间幌市郊道路尽头，名沿墓地已隐约可见。距离晚上的见面还有一些时间，无论如何我都想先去桂司前辈的墓前供上这束鲜花。

第三章

1

8月1日 20:00 剩余时间：3天

先将肉末倒入平底锅均匀翻炒，待加热至变色，音叶把切好的洋葱丁、青椒圈、蘑菇和培根碎一股脑倒了进去。

"别忘了撒盐和胡椒。"

"知道啦！"

音叶在我旁边用烹饪筷翻着食材，动作僵硬得像是在做化学实验，不过比起昨天做简易肉末咖喱时已经进步了不少。

音叶一手颠着锅问："今天有什么新进展？"

"还能有什么进展，从昨天中午起，你不也在实时收听警方的搜查情报吗？"

昨天中午，音叶骑着自行车直奔县警总部。

表面理由是给加班的唐津送慰问品——自制的肉末咖喱饭、什锦小零食礼包，外加方便趴桌子上小睡的懒人靠枕和手机充电器。

"小姨，记得你常说充电线动不动就坏来着。"

音叶难得换了身装扮，穿了条素雅的连衣裙，不过还是标志性的双马尾发型。

接过慰问品时唐津明显愣了一下，随即露出大喜过望的神情。她将包裹紧紧抱在怀里，迫不及待地抽出几袋小零食，用力塞进了外套的左边口袋。

——塞得这么满，好像松鼠往颊囊里塞食物啊。

身为左撇子的唐津有个习惯，什么都爱往左边口袋里塞，难怪她的外套总是左兜鼓鼓囊囊，右兜空空荡荡。

唐津身高约一米六〇，比音叶高出近十五厘米。但此刻被五颜六色的小零食点燃热情的她，看起来反倒比矮小的音叶更像个孩子。

这一天唐津一直忙到深夜，才吃上迟来的午饭。

肉末咖喱饭入口的瞬间，这位素来坚强的刑警竟忍不住哽咽起来。不仅同事们红了眼眶，就连静沼课长也抹着眼泪连声说"太好了"。看来唐津和侄女之间的事，在座各位都有所耳闻。

全程目睹这一幕的我愧疚地挠了挠脸——靠枕和充电器里暗藏着窃听器一事，实在是打死也不能说出口。

音叶一身淑女打扮，绝不是出于"难得来县警总部，心里紧张"这类天真烂漫的理由，纯粹是为了改头换面，避免被逆缉认出来。俗话说"人靠衣装马靠鞍"，看到眼前这位娴静端庄的少女，谁也不会将她和前几日出现在嘉乐公寓的野蛮丫头联系在一起。

有了窃听器，还需要在距县警总部百米范围内架设信号中继器，才能将窃听数据实时传输至平板电脑。这也是音叶亲手安装的。

总之，经过一番操作，搜查一课内的对话声就成了三井家厨房的"背景音乐"。

待洋葱和青椒炒香，音叶将意面倒进平底锅，又豪迈地挤了一大坨番茄酱。大火收干水分后，一盘鲁宾咖啡店风那不勒斯意面就大功告成了。

音叶不满地挥着手中的烹饪筷，说："虽然能听到小姨办公桌附近的动静，但光靠那点声音，获取的情报太有限啦！"

"好啦，好啦。"我举起双手投降，"警察今天好像没什么进展，既然如此，不如我们共享一下已有的线索？"

音叶一手端着堆成小山的一大盘意面，另一只手拿着苹果茶和梅丽莎牌巧克力，挪到客厅的沙发坐下。

"竟然没拿蛋黄酱，终于不当蛋黄酱狂魔了？"

"你好烦啊！"她鼓着腮帮子瞪我，"先说你看到的情报。"

"昨天警方终于开始怀疑租住在三〇二室的'八须和也'了。不过他们还没查清他逃去哪里了。"

音叶塞了满嘴意面，整个人洋溢着由内而外的幸福。但一跟我对上视线，她立刻敛起笑容，身子挺得笔直。

"算了，本来也没指望警方。"

"别这么说。逆缟是老手了，这次也是先销毁证据才离开房东家的。而且他平时就很注意避开楼内的监控。"

"搞得跟间谍似的。"

"嗯。不过嘛，再小心监控，也防不住爱观察邻居的人。"

果不其然，有好几个住户都注意到了这个经常出入柄隆久家的神秘男子，他们的证词令三〇二室租客的样貌渐渐浮出水面。

警方的调查结果显示，"八须和也"并非真名，入住登记时提供的驾照也是伪造的。

"光这两点就足够可疑了，而'八须和也'和'田中奏多'

这两个名字都是回文结构,这一点也引起了警方的高度重视。"

今天早上,"八须和也"的模拟肖像画完成了。

"住户们的目击证词相当精准,警方画的肖像画完全抓住了这个'右眼带疤的男子'的外貌特征。那家伙自以为逃脱了追捕,其实早就是条快沉的破船了。"

音叶撇着嘴,似乎对警方的高效率颇为不爽。

"该我说了。我找情报贩子查过三〇二室住户的信息,结果一无所获。"

"按车牌号都追踪不到?"

"他买车时用的驾照当然也是伪造的,整套购车文件全是胡编乱造。"

"真遗憾。"

音叶嚼着意面,双眼直勾勾地盯着我。"接下来要怎么办?"

我竖起三根手指。

"目前确定由他犯下的案件共有三起。其中我的坠楼案和柄隆久遇害案的真相都已水落石出。"

音叶绷着脸点了点头。

"也就是说,现在只剩我父母遇害的案子还没查清了。"

*

我们打电话报警是在七月三十日。

那晚,搜查一课因发现柄隆久的尸体而乱作一团。刑事部长头晕目眩地瘫坐在椅子上,抱着他那反光的地中海脑壳呻吟。

"犯罪声明里提到的那个,'白色情人节当晚,制造了三起反转死亡',具体是哪几件事?"

"坠楼的黑羽乌由宇应该是其中之一。"唐津不假思索地回答。

我不禁微笑起来。

——好极了。

丝毫不知自己正被受害者本尊"附身"的唐津继续翻看着资料。

"黑羽乌由宇于三月十四日晚上八点半左右,于其经营的咖啡店兼自宅所在的柳院大楼楼顶坠落,随后被某牙科医院设置的铜像刺穿身体。"

铃木巡查部长立即举手补充:"已向久远综合医院确认,黑羽坠楼后虽然保住了性命,但其主治医生表示,这四个月来他始终处于昏迷状态。"

这位铃木刑警和唐津是同期入职,但举手投足间俨然一副世家公子风范,与一般刑警相去甚远。传闻其祖父不仅是前众议院议员,还曾一度入阁,在政坛叱咤风云。

整个搜查一课,唯独他总穿着价值几十万日元的高级西装,却在搜查时频频闹出令人啼笑皆非的乌龙,因此深受犯罪分子的"青睐"。当然,他本人对此浑然不觉。

刑事部长的脸色更难看了。

"哦,就是网上疯传的那个'穿刺人'?那不是一起意外事故吗,哪里有'反转'?"

唐津从档案中抽出一张照片走向白板,鞋跟在地面上敲出清脆的声响。她用马克笔写下"乌由宇 = ウ由宇 = 宙宇",又将那尊宇宙犬铜像的照片贴在一旁。

"'ウ由宇'倒着念就是'宇宙',我认为,'反转'就在这里。"

我在虚空中轻轻鼓掌。

距离音叶和我发出伪造的犯罪声明还不到三个小时，警方已经调查到这种程度，效率确实令人欣慰。

这时静沼课长站了起来。

"'倒吊人'所述的另两名受害者，极有可能是同样于三月十四日晚遇害的三井夫妇。"

在场者都很清楚，他们正是唐津的姐姐和姐夫。

"什么，竟然是他们！"刑事部长失声惊呼。

静沼那张圆圆的橡果脸上露出痛心的神情，沉重地点头道："是的。因为亲属关系过近，唐津并未参与此案的调查。接下来将由我进行说明。"

说着，他向铃木刑警打了个手势。铃木立即将案件资料和现场照片依次贴到白板上。

"众所周知，三井夫妇遇害案是本辖区前所未有的特异案件，因此我们隐藏了尸体发现时的部分细节，对相关信息做了严格管控。"

警方不仅严格限制媒体披露的信息范围，就连最早发现尸体的周边居民也都收到通知，严禁外传案件详情。

"嗯，究竟隐藏了哪些情报呢……"

我暗自庆幸幽灵之身不会被活人察觉，堂而皇之地凑近白板——却在看清照片的瞬间如遭雷击。

——音叶的父亲不是被绳索悬吊在房梁上，死后还被勒住脖颈吗？

不，警方提供给媒体的信息并无虚假，但也不是全部真相。

静沼抽出一根金属教鞭，指向其中一组照片。

"最直观的'反转'特征，体现在三井海青身上。"

刑事部长目光游离地问道："是因为他被绳子捆住双足，整个人倒吊在装饰梁上？"

"是的。"

照片中，海青的双足被绳索层层缠绕，头朝下，整个人呈倒吊状态。

但我已经无心关注这种单纯的"反转"。

尸体的双手几乎触及地面，脖子上紧紧缠绕着一根血迹斑斑的绳索，整个现场呈现出一种骇人的自缢景象，几乎令我大脑一片空白。

从会计事务所下班后，海青似乎连衣服都没换便直奔空屋。即便在殒命之后，他身上的深灰色西装和衬衫未沾血的部分，依然诡异地保持着整洁和平整。

从颈部伤口滴落的鲜血将缠绕在手部的绳索和西装的袖口浸染成暗红色，在相机的闪光灯下，以令人毛骨悚然的清晰度呈现在众人眼前。

静沼以冷静的声音继续说明。

"此外，凶手还刻意将绳索绕在被害人手上，布置成自缢的形态。这很可能也是某种'反转'的隐喻。"

我又向前一步，仔细审视贴在白板上的海青的尸检报告。

法医鉴定结果显示海青是死亡后被捆住双脚倒吊在房梁上的，尸体上留有明显的捆绑和擦伤痕迹。颈部的损伤同样是在死后形成的。

此外，还有一根绳索环绕颈部一周，然后两端分别缠绕在两只手上，显然是凶手为制造被害人自缢而死的假象所布置的。

静沼对着现场照片继续说明。

"用于倒吊尸体的绳索，还有缠绕颈部和手的绳索，绳结都打得非常牢固、专业。很显然，凶手根据不同的受力方向和承重要求，采用了不同的结绳技法。"

刑事部长用舌头润了润干燥的嘴唇，说道："这么说来，凶手很可能是拥有专业绳结知识的人？那么，渔民、消防员、热衷游艇和户外运动的人都值得怀疑。"

静沼微微颔首，补充道："现场发现的绳索直径均为五毫米，割断死者颈动脉的凶器是小型户外刀具。二者都是三井夫妇长期放在车里的露营装备，无法据此追踪嫌疑人。"

尸检报告显示，海青的尸体有三大特征。

其一，双眼的眼皮呈现轻微炎症反应。

法医推断可能系速发型过敏反应所致。由于过敏属于活体反应，应系生前症状，非死后形成。但警方尚未确认这是否与案件存在直接关联。

——原来如此，三井家书房里那些从皮肤科诊所开来的药果然是抗过敏的。

其二，尸体呈现特殊尸僵状态。

海青的双手呈半空心的握拳姿态，五指与掌心之间留出一个规整的圆柱形空隙——即便缠绕三圈绳索后仍有空间。

以绳索为参照物，我目测，该圆柱形空隙的直径约两厘米。

其三，手掌与指腹存在擦伤痕迹。

这些伤痕系与绳索摩擦所致，渗出的鲜血甚至浸入了绳索纤维。但值得注意的是，这些伤痕均为死后形成。

这意味着，凶手在海青死亡后，强行用其双手握住绳索，再缠于颈部勒紧。如此残忍的手法，简直令人发指。

我再次审视现场照片。海青的尸体下方积着一摊血，旁边整整齐齐地摆着一件疑似他穿过的风衣和一双男式系带皮鞋。

警方已经确认这双鞋确系海青所有，其尸体只穿着袜子亦是佐证。

刑事部长毫不掩饰声音中的怒火，说道："这起案件处处都是这么明显的'反转'，你们居然没考虑过是那个'倒吊人'的模仿犯？"

静沼课长还未回答，铃木刑警就急切地举起手来。

"恕我直言，由于一同发现的三井赫子的尸体上完全没有'反转'要素，故并未考虑模仿犯的可能性！"

刑事部长脸气得通红，像一只煮熟的龙虾。

"说什么胡话！分明是你们搜查时有疏漏！三井赫子的尸体肯定也藏着'反转'要素，立刻给我找出来！"

说罢，刑事部长拂袖而去，背影消失在电梯里。

静沼继续主持会议，并未责备部下。铃木刑警则一边将三井赫子的案件资料贴到另一块白板上，一边不服气地抱怨："可是这名被害人身上真的没有'反转'痕迹……"

从现场照片可见，音叶母亲的脖子上同样有刀伤，鲜血染红了身上的连衣裙。在飘雪的春日里，一条单薄修身的裙子多少显得有些不合时宜。不过她下半身穿着厚实的长袜，尸体旁边还发现了一件羽绒外套——警方已对这件外套单独拍照取证。

——确实看不出什么"反转"。

她以双臂抱膝的姿势被塞进壁柜，头部朝上、双脚朝下，严丝合缝地嵌在约五十厘米乘九十厘米的空间里。

与海青相同，她的尸体旁也叠放着衣服，就是那件羽绒服，一双女式皮鞋置于稍远处。不同的是，这双鞋并未像海青的皮鞋那样整齐地摆放，而是粗暴地扔在地上。

"嗯……驾照？"

奇怪的是，三井赫子的驾照被摆在羽绒服上，尸体所穿的连衣裙腹部赫然划开一道裂口，一截绳索随意地穿入其中。

那截绳索与悬吊海青的绳索是同一款式。

当我看清那截绳索时，一股前所未有的寒意瞬间席卷全身，仿佛连指尖都要被虚无吞噬，我差点以为自己就要消失了。

"不对，这……这也是'反转'！"

"怎么会……"

我的失声惊呼与唐津困惑的喃喃自语同时响起。

我们坐在三井家的沙发上继续复盘。

"逆缟又一次在受害者姓名上做了文章。你母亲的驾照被刻意摆放在外套上，正是为了提示这一点。"

音叶连嘴唇都失去了血色，问："什么意思？"

"他将'赫子'这个名字和'赤子'的概念对应上了[①]。正常胎儿是头朝下的体位，一旦倒过来，就是医学上所谓的'逆位分娩'。被塞进壁柜的赫子乍一看是正常头朝上的姿势，但结合'逆位胎儿'的医学概念，恰恰构成了生物学意义上的'反转'。"

音叶艰难地从喉咙中挤出声音："那……那……穿入腹部的绳索……"

"象征脐带吧。"

短暂的沉默过后，音叶轻声说道："不管怎么说，警方终于相信是'倒吊人'害死了我父母，已经很好了。"

"嗯，确实是个重大突破。"

"可是，他是如何不留脚印地离开空屋的？关于这一点，警方有进展吗？"

[①] "赫子"读音为"あかこ（akako）"，"赤子"读音为"あかご（akago）"，从读音到字形都很相似。"赤子"在日语中意为婴儿。

＊

关于空屋门口完全没有凶手脚印的谜团，警方至今束手无策。对此，冬野巡查部长也头痛得很。

"来时的脚印缺失尚能解释。可以假设凶手在晚八点大雨完全停止前就已潜入空屋，自然不会留下脚印。但是……若按犯罪声明所示，同一凶手在八点半将黑羽从楼顶推落，时间上就出现矛盾了。如果他八点半的时候还在柳院大楼楼顶，又怎么可能在八点前就进入空屋埋伏？"

冬野是搜查一课里年纪最大的刑警，为人粗犷老派，向来和升迁无缘，他自己对担任管理职也毫无兴趣。

——年轻时，他曾因举报警署内部的性骚扰事件而遭到排挤，直到静沼课长慧眼识人，才把他从冷板凳上捞出来。

他生就一副健硕的体格，脖颈短而粗，并且擅长空手道、柔道、自由摔跤等多种武艺。他光是站着就散发出强烈的压迫感，不少原本还蠢蠢欲动的嫌犯，只要和他对视一眼，就会乖乖地老实下来。

不过，他说起话来却细声细气，像是从鼻子里硬挤出声音一样，似乎是因为鼻腔深处长了息肉。据说他最近还在耳鼻科看诊，等工作稍微告一段落就考虑去做手术。

我不禁笑出了声。在县警总部待太久，连搜查一课刑警们的健康状况这种不想知道的事都听了个七七八八。

今天留在总部开会的，只有静沼课长和冬野刑警两个人。

静沼课长疲惫地答道："说到底，谁也不知道那份犯罪声明究竟有几分可信。即便如此，若不查明凶手如何在不留脚印的情况下离开空屋，这案子就破不了。唉，未解之谜太多了。"

冬野深深点头，道："想精准预判雨停的时间，本身就很不切实际。正常人谁会设计这种纯看老天爷脸色的'脚印诡计'？"

——没错。就算凶手真搞了"脚印诡计"，八成也是看到天晴后临时起意，而非提前盘算的结果。

课长和冬野的目光不约而同地瞟向唐津警部补的座位。

唐津虽然也在搜查一课办公室，却被排除在三井夫妇案搜查组之外。作为替代，她接手了市内一大半的伤害、杀人等暴力案件，正忙得不可开交。

铃木刑警今天也不见踪影，是去现场调查了，还是在处理其他案件？

无论如何，今天的调查工作依然要在唐津缺席的状况下推进。

静沼课长走到监控屏幕前，上面正在播放三月十四日晚九点五十二分，东云町附近一家便利店的监控摄像头拍摄的视频。画面中清晰地显示一辆黑色轿车正驶过道路。

——从车身颜色和车内氛围判断，应该就是三井家客厅照片中的那辆车。驾驶员戴着灰色帽子，坐副驾的人双手交叉，放在下腹部位置。

我将监控画面和资料照片进行比对，驾驶座上的人应该是三井赫子没错。她正一边开车一边与副驾上的人交谈，那人虽然戴着墨镜且低着头，但可以确定是三井海青。

据音叶说，夫妇二人都持有驾照。

海青平时乘公交车通勤，所以工作日车辆基本都停放在家里。购物时由赫子驾驶，出门游玩则由海青驾驶，两人是这样分工的。

视频中的三井赫子身穿羽绒服，海青身穿风衣，和案发现场遗留的衣服完全一致。不过,赫子穿得比我想象中的更厚实,羽绒外套外面还围着一条水蓝色的围巾,握着方向盘的双手戴着防晒用的长款黑色手套。

——哦?夫妇俩的身高差比我想象中要大啊。

以放松的姿势坐在副驾驶座的海青,头部明显超出头枕一大截,赫子的头顶则刚好与头枕平齐。粗略估计,两人的身高差约有十五厘米。

看到这里,静沼课长按下了暂停键。"从车牌号可以确认这就是三井夫妇。尽管他们的手机定位精度有限,但大体轨迹是吻合的。"

说着,静沼仰头滴了几滴眼药水,疲惫地按了按眼角。冬野刑警喝着一瓶紫色的功能性饮料,跟着点点头。

"没错。监控所在的便利店距离空屋大约三百米,可以推断三井夫妇是在晚上九点五十五分之后进入空屋的。但是,有一个疑点。"

我顺着他的话看向地图,那家便利店被单独标了出来,怎么看都不在三井家到空屋的最短路线上。

静沼微微摇头道:"没走最短路线,应该是开车的赫子走错路了。视频中的车确实放慢了速度,说明她在找路。"

冬野严肃地指了指地图。"确实有这个可能,但我怀疑,他们是在故意避开九宁坂。"

"九宁坂?"

"对,那条坡道两旁全是杂货店。他们可能出于某种原因想避人耳目,才特意没走那条路。"

九宁坂是本市著名的手工艺品集散地,正如其名,是一条陡峭的坡道,两边错落分布着精致的杂货店与工坊。沿街店铺争奇斗艳,迷你瀑布、木质小水车等景观点缀其间,营造出梦幻般的童话氛围,也是最近的热门旅游打卡地。

我隐隐感到不对劲。

九宁坂一带的杂货店根本不会营业到那么晚,八点左右就差不多都打烊了。到了十点左右,更是没有什么行人。而且那条街的店铺规模都很小,基本没有面朝马路装监控的。

——换句话说,那里既无人目击,也没有监控摄像头,根本没必要特意避开。

果然,静沼课长提出了相同的质疑,冬野不甘心地沉默下来。

"总之可以确定三井夫妇约十点进入空屋,手机定位和门前步道上的脚印都吻合。随后,凶手杀害了二人并布置好'反转'现场,离开时却没有留下脚印。这实在令人费解。"

三月十五日早晨,当第一发现者撞破玄关门冲出来呼救后,附近居民在警方到来前一直密切注视着玄关,确认屋内已无人迹。

听到这里,我不禁皱眉。

——换言之,逆缟根本不可能在行凶后藏身空屋,第二天才趁乱逃脱。

白板上贴着拍下现场脚印的照片和警方绘制的示意图:所有确认属于目击者和警方人员的脚印都被筛除,只留下了未知脚印。音叶之前偷拍的就是这张图,但警方原版的画质要好得多,两串鞋印清晰可辨(见图二)。

步道左侧那串鞋印据推测属于海青,步伐稳健、步幅均匀地走向玄关。右侧那串据推测属于赫子,同样走向玄关,但步幅较小且略显凌乱。

冬野刑警盯着示意图略加思索,沉吟道:"步道边缘虽然有

图二

几个地方没什么泥,但当时我们查得非常细致,完全没有发现凶手的脚印。"

静沼叹了口气。"都怪步道铺了混凝土,要是泥地再松软些,就能多留下点信息了。"

我忍不住笑了。这么薄的泥土,无论体重如何,踩出的脚印深浅恐怕都相差无几。不过,若是三井夫妇中有一人背着另一人进屋呢?

先来验证赫子是否背得动海青。

我仔细阅读了面前的资料,妻子赫子身高仅一米四八,身材相当纤瘦;丈夫海青身高一米六五,身材壮硕,有肌肉。

——体格相差如此之大,赫子显然是背不动海青的。

从身高和体形推算,赫子的体重很可能不足四十公斤,而海青至少在五十公斤以上。一个如此瘦弱的女性,要背负比自己更重的人移动,实在令人难以想象。

反过来说,海青完全有力气背着赫子走动。如果逆缟使用"倒退行走"这一古典诡计,至少能解释现场为什么没有凶手离开时的脚印。

假设赫子身体突发不适,由海青背着进入空屋。逆缟作案后准备离开时,突然注意到泥地上只留有海青的脚印,却没有赫子的。出于扰乱视听的目的,他故意穿上赫子的鞋子,从玄关倒退着走到马路——

这就是所谓"倒退行走"诡计。

运用这一诡计,他可以将离开时的脚印完美伪装成赫子来时的脚印。最后只要从停车位一侧的狭缝窗将赫子的鞋扔进屋内即可。

——然而,该假设存在致命漏洞。

资料显示赫子穿的是三十六码的皮鞋,这是女性的平均鞋码,成年男性绝对不可能穿得进去。

四年前,为了抓捕田中奏多,我针对他做过背景调查。没记错的话,他的鞋码应该是四十四码,在男性中很普通。

在柄隆久家见到他时,他的脚看起来也并不算小,这意味着他肯定穿不进三十六码的鞋。

事实上,赫子的皮鞋既没有强行撑大的痕迹,也没有鞋帮被踩踏的褶皱。也就是说逆缟并没有采用"倒退行走"的办法离开。

静沼将金属教鞭轻轻抵在太阳穴上。

"铃木之前提出的'凶手用消失的行李箱掩盖脚印'的猜想倒是值得考虑,可惜现在也被推翻了。"

那是什么猜想?我还是头一回听说。我期待地探出身子,只见冬野刑警面带哀愁地点了点头。

"是啊,铃木刑警亲自验证过了,那种手法在现实中行不通。"

*

我继续向音叶转述信息。

"今天一早,铃木用一只和失踪的那个同款的行李箱做了实验,试图验证凶手能否不留下脚印离开空屋。"

音叶放下意面盘子,一边准备甜点一边随意地问:"结果呢?"

"很不妙。"

实验开始,体重接近六十公斤的铃木刑警刚往上一坐,行李箱就发出了不堪重负的异响。更糟的是箱体平衡性极差,滚轮在泥地上移动时阻力惊人。

"当然了，行李箱即便正常推行也会留下轮印。正当他尝试消除痕迹时，出了意外。"

"呃？！"

"鲁莽移动箱子的结果——他狠狠地栽了一跤，被行李箱压个正着，大腿不幸骨折，正在医院接受紧急手术。"

音叶肉眼可见地慌张起来。"没……没有生命危险吧？！"

"万幸没那么严重。听说只需要住院四天，后天他就可以下地开始复健了。"

"太好了……"

我叹了口气，无奈地抱起胳膊。

"不过……真没想到搜查进度还没怎么样，竟然先出现了伤员。"

虽然我确实怀疑过逆缟可能会耍花招干扰调查，但这次事故毫无疑问是铃木刑警自己鲁莽行事造成的。唉，这家伙到底在搞什么啊？

音叶的表情瞬间阴沉下来。"果然不该对警方抱太大希望。"

"是啊。"

但这种刻薄的态度毕竟有违她的本性，没过几秒，她就没精打采地低下头，小声补充道："晚些还是去看看铃木刑警吧，他毕竟是为了查清我父母的案子才这么拼命的，总不能放着不管。"

"好。"

铃木刑警不仅是唐津的同期，听说私下里也经常来三井家做客，还和音叶一起玩过马里奥赛车，难怪音叶放心不下。

音叶拆开从"巧克力职人梅丽莎"买来的礼盒。

从工作间取出的三百万日元中，有两百万已经在摆脱逆缟时用掉了，剩下的一百万被她带了回来。

对于一个小学六年级学生来说，这无疑是笔从未见过的巨款。当然，音叶深知这是复仇计划的专项资金，并没有随意挥霍，但似乎还是忍不住小小奢侈了一把——昨天去伏木县警总部给唐津送完慰问品后，她特地绕道车站附近，去"巧克力职人梅丽莎"买了这款柠檬黄色包装的六颗装巧克力礼盒。

这款"甜心组合"是店里的招牌商品，六颗定价高达两千多日元，可以说非常奢侈了。

——唔，也太贵了吧？

但不可否认，这家店的巧克力在本地伴手礼市场极受欢迎，情人节期间店门前甚至会像暴动一样排起长龙。这么抢手的高级巧克力，音叶决定每天享用一颗。

此刻她正带着"该吃今日份了"的表情，将一颗水滴形的黑巧克力送入口中。没记错的话，这款应该是樱桃甘纳许口味的。

昨晚她吃的第一颗是心形的牛奶巧克力，所以礼盒里应该还剩四颗。

我在心底默默叹气。

——今天是八月一日，距离我彻底消失只剩下三天时间。

只要音叶不被食欲打败，这盒巧克力的寿命就会比我还长。可恶的巧克力。

"说起来，梅丽莎最出名的是果干威士忌酒心巧克力吧？"

"嗯！这款甜心组合里就有蔓越莓威士忌酒心口味的。"她指着盒中那两颗大红色塑料纸包装的巧克力，"一整盒里只有两颗，我一直觉得好小气啊。"

那两颗大红色的雪顶形巧克力静静躺在盒中，正是声名远播的招牌酒心巧克力。

我笑着打趣："你喜欢把最爱吃的留到最后？"

"嗯！"

音叶快乐地盯着酒心巧克力，脸上写满憧憬和幸福。

"抱歉扫你的兴……姑且不论法律，但小孩子吃威士忌巧克力，对健康也不怎么好吧？"

"没关系啦！才吃一颗，只会稍微飘飘然而已！"

"你这不就是醉了吗！"

"好啰唆啊！"

这时我忽然想起，音叶当宝贝珍藏的那个脏兮兮的盒子，似乎是空了的甜心组合的包装。

看来，她父亲生前送给她的就是这款礼盒。三井家的人大概秉持着"只要不过量，小孩子吃酒心巧克力也无妨"的理念吧。

——既然如此，我倒也不必多嘴了。

音叶从盒中拈出一颗大红色包装的威士忌酒心巧克力，拆开扔进嘴里，转头瞪了我一眼。

"都怪你多嘴，害我提前吃掉了！"

"关我什么事？"

若是照这个速度，这盒巧克力大概会比我先完蛋。

——不过，等我说完接下来的话，她大概也没胃口继续吃了。

我抬头望向客厅的装饰梁。"其实……现场失踪的物品不只行李箱。"

"啊，是吗？"

"赫子的帽子和围巾，以及两人贴在身上的暖宝宝也都不见了。但奇怪的是，赫子防晒用的黑手套却留在现场。"

音叶疑惑地皱起眉头。"凶手拿走了帽子和围巾，却留下了手套……一定有什么特殊用意吧？"

"很有可能。"

"顺便问下，你还记得帽子和围巾的款式吗？"

"灰色帽子，水蓝色围巾。"我回忆着在监控中看到的模样。

"嗯，确实是妈妈冬天常戴的……但穿这么厚，怎么还贴暖宝宝？"

"那晚气温特别低，空屋里又没有暖气，贴暖宝宝不奇怪。而且，法医确实在他们的衣服上、口袋里，都检测到了暖宝宝漏出的铁粉。"

"我明白了！"

"突然又明白什么了？"

"逆缟一定是利用围巾、帽子、暖宝宝，消除了脚印！最后为消灭证据，干脆一并带走——"

音叶的双眼闪着兴奋的光，我不得不打断她的想象。

"又忘记我说的了？禁止急躁，不要这么快下结论。特别是面对逆缟这样的对手，更不能以常理推断。"

"为什么？"

"他是个典型的高智商猎奇杀人魔，行事自有一套逻辑体系，旁人根本无从揣测。要知道即便是我，犯罪时也会本能地产生罪恶感，毕竟人性如此。但他不会。哪怕刚杀完人，他都能保持绝对的冷静。杀人的快感和对'反转'的执念扭曲了他的认知，那些令常人毛骨悚然的怪异行为，在他看来可能只是顺手的事。"

"你是说……他很可能只是单纯觉得天冷，才顺手拿走那些物品御寒？好恶心。"

"对，所以必须更加谨慎地思考。"

音叶微不可闻地叹了口气。"还有其他收获吗？"

"昨天深夜,搜查一课开始重新探讨本案中使用的毒药,我由此得知了一系列重要的事实。"

她咬着吸管探身向前,问:"所以,毒到底下在哪儿了?"

"'巧克力职人梅丽莎'的巧克力中。"

警方闯入空屋时,在塞着三井赫子尸体的壁柜旁发现了两颗散落的巧克力——一颗是水滴形,另一颗是大红色塑料纸包装的雪顶形。

听闻此事,音叶面色僵硬地低头看向手边的柠檬黄礼盒。

"从形状和包装来看……是甜心组合,对吧?"

我重重点头道:"对,警方已经和店家确认过了。不过,考虑到当天是白色情人节——"

虽不及正牌情人节火爆,但白色情人节仍是全年巧克力销售高峰之一。

"像梅丽莎这样的超人气店,本身也是白色情人节回礼的常备选择。三月十日到十四日期间,这款产品卖出了将近两千盒。如此庞大的销量,想通过购买记录找到凶手是不可能的。"

音叶抬头望着我问:"现场那两颗巧克力里都检出毒药了吗?"

"嗯,两颗都检出了超致死量的氰化钾。"

尸检报告显示,三井海青的胃中残留有氰化钾、威士忌、巧克力、蔓越莓干碎片和微量绿茶,赫子的胃中同样检出了氰化钾、绿茶、巧克力、牛奶和果干等成分。二人的胃内容物均为未消化状态。

音叶对此很是疑惑。

"检出威士忌和蔓越莓干……说明爸爸吃了酒心巧克力?"

"警方是这么认为的。据说梅丽莎家的巧克力含有独特的调味成分，极具辨识度，警方对此了如指掌。这轮讨论也证实，你父亲吃的确实是他们家的酒心巧克力。"

根据这些天偷听来的情报，这种独特成分似乎不止一次成为警方破案的关键线索，简直是犯罪者的克星。

幸好我从未使用梅丽莎的巧克力来犯罪，真后怕。

"检验结果还发现，你父亲吃的那颗酒心巧克力毫无疑问也被人下了毒。"

海青几乎没有咀嚼巧克力中的蔓越莓干就将其一口咽下，经检测，蔓越莓干内部的氰化钾浓度显著高于胃中的其他食物残渣。

"凶手多半是用注射器往巧克力中注入了氰化钾。蔓越莓干长时间浸泡在有毒的威士忌中，导致毒素渗透至内部。"

然而，赫子体内并未检出威士忌成分。她的胃中虽也检出果干，却因被充分咀嚼而无法辨认出具体品种。

说到这里，我皱起眉头。"话虽如此……但根据当前的证据，尚不能断言你母亲一定没有吃酒心巧克力。"

"啊？不是没检出威士忌成分吗？"

"但检出了绿茶。"

"啊，原来如此！如果她先饮用大量绿茶再吃酒心巧克力，就有可能检测不出酒精？"

梅丽莎这款巧克力的威士忌含量并不高，连儿童都能安全食用。若经过大量茶水稀释，确实有可能检测不出。

"警方目前仅能断定'赫子很可能食用了含有果干的普通巧克力'。"

果然，音叶并不赞同这一观点。

"还是有些不合理。每次拿到甜心组合，妈妈总会第一个挑酒心款吃；爸爸知道她的习惯，所以从来不碰那个。可他们胃中的残渣看起来却完全相反……啊！难道是逆缟故意反过来，硬塞给他们吞下去的？"

我微微点头回应道："警方也如此怀疑过。不过，梅丽莎的巧克力个头都不小，且质地较为坚硬，即便是成年人，强行吞咽也必然会对食道造成损伤。但二人的咽喉部都没有这样的伤痕，警方也只能暂时判断，他们俩是自主吃下巧克力的。"

音叶忽然身体一颤。"等等！爸爸妈妈吃的巧克力品种和平时完全相反，难道，这也是逆缟特意留下的'反转'标记？"

"有趣的观点，但我认为不是。"

"也对……逆缟不太可能知道我父母的个人喜好。"

"特别是这种细枝末节的口味偏好，太隐私了，除了家里人，谁会知道这些？"

音叶不甘心地咬住嘴唇，片刻后再度开口："可我不明白，警方之前为什么要隐瞒毒巧克力的事？"

"因为一开始警方怀疑它和另一起案件有关。"

"另一起案件？"

"你应该在新闻里听到过，今年二月发生的毒牛轧糖案。"

音叶恍然大悟。

"我知道这个！发生在隔壁湾田市的无差别投毒案！记得是节分祭上发放的手工牛轧糖里被人掺了氰化钾……"

"对，梅丽莎的甜心组合中正好也有牛轧糖风味巧克力，下的毒也都是氰化钾，警察自然怀疑这两起案件存在关联。"

"但毒牛轧糖案的凶手两个月前就落网了。啊，你看，町内会长已经被抓起来了。"

音叶举起平板,将新闻标题指给我看。

"好像是。当时我正昏迷不醒,不太清楚具体细节。不过,警方应该在他被捕前就确定了两者无关。"

判断依据在于氰化钾中的杂质成分。

毒牛轧糖案中使用的氰化钾,是曾担任化学教师的町内会长自行提炼的劣质品,杂质含量特别高。而三井夫妇命案中的氰化钾不仅纯度高,其微量杂质成分也与前者截然不同——这证明两案的毒药来源不同,非同一人所为。

"但凶手在空屋案中选用氰化钾,未必与毒牛轧糖案完全无关。"我指出核心逻辑,"和大案要案的共同点越多,警方就越不得不并案调查,这正是干扰侦查的最佳烟幕弹。"

"对凶手来说,好处很大呢。"

一时间,我们都没有说话。

过了一会儿,音叶敲了敲平板。"线索是收集了不少,但最关键的复仇方案呢?距离你消失……只剩下三天了。"

我从沙发上飘浮起身,露出一个笑容。"方案?我已经想好了。"

"Doubt!"

久违的听到她这句口头禅,不知为何总觉得缺了点底气。

"你没骗我吧?我可以相信你吧?我……真的可以亲手了结那个杀人魔吧……"

"当然可以。"

"绝对不能便宜他,让他被警察抓了去!"

望着音叶执拗的表情,我无奈地笑出声。

"我说过的吧?优先保护委托人是我的工作宗旨。所谓完美犯罪,必须确保自己和委托人都完全没有风险才算成功。当然也包括永恒的善后保障。"

"嗯……"

"如今，逆缟已经知道我就是完美犯罪代理人，也看见了你的长相。他知道得太多了，你认为我会蠢到留他活口，让警方有机会介入吗？"

音叶安心地长舒一口气。"也是。"

"而且，我记得你想让他偿命来着。其实我也喜欢以牙还牙，恨不得让他也尝尝氰化钾的滋味。但是，让你接触这样的剧毒，还是太危险了。"

音叶困惑地眨了眨眼，问："那我要怎么做？"

"关键在于用和他相同的手法回敬他，这样也算是一种以牙还牙，你不觉得吗？"

"确实！果然黑羽和我是'最强搭档'！幽灵和小孩一旦联手，就无所不能！"

音叶的双眼熠熠生辉，我冲她点点头。

"方案框架已经有了，但还不足以实施。完美犯罪两分靠谋划，八分还得靠准备。接下来只要时间允许，我们必须排除一切意外情况，确保万无一失。"

音叶突然扑哧笑出声，让我一时怔住。

"认真点，这可是性命攸关的事。"

"对不起嘛。只是忽然想起你那个'绝不冒险，只打有把握的仗'的信条，这种谨慎到近乎胆小的作风，果然是你的风格。"

"啊？"

她忽然别过脸，像是不想让我看见害羞的神情。

"虽然你教我的那些弯弯绕绕的算计我现在还学不太会，有时候又急死人，但是，我现在真的很喜欢——也很敬佩你这种谨慎的作风。因为每个细节都要反复推敲，所以绝对不会失手，再不可能的任务都能完成。这样真的很成熟，也很酷。"

2

8月3日　09:55　剩余时间：1天

站在久远综合医院大门旁，音叶低头看了看手中的塑料袋，里面装着橙子和苹果。

临近上午十点，住院部即将开放探视。

久远综合医院拥有超过三百个住院床位，仅工作人员就有六百多人。

医院为三层建筑，一楼还设有便利店和食堂。透过巨大的玻璃窗，可以看到候诊区排队就诊的人群。

——幸好这是家大医院，前来门诊和探病的人流量大，音叶在医院里走动也不容易引人注目。ICU等特殊病房姑且不论，如果只是想潜入住院部，有我这个幽灵的指引，要避开医护人员的视线简直轻而易举。

赫子生音叶时，就是在这家医院接受的剖腹产。直到四个月前，她还因糖尿病和偏头痛而定期前来就诊。音叶也多次来这里陪母亲看病、接种疫苗，相当习惯医院的氛围。昨天她甚至成功潜入我的病房，第一次见到了我的肉体。

自七月二十九日起，我的生命体征趋于稳定，两天前刚从ICU转入普通单人病房。不过我的气管仍然连着呼吸机，脑电波和心率也一直持续接受监测，护士巡查的频率也比其他病房高出不少。

"好热……"

音叶喃喃自语,视线随意地投向停车场。烈日灼人,天气预报说今天很可能会刷新高温纪录。我却一如既往,只能感受到丝丝寒意。

炎热的天气让对面的神社门可罗雀,医院后方的久远池因前天的暴雨水位回升,远远望去倒有几分清凉的惬意。

突然,音叶呼吸一滞。

跟随她的目光,我在自行车棚瞥见一个眼熟的身影。

灰色T恤配七分休闲裤。他正帮一位气质优雅的老妇人从电动助力车上卸行李,两人相谈甚欢。

音叶牙齿打战得厉害,手中的塑料袋沙沙作响。

"逆缟……"

下一瞬间,正和老妇人说话的逆缟突然抬起头。按说这么远的距离,他绝无可能听见音叶的自言自语,可那张脸偏偏毫不迟疑地转向右侧,视线精准地落在自动门边的音叶身上。

——开什么玩笑,这家伙难道能虚空感知视线?!

我大喊:"快跑!"

没等我喊完,音叶已经飞快地冲进医院。逆缟微笑着将老妇人的行李扔进花坛,对惊呆的老者视若无睹,悠然地迈步穿过自动门,也进入了医院。

音叶抢先一步逃进建筑,快速穿过拥挤的门诊大厅。她不动声色地左右迂回,以之字形路线在走廊上前进。

逆缟似乎也不想在医院里引人注目,因此并未加快步伐,只是默默地循着她的行进轨迹追踪。

我追上音叶,给出指示:"住院部从这里右转。"

"我知道！"

她气喘吁吁地穿过连廊，抵达住院部。

第一关是护士站——音叶按照我的示意弓身潜行，利用护士的视线死角完美通过。

继续向内部走。

就在护士被电话铃声分神的瞬间，逆缟也如同鬼魅般滑过护士站。他移动时几乎不发出一丝声响，令人联想到狩猎中的猫科猛兽。

音叶打开走廊尽头的一扇推拉门，闪身躲了进去。十秒钟后，逆缟也打开了同一扇门，瞬间瞪大双目——

"这里是……"

房间内满满当当地排着呼吸机、心电监护仪、血氧仪、脑波检测仪等设备，正中央躺着我那具濒临死亡的肉体。或许是因为这几日习惯了幽灵形态的生活，这副形销骨立的躯壳已经激不起我的丝毫情绪。

逆缟反手关上门，遗憾地摇了摇头。"真意外，明明有那么多地方可以逃，你却特意把我引到黑羽乌由宇的病房来。"

音叶一步步退到拉着蕾丝窗帘的窗边，抬头盯住逆缟的脸。

"先说清楚，我可没有走错路。"

"这么巧？我来是为了给黑羽补上最后一刀，现在你我独处一室，你也得死。"

"正合我意。要是跑到有人的病房，还怎么亲手杀了你报仇？"

逆缟的脸上骤然绽放出灿烂的笑容。

"真有意思。这么说，昨晚SNS上关于'穿刺人'的热门话题，也都是引我现身的诱饵？"

"当然。"

今天的音叶披散着长发，戴着标志性的黑框平光眼镜——正是当初和逆缟不期而遇时佩戴的那副。这身精心复现的装扮，自然是为了能被那个男人一眼认出。

*

昨天晚上，我和音叶用最后一百万日元雇用了情报贩子，在SNS上散布了一条精心设计的假消息，大意是"自高楼坠落，昏迷四个月的'穿刺人'出现苏醒迹象"——当然，此事子虚乌有，是我瞎编的。帖子还配了几张久远综合医院的外部照片，其中一张摄于自行车棚，特意远远地拍到了戴眼镜的音叶。

这些全都是骗逆缟上钩的诱饵。

此刻，两人正隔着我的病床对峙。我无声地笑了。

"那天追捕音叶时，你心里怕是也不好受吧？被十来岁的小鬼识破'倒吊人'的身份不说，还中了为你量身打造的陷阱，真乃奇耻大辱。"

不用说，他当然会怀疑少女背后另有高人指使。

我用活人听不见的声音继续笑道："你躲了起来，接着就看到我即将恢复意识的传闻，特别是配图中还有这孩子的身影，你知道她会来我所在的医院。这下即便风险再大，你也必须亲自前来确认了。"

果不其然，逆缟踩着探视开始的时间点，准时现身久远综合医院。

——其实，真正的难点在于如何把诱饵精准送到逆缟面前。

之所以选择SNS散布假消息，考量有二。

第一，传闻情报贩子本身就是运营爆料自媒体的老手，炒作话题、带节奏对"她"来说都是小意思。第二，逆缟过去就有通过SNS向媒体发送电波系预告信的前科。而且他现在仍然保持着频繁刷SNS的习惯。我亲眼所见，错不了。

逆缟不慌不忙，反而悠哉地拉长语调道："原来如此，通过SNS既能快速扩散信息，又能精准投递到我面前。所以你昨天才跑来医院，就是为了进一步散播这个奇怪的流言？"

音叶轻轻点头。

的确，如果单纯上网发布假消息，很快就会被辟谣淹没，基本没有持续发酵的可能。所以昨天我特意让音叶潜入我的病房，狠狠演了一出双簧。

成功混进来后，她就玩起了按铃恶作剧——连续两次按下紧急呼叫按钮就跑。不光她动手，我自己也想了点办法，故意造成心电图剧烈波动，又成功地将护士引来两次。

坦白说，从医院视角看，这简直是最恶劣的骚扰。医生和护士们身负救死扶伤的大任，原本就忙得连自己的身体都顾不上。但即便知道是故意捣乱，他们还是一听到警报就立刻赶来病房。看到主治的纲士医生跌跌撞撞跑来跑去的狼狈模样，我不禁感到心中一阵愧疚。

——虽然这是我想的坏点子。

当恶作剧重复到一定次数时，护士站的对话已经变成："黑羽先生，该不会真的……要醒了吧？"这已不再是玩笑。很快，流言就蔓延至整个医护团队。

不过，就算成功地将逆缟骗了进来，有个细节还是实在令我不安。

来病房的路上，音叶始终左闪右避，沿之字形路线前进。

这么走能尽量躲开所有监控摄像头，是我以幽灵之身多次勘探的成果。

——我先找到每个摄像头的位置，再反复比对警卫室的监控画面，花了整整半天时间才摸清所有拍摄死角。

令我不安的部分在于，追着音叶前进的逆缟竟也分毫不差地复现了这条路线。难道他同样清楚整座医院的监控布局？还是说，他早已习惯了时时躲避电子眼的生活？

逆缟微微向右侧头，目不转睛地盯着音叶。

"对柄隆久自称中学生……但其实你还在上小学吧？"

音叶沉默以对。

"区区一个小学生，哪来的本事识破我的真面目，还能在网上操控舆论？"逆缟指向病床上的我，"果然是这小子在帮你？"

"是又怎样？"

"呵，我就知道。"

逆缟忽然换上嫌弃的神情，一把攥住连着呼吸机的塑料管。不知何时，他竟已戴好了医用丁腈手套。

"好久不见了，黑羽乌由宇。虽然不知道你是怎么瞒过医生继续装昏迷的，但在我面前手指头都不动一下，看来全身瘫痪并非虚言啊。"

至少在逆缟眼中是这样的。

但在音叶眼中，灵体化的我此刻就飘在她身旁，被杀人狂的一举一动吓到战战兢兢，"手指头都不动一下"的说辞自然毫无说服力。

安静了几秒，逆缟终于放弃似的笑了。"看来，你们是靠眨眼次数或视线方向来交流的？"

——如果不知道幽灵的存在，会这么想也不奇怪。

就让他继续误会吧！

"把黑羽推下楼顶时，你被蔬菜汁纸盒砸伤了右眼吧？"音叶冷不丁地开口。

"当时真的很痛。"逆缟点头承认，抬起手摸了摸右眼眶。

"那次受伤导致你的右眼几乎看不见了，对不对？"

"不，不，视力减退发生在更早以前。但归根结底，还得怪这位自封'完美犯罪代理人'的先生。"

我和音叶不约而同地"咦"了一声。无视音叶的反应，逆缟开始用力抓挠右眼角的疤痕。

"四年前，我为了杀死自己，不得不炸掉一辆汽车。当时一块碎片深深地扎入这里……从此，我的右眼就只剩下微弱的光感，而且连整形手术都无法完全消除伤痕。"

他挠得越来越用力，鲜血从迸裂的伤口中流出。

"这么说，你承认自己就是假死的田中奏多本人喽？"

逆缟歪了歪脑袋，没有正面回答。

"你说要杀了我报仇。报仇总该有原因吧？床上这位自封的'完美犯罪代理人'找我报仇还说得过去……你呢，为什么想要我死？"

——情况不妙。

我立即用眼神向音叶示意。

"别回答他的提问。他只是在转移话题，想趁乱套出你的身份。"

然而，没有什么比复仇更令人沉醉。面对即将走向灭亡的仇敌，很少有人能抗拒亲口揭露自己身份的诱惑。

果然，音叶眯起双眼开口道："我是三井音叶。"

"没听过的名字……"

"是吗?那你总该知道三井海青、三井赫子。"

逆缟慢慢地扬起嘴角,扯出一个笑容。

"啊……那对在空屋被氰化钾毒死的夫妇,你是他们的孩子。我明白了,可是那件事和我有什么关系?"

怒火染红了音叶的脸颊。眼看她将右手伸进口袋,我急忙阻止。

"别上当!他在故意激怒你!"

身为幽灵的我自然没办法真的按住她的手臂,好在她恢复了冷静,抬起头来看向我。

"可是……"

"冷静。他在这里装傻充愣,是为了扰乱你的思路,拖延时间。"

音叶重重地呼出一口气,重新瞪向面前的杀人狂。

"少装蒜了!你残忍地杀害了我的父母,还要我亲口解释给你听?"

逆缟将食指抵在厚嘴唇上,一脸诚恳地点点头。"请你解释一下吧,我真的毫无头绪。"

——多么拙劣的谎言。

音叶立刻反驳:"你难道不知道我父母遇害的现场到处都是'反转'要素?"

逆缟夸张地点头,幅度大到几乎要折断脖子。"对,对,你父亲被倒吊在天花板上,摆出自己勒死自己的姿势。你母亲被塞进壁柜,还被摆成逆位胎儿的造型,是吧?"

"Doubt!"音叶厉声呵斥。

逆缟无辜地睁大双眼。"你这是在指控我说谎?"

"当然了!现场的'反转'细节只有警方知道,你能说出来,就等于自首!"

"呜哇,好过分。我只是对案件比较好奇,向第一发现者和周边邻居打听了一些消息而已,就被你说成这样。"

如此厚颜无耻的狡辩,真是叫人想发飙都无从下口。

音叶也冷静了一些,深深叹气。"你还是不打算承认?"

"承认什么?我完全听不懂呢。"逆缟悠闲地回答,忽然夸张地一拍双手,"啊,不过听说空屋现场唯独没有发现凶手的脚印?明明有人把尸体布置成'反转'造型,却偏偏找不到布置者的脚印……呵呵,真有意思。"

我哼笑一声。那种拙劣的无脚印诡计,早就被我识破了。

仿佛替我道出心声般,音叶也嗤之以鼻。"没留下脚印有什么好奇怪的。逆缟,你知道我最后一次和妈妈打雪仗是哪天吗?"

逆缟瞬间敛起笑容,兴致缺缺地回答:"这种事,我怎么会知道呢?"

"今年的三月特别冷,十四日那天还下了雨夹雪。而最后一次积雪,是在三月十一日。"

"所以呢?"

逆缟耸了耸肩,音叶平静地继续讲述。

"那一天,时隔两个月的大雪让我十分兴奋。我相信那天肯定不止我一个小孩在玩雪。"

间幌市本就很少下雪,所以只要稍微有些积雪,就能看到孩子们欢天喜地的样子。

——冬天经过那座空屋时,我也见过附近的小孩在院子里堆雪人玩。

逆缟再次将指尖抵在嘴唇上。"我不懂你想说什么。"

"三月十一日下最后一场雪时，空屋的院子里也有孩子在玩雪。而你，就利用了他们堆的雪人。"

"不对，不对，那天的雪到了十二日就该融化了，和十四日的案件能有什么关系？"逆缟大笑着反驳。

音叶没有笑，依然盯着他的脸。"未必所有的雪都会消失。"

"哦……是吗？"

"不用我说你也该知道，雪能留存多久取决于积雪的位置和日照情况。像雪人那么大的雪堆，如果恰好堆在停车位的遮阳棚下面呢？那里既晒不到太阳，也淋不到雨。"

"就算这样，能撑到十四日晚上的雪量也没多少了吧？"逆缟似乎打算装傻到底，带着"这点雪够干什么"的神情看着音叶。

"如果只是想掩盖脚印，少量积雪就足够了。直接走在泥泞的步道上自然会留下脚印；但如果在鞋和地面之间垫上压实的雪块呢？雪层会形成缓冲垫，至少能避免鞋底纹路印在泥地上。"

这其实是个简单的诡计：将停车位那边残余的雪人碎块压成板状，等距离铺在泥泞的步道边缘，然后踏雪而行即可。

——用这种方法，鞋印只会留在雪块上，接触不到下面的泥土地。

"十四日那天受冷空气影响，下了雨夹雪，但气温其实并不低。"音叶继续推理。

逆缟若有所思，眼神中看不出有什么情绪。"所以你想说，当第二天清晨，第一发现者来到空屋时，那些雪块已经消失了，对吗？"

"雪块融化就成了水。虽说被人踩过的地方，泥地上多少会留下些许凹陷。但雪水会浸软泥土，等第二天来看的时候，早就和周围的泥土混在一起了。"

我不由得轻笑。

——更何况,那些雪块原本就来自空屋院子里堆的雪人,其中肯定混有大量步道和树篱的泥土,这些杂质反而能帮凶手更好地掩盖脚印。

逆缟啧啧夸赞,轻飘飘地晃了晃手指。

"有趣的推理,可惜有两个漏洞。第一,假设按这个方法,凶手用停车位的雪块掩盖来时的脚印,神不知鬼不觉地进了屋。那离开时又该怎么办?"

音叶耸耸肩道:"凶手从案发现场带走了几样东西,其中有一个行李箱。"

"第一次听说呢。"

"你用一半的雪人残骸掩盖来时的脚印,剩下的则装进行李箱带进屋。这样,当你离开时就有了双保险——既能用来时残留的雪块,又能添上行李箱里的新雪。"

逆缟的脸上忽然多出几分怜悯之色。

"可怜的孩子,还没发现自己说的话相互矛盾了吗?"

"什么意思?"

"这就涉及第二个漏洞。如果气温低到能让行李箱中和步道上的雪块暂时不融化,又怎么保证天亮前雪一定会化完?万一有人提早发现了尸体,这漏洞百出的计划不就成了笑话?"

听完这番反驳,音叶面不改色地还击:"凶手从现场带走的可不光行李箱,还有暖宝宝呢。"

"暖宝宝?"

"没错。你踩着雪块离开空屋时,割开了暖宝宝的内袋,将里面的粉末一路撒在雪块上。这样一来,融雪速度就大大加快了。"

逆缟不说话了，面色不善地眯起双眼。

暖宝宝的主要成分是铁粉、活性炭及各种盐类，铁粉接触空气会迅速氧化放热，盐类也有促进融冰的功效——都是高效催融的好手段。

但警方不会特意去检测泥地的成分。况且粉末状的盐和铁在自然界中都很常见，即便和微量活性炭一同被检出，也很难联想到暖宝宝上去。

我小声提醒音叶："诡计本身非常简单，警方之所以被他骗得团团转，是因为凶手精准地利用了他人的心理盲区。"

如果警方知道现场原本有积雪，可能早就得出结论了。只可惜附近居民都忘了四天前孩子们曾在那里堆过雪人，发现尸体的时候也没人向警方提起这件事。

音叶抱起胳膊。"不管是精心策划还是巧合，总而言之，你确实利用空屋外'被遗忘的雪人'，制造出了无脚印现场。换句话说，只要没人想起那个雪人的存在，就破解不了无脚印之谜。"

推理结束。

——谜底揭晓。接下来只需将精心设计的"完美犯罪计划"施加在杀人狂逆缟身上，一切就都结束了。

委托即将完成，我与音叶视线交汇。

短短的六天内，我们共同经历了太多。我自认为不是个称职的老师，但这段并肩作战的时光却无比真实。此刻，无须任何语言，我们早已洞悉彼此所想。音叶全然信任我的计划，我也再不会因为她年幼而低估她的行动力。

复仇的终幕近在咫尺。

啪，啪。

逆缟拍起手来，仿佛眼前的一切不过是一场好戏。

"啊，不错不错，这种强行编造歪理解释所有事情的作风，真不愧是唐津警部补的侄女。"

被踩中"小姨"这个地雷，音叶不由得脸色大变。

"你那是什么态度！我可是在认真推理！"

"我洗耳恭听了，很有趣呢。"

"别……别嬉皮笑脸！如果刚才的推理是正确的，至少……至少你应该爽快承认！你为什么要夺走我父母的性命！他们到底对你做了什么！"

杀人狂以不似人的姿态歪了歪头。

"唔，不知道啊……"

"啊？！"

就在这时，逆缟突然褪去那副漠不关心的面具，用令人不适的黏腻目光露骨地打量着音叶。

"倒是你，从刚才起就嚷嚷着要杀我。身为警察的侄女，你真的要杀人？那双干净漂亮的手若是沾满鲜血，你最重要的小姨岂不是要哭死了？"

音叶如遭雷击，下意识地把双手藏到背后。下一秒，她连耳根都涨得通红。

一瞬间的畏缩，对复仇行为产生的微弱恐惧，体内腾起的一股投向自己的愤怒。

逆缟满意地笑了。

"其实你很害怕吧？明明还没做好杀人的思想准备。"

"闭嘴！我……我绝对不会放过……"

音叶咬着嘴唇，右手再次伸进口袋。

"停下，别亮出来！"

我慌忙出言阻止，这次却没能成功。音叶已经穿过我的灵体，朝逆缟迈出了一步。

——这下糟了。

音叶的动力来源于坚强的意志和无畏，以及深藏心底的愤怒。但逆缟仅仅用了几分钟便看穿：这份愤怒与她的软弱相连。所以他不断出言刺激音叶，让她产生怒火，动摇她的意志，最终成功令她陷入孤立。

无论我再说什么，音叶都已经听不见了。

我是幽灵，音叶是小孩。正因为深知独自一人什么都做不到，我们才联手战斗到现在。然而此时此刻——哪怕只是暂时地——音叶的心被割开了……

诡异的寂静中，唯有音叶的声音在继续。

"小姨知道了又怎样？你觉得这能让我放弃复仇？告诉你，我什么都不怕。我一定会杀了你，完成这场完美犯罪。"

话音刚落，逆缟竟然捧腹大笑。

"啊哈……太好笑了。"

他似乎还顾及这里是医院，勉强压抑着笑声，但眼中已经笑出了泪。从右眼角的伤口渗出的血混入泪水，化作淡红的泪痕滑过脸颊。

"很快你就笑不出来了。"

"哦？为什么？"

他分明是在挑衅音叶，诱使她暴露底牌。

明明是个显而易见的陷阱，可无论我怎么呼唤，音叶都浑然不觉，仿佛突然看不见我这个幽灵似的。难道说我们在过去六天建立的纽带，这个人只用了短短十分钟就轻易摧毁了？

狡猾的高智商猎奇杀人魔逆缟仍在发笑。

音叶的双眼几乎喷出火来。"你会死在这个房间里。而我……会在你死后轻轻松松地从这扇窗离开。"

"别说了，音叶！"

逆缟自然听不见我的呼喊，他顺着音叶的话，目光透过蕾丝窗帘瞥向窗外。

盛夏的阳光灼热刺眼，空气烫得像火焰。窗外是铺着草坪的后院，站在窗边俯瞰的话，能看见浇灌用的自动洒水器，以及"草坪养护中，禁止入内"的告示牌。

但这片草坪的土质似乎不太好，草长得稀稀拉拉。加上位置在医院大楼的背面，旁边还立着"禁止入内"的牌子，因此即便是白天，也几乎不见人影。

没错，这里是最理想的逃脱路线。

逆缟满不在乎地一笑。"为防止患者不慎坠落，窗户上装了两根护栏呢。这护栏着实碍事，除了你这样身材娇小的孩子，其他人可没那么容易翻出去。万一你没能杀掉我，至少不必担心立刻被我追上，真令人安心啊。"

音叶挑衅般地点点头。"想要实现完美犯罪，当然要把所有可能性都考虑到。"

"呵呵，说起来……你过来的路上，一直在躲避监控摄像头吧？"

"很幸运，这间病房外的走廊没有监控。只要从窗户出去，就没人能证明我曾经来过。而且，等我杀死你离开后，黑羽会负责把护士叫过来的。"

——你怎么连这个都说啊!

我拼命想吸引音叶的注意力,她却视而不见,眼中只剩下复仇之火。

其实她这么说倒也不算虚张声势。

幽灵会在诞生七天后消失,肉体也会同时迎来真正的死亡。由此可见,作为幽灵的我和肉体之间并未完全断绝联系。

事实上,刚变成幽灵时,我曾因恐慌差点儿引发过度呼吸。那时灵体的不适就传导到了肉体,导致心电图异常。利用这个现象,我可以在任意时刻召唤护士或医生前来病房。

为防万一,昨天我还特意测试了自主干扰心电图的可行性。

是的,按说已经万无一失……可为什么?

逆缟依旧一副事不关己的态度,兀自嘀嘀咕咕:"原来如此,赶来病房的护士会发现我的尸体,发出惨烈的尖叫——不错的剧本。啊,真不错,眼前已经有画面了。"

音叶扬起嘴角。"很完美的计划吧?"

"嗯……谁知道呢,还得看凶器吧。要是留下明显的他杀痕迹,可就全泡汤了。还是伪装成病发身亡最稳妥。"

或许是确信猎物已经上钩,逆缟不再掩饰意图,赤裸裸地套起凶器情报。若是平常的音叶,绝不会忽视这么露骨的恶意。可此刻,她却从口袋中掏出了电击枪和一只喷雾器。

"我会用这个。"

"电击枪和……催泪喷雾?"

"不,只是普通的高浓度盐水。"

"不赖。盐水混着汗水不容易察觉,现场也不会留下任何证据。"

音叶冷笑着眯起双眼。"致盲效果虽短,却够疼的呢。说不定光用这两样，就能让你痛到窒息惨叫。这样也好，还省得麻烦黑羽去叫护士。"

"那支电击枪可不像是小孩能买到的玩具，是从海外非法弄来的吧？黑羽乌由宇给你的？"

"是……又怎样！"

看着咬牙切齿的音叶，逆缟忽然笑了，声音中满是怜悯。"可怜的孩子，你被他骗了。"

*

"啊？"

距离大仇得报仅剩一步之遥，这一瞬间，逆缟的话在音叶志在必得的神情上划出一丝不安的裂痕。

"啊，这个表情也不错。我呢，最喜欢向'相互信任'的人揭露真相了。你知道吗？'信任'这种东西，往往是由谎言和假象堆砌而成的，转眼之间就能变成完全相反的'憎恨'。"

"听不懂你在说什么！"

"现在听不懂也没关系，我们有的是时间成为好朋友。"

一股难以言喻的恶寒蹿上我的脊背。

逆缟的每一句话看似莫名其妙，背后却都藏着明确的意图。他先是利用愤怒扰乱音叶的判断力，再一步一步对她施加影响力。现在，终于要进入正题了。

我茫然地注视着逆缟，难道说……

逆缟冲音叶点点头。"就因为你是小孩，才被他骗得特别惨呢。他一定对你说，这把电击枪是经过特殊改造的吧？"

"你……你怎么知道……"

"'功率调高了，用它就能不留痕迹地解决逆缟。'他是不是这么跟你说的？他是在骗你呢。"

音叶终于陷入沉默。

她当然会这样，因为逆缟说的每一个字，都和我告诉她的分毫不差。音叶回过头来，无言地看着我。看得出来，当愤怒消散后，不安正逐渐侵蚀她的心智。

我赶紧摇头。"别相信这个杀人狂的鬼话！"

但音叶似乎从我的声音和表情中察觉到了什么，她的脸色正以肉眼可见的速度变得惨白。

——果然，这孩子真的很敏锐。

就像她曾经指出的那样，我确实不擅长说谎和演戏，情绪总是轻易地外露，连窃喜都藏不住。

我的谎言终究还是被她看穿了。

没有灵视能力的人是看不见我的。

在逆缟看来，音叶此刻不过是盯着虚空开始落泪罢了。他露出困惑的表情，用戴着手套的指尖碰了碰音叶手中那把电击枪的电极。

"首先，'用电击枪不会留下任何证据'本身就是无稽之谈。要确保电死人，你知道需要多大的功率吗？那样的电击枪抵住人体时，哪怕隔着衣服，也会在皮肤上留下灼伤痕迹。"

无可辩驳的事实令我哑口无言。

逆缟微微向右歪头，继续说道："现在明白了吧？黑羽乌由宇根本不值得你信任。"

勉强恢复镇定的音叶把手指搭上电击枪的扳机。"你的意图太明显了，逆缟，你恨透了黑羽吧？所以想挑拨离间，让动弹不得的黑羽孤身陷入绝望,让我们的复仇计划失败。"

"没错,我是恨黑羽。正因为恨他入骨,我才会彻底调查他,掌握了你所不知道的真相。如今,我不想坐视你被蒙在鼓里,继续受黑羽的骗。无论如何,我都必须将这份'信任'彻底反转成'憎恨'才行。"

逆缟毫不客气地坐到我的病床上。

"黑羽乌由宇这个人啊,从头到脚,每一寸都是精心编织的谎言,就连'乌由宇'三个字都是从'子虚乌有'来的①。真是个恰如其分的好名字!要知道,这个人的本性就是虚无,皮囊下面空无一物。"

音叶发出一声嗤笑:"怎么可能。"

"单论推理嘛……他是怎么做到的?能推理出我是把他推下楼的凶手,这点确实值得夸奖。四年前,他也确实成功识破我就是'倒吊人'。可惜除此之外,这位黑羽先生每次行动都只是不断重复失败,简直愚蠢透顶。"

他说出的每个字都像淬了毒的针。

我本想协助逮捕"倒吊人",结果不光帮他争取到了逃跑的时间,四年后还落了个被他从高楼推下的结局。

逆缟朝病床上的我投去饱含轻蔑的一瞥。"向这种没用的废物寻求协助,你指望的'杀人报仇'注定永无实现之日。"

"黑羽既不愚蠢,也不是废物!他确实有些胆小,但你说我报不了仇?怎么可能!黑羽做完美犯罪代理人期间杀过好几个人,我知道的!所以才会找他帮忙!"

---

①在日文中,"乌由宇"和"乌有"同音,均为"うゆう(uyuu)"。

——对不起。

音叶的信任正灼烧着我的灵魂。

我再也没有勇气听下去，用手拼命捂住耳朵。但逆缟的嘲笑声仍穿刺而来。

"哈哈，你觉得用杀人狂来对付杀人狂就行了？可是，黑羽他究竟杀过谁呢？"

"要是连这个都不知道，我会找他吗？他杀过大薮、葛西，还有……"

"大薮……啊，是说大薮桂司吗？"

音叶猛地睁大双眼。"桂……司？"

"对啊。黑羽在KO大学时期的前辈，也是将他拖上犯罪道路的元凶。"逆缟笑着说道。

音叶厉声反驳："Doubt！"

"哪里不对了？"

"桂司前辈是久远综合医院院长的儿子！他应该姓……"

话音戛然而止。

逆缟的笑容逐渐扭曲成掠食者的狰狞。

"哎呀呀，父母没教过你'不能光看书皮就自以为读懂了内容'吗？"

我只能低头沉默。

——音叶一直误会了桂司前辈的姓氏。

还是小学生的她，很自然地以为久远综合医院的院长姓"久远"，桂司前辈叫"久远桂司"。但事实并非如此。

音叶质疑的视线像针一样扎向我。

"抱歉，音叶……我只是不知道该如何向你解释。逆缟说得没错，前辈他叫大薮桂司。"

"怎么会这样……"

透过窗户,能看见医院外的久远池。我心虚地躲开音叶的视线,看向那一片粼粼波光。

"这家医院的创始人是桂司前辈的曾祖父,确实姓大薮。只是这个姓听起来容易让人联想到庸医①,这才借久远池之名,起名叫'久远综合医院'。"

音叶仿佛忘记了和杀人狂同处一室的事,喃喃道:"所以,黑羽,你杀了最敬重的师父?"

我刚想摇头否认,逆缟突然接话道:"怎么可能。别说大薮桂司了,黑羽根本没有杀过任何人。"

"什么?"音叶惊讶地扭头看向他。

"因为这家伙是个彻头彻尾的冒牌货!这才是我最想揭露的真相。"

3

8月3日 10:35 剩余时间:1天

逆缟居高临下俯视着病床上的我,继续道:"我说了,黑羽乌由宇从头到脚每一寸都是谎言。他唯一擅长的就是窃取别人的创意和成果,冒名顶替。就像他的名字一样,内里空空如也。"

"也就是说……"音叶难掩声音中的困惑,"他根本不是完美犯罪代理人,从一开始就没打算完成我的委托?"

"不是这样的!"

---

① "大薮(大藪)"读音"おおやぶ(ooyabu)","庸医(ヤブ医者)"读音"やぶいしゃ(yabuisha)",略有相似。

我下意识地反驳，却不知该如何继续解释。在我语塞之际，逆缟露出了宛如柴郡猫般的诡异笑容。

"嗯，正确答案是'是'又'不是'。"

"什么意思？"

"首先，黑羽确实不是真正的完美犯罪代理人。最早以这个名号行事并用'完美犯罪'杀人的，是一个与黑羽截然不同，要更加出色的人。"

逆缟的语气中带着强烈的陶醉和自夸情绪。音叶敏锐地察觉到了什么，皱了皱眉头。

"哦？看来你很喜欢那位'正牌货'嘛，而且好像很清楚谁是真货、谁是冒牌货。就像在夸耀自己。"

没想到逆缟立刻摆出一副谦逊的姿态，连连摇头。"千万别误会，我绝对不是什么完美犯罪代理人。所以就算有人冒名顶替，我也不会生气、不会看不起。"

很明显他在说谎，证据就是——

他依旧用极度轻蔑的眼神盯着我的肉体，眼中燃烧着毋庸置疑的仇恨之火。

音叶反驳道："说得好听，可'完美犯罪代理人'这个概念不是桂司前辈提出的吗？那你口中那位真货不也剽窃了他人的创意？"

"呵。接受委托、代为实施完美犯罪这方面，他勉强算是这么回事吧。但大薮桂司当年为挣零花钱搞的小打小闹，比恶作剧也强不了多少。那种无聊的把戏，根本称不上什么完美犯罪。"

他带着嫌恶的表情指了指我的肉体，像在指一坨垃圾。

"至于这个没用的胆小鬼，就更不配了。他不过是给大薮桂司跑腿的跟班，连路边的小混混都不如，是冒牌货中的冒牌货。"

音叶向我投来期待的目光,似乎在等我开口否认这一切。

——可是对不起,他说的都是事实。

我终究没能回应她的信任,只能继续沉默下去。

突然,音叶猛地睁大双眼。

"等等!如果黑羽从来没有杀过人,那杀害桂司前辈的真凶,难道是真正的完美犯罪代理人?"

逆缟得意地点头。"当然。和黑羽这种懦夫不同,真正的那位杀人时,可从来不会有半点犹豫。"

看着哑然的音叶,他继续补刀。"总之,十一年前大薮桂司遇害这件事,暴露了黑羽乌由宇的本性。自大薮死后,这家伙就突然性情大变,从穿衣风格到说话方式全都刻意模仿大薮,把自己变成了大薮的替身。"

"呃……"

"呵呵,你脸色不太好啊。嗯,你说他像不像从尸体上剥下人皮披在身上,装成人样的怪物?"

看音叶现在的神情,她几乎已经被绝望撕碎了。

"为什么要做这种事……"

"原因很简单,因为他的内心空空如也,不假扮他人就活不下去。"

"……全是骗人的,对吧?"

如果我能回答"是",该有多好啊。

初次相遇那天,我还能毫不犹豫地对音叶撒谎。可现在,我已经没有了继续欺骗她的勇气。

我垂着头轻声坦白:"我确实是个空空如也的躯壳。不光说话方式、衣着打扮,就连这块手表,也是在模仿桂司前辈。"

前几日,音叶在工作间看见我大学时的照片,将扮着鬼脸的桂司前辈误认成了我。这并不奇怪，因为幽灵化的我，从头到脚都复现了大数桂司的模样。事实上，旁边那个被她锐评为"阴沉沉"的长刘海男生，才是真正的我。

听不见幽灵的声音的逆缟，在我坦白时仍在揭露残酷的事实。

"当然，黑羽这么做绝非出于友情或敬爱。证据就是他在扮演大数替身的同时，还以完美犯罪代理人的名义接起了委托。没错，黑羽在模仿受害者的同时，还装起了杀害他的凶手。"

音叶难以置信地摇头。"不！这种鬼话……我才不信！"

"不是这样的，音叶！其实是因为——"

不等我说完，逆缟已发起致命一击。只见他脱下丁腈手套，坦然地握住音叶手中电击枪的电极。

"那就来验证一下好了。"

"咦？"

音叶的脸上满是恐惧。

"十一年前，当黑羽鸟由宇开始冒充完美犯罪代理人的时候，真代理人已经放弃了这个名号。所以之后以这个身份活动的，确实是黑羽没错。"

"那……"

逆缟轻轻抬起另一只手，晃了晃食指，阻止音叶继续说下去。

"没错，这家伙确实接过一些犯罪委托，但是他恰恰缺少你最需要的东西。这个胆小鬼不仅从未杀过人，而且根本没有夺人性命的勇气。"

"啊……"

"我敢打赌，如果这玩意儿真的是黑羽给你的，那它绝对杀不了人，顶多能让人暂时失去行动能力。不信的话，扣下扳机试试？"

音叶死死地瞪着逆缟,手指搭在电击枪的扳机上。但还未真正按下,她似乎就已明白这把武器确实没有杀伤力。在绝望的气氛中,她缓缓垂下手臂。

"音叶……"

对于我的呼唤,她只是厌烦地摇头。

——胜负已分。

我和逆缟都别想改变这个结果。

"乖孩子,这就对了。"

逆缟露出胜券在握的笑容,声音浸满掌控全局的陶醉。呵,果然,他根本不了解音叶这个人。

就在逆缟志得意满的瞬间,音叶突然用电击枪狠狠抵住他的胯下,扣下了扳机。逆缟发出不成声的惨叫,捂住下体满地打滚。

——干得漂亮!

意识到电击枪功率不够大的刹那,音叶经过冷静的分析,选择了能带给逆缟最大痛苦的攻击方式。运气好的话,甚至可能引发疼痛性休克,直接致死。

换作我,或许也会做出同样的选择。

电了足足二十秒,音叶才将电击枪从杀人狂的胯下移开。这下轮到她骄傲地俯视奄奄一息的逆缟了。

"果然,功率根本不够。"

"……臭……臭丫头!"

在剧痛和肌肉痉挛的双重折磨下,逆缟不受控制地涎水横流,颤抖如筛糠的手指固执地探向怀中试图摸刀。但音叶早有准备,她反手亮出盐水喷雾,对准他的左眼一连喷了好几泵。

病房中回荡着杀人狂充满痛苦与屈辱的惨叫。

逆缟一只手疯狂搓揉灼痛的左眼，另一只手胡乱挥舞着刀。明明音叶早已翻窗逃离，他却浑然不觉，仍然对着面前的空气左劈右砍。

——快逃，音叶！逃得越远越好！

但我还不能离开。我必须亲眼见证这场复仇的结局。这本就是我的职责，也是我存在于此的意义。

唰。

鲜血溅到病房的墙上。

乱舞的刀锋扫过病床，在我肉体的左肩和侧腹间撕开狰狞的伤口，鲜血顿时染红床铺。

我感受到了剧痛。

究竟是肉体的伤痛传递到了灵体，还是我因目睹自己身体受创而产生了幻觉？一时间，我竟然无从分辨。

若是平日的逆缟，恐怕早已精准刺穿了我的喉咙或心脏。他口口声声说要杀了我，此刻更是没有手下留情的理由。

我死死握紧颤抖不止的双手。

——谁想亲眼看着自己被杀啊？

然而即便是逆缟，也做不到在短短一分钟内完全摆脱电击枪的影响。音叶将电击时间整整拖长了一倍，他的下体吃了足足二十秒的持续电击，外加盐水喷雾的刺激，一时半会儿确实缓不过来。

他踉跄着撞到病床上，发出咚的一声巨响，又摔倒在地。试图爬起来时，他像新生的小鹿一样双腿颤抖不止，完全使不上力气。

此时，另一个人的尖叫声划破室内的空气。两名护士僵在门口，似乎是被逆缟的惨叫和冲撞声引来的。

大约是勉强恢复了视力，逆缟一边用左眼看向门口，一边踉踉跄跄地爬起来，将刀子举到身前。看着血淋淋的刀刃，其中一个黑发女护士尖叫着逃向走廊，另一个棕发男护士吓得瘫坐在地，动弹不得。

下一秒，杀人狂却露出一抹微笑，松开手，刀应声落地。

刀刃深深地插进塑胶地板，杀人狂将满是鲜血的双手举过头顶，说："我投降。"

两名持枪刑警正站在他面前。其中一名中年男警察穿着皱巴巴的旧衬衫，另一名女警察穿着深灰色西装——正是冬野刑警和唐津警部补。他们一边指挥护士们撤离，一边缓步逼近，手中的枪稳稳对准了逆缟。

"这张脸……"冬野刑警小声说道。

"嗯……不会错的。"唐津眯起眼，"右眼的伤疤和模拟肖像完全吻合，他就是嘉乐公寓三〇二室的住户。"

唐津身后，是拄着拐杖的铃木刑警。过了片刻，纲士医生也闻讯赶到。

纲士医生是桂司前辈的亲弟弟，也是我多年的老相识，我们会去居酒屋共饮芋烧酎，他更是为数不多能和我一同缅怀桂司前辈的人之一。

纲士也姓大薮，但我从来没听医院里的同事或患者叫过他"大薮医生"。想必大家都觉得"大薮"听着太像"庸医"，心照不宣地避开了这个称呼。所有人都亲切地唤他"纲士医生"或"小医生"。

与镇定自若的刑警们形成鲜明对比，纲士医生看到病房中血流满地的惨状，脸色瞬间变得惨白，几乎昏厥过去。

唐津向冬野使了个眼色。

冬野端着枪走上前去，喝令逆缟趴在地上。

"八须和也，现以故意伤害罪逮捕你。"

*

被反铐双手按倒在地的逆缟突然发问："为什么搜查一课的刑警会集体出现在住院部？这一点也不好笑。"

"闭嘴。"

冬野刑警用他标志性的鼻音闷声回应，同时仔细搜查起逆缟的随身物品。

所幸除了那把生存刀外，这个杀人狂并没有携带其他危险物品。从他身上搜出的只有一顶白色棒球帽、一套旅行装牙膏牙刷，以及一支细长的手电筒。

检查手电筒时，冬野皱起眉头。"不是普通照明用的，是UV灯。随身带着这种东西做什么？"

"我们的鉴定人员在勘查不易察觉的物证时不也会用黑光灯吗？"唐津警部补解释道，"虽然叫法不同，但本质都是紫外线灯。"

冬野闻言打了个寒战。"也就是说，这家伙为了能随时检查是否不小心在犯罪现场留下证据，天天带着UV灯到处跑？"

"多半是。"

唐津将棒球帽、牙具套装和UV灯分别装进密封袋，其中体积较大的棒球帽单独放入包中，另外两样则直接扔进了外套左口袋。

逆缟的脸颊还紧紧贴在塑胶地板上，此刻他竟呵呵地笑了。

"我大概明白各位警官齐聚于此的原因了，是三井音叶叫你们来的吧?"

突然从杀人狂口中听见侄女的名字,正在联系县警总部支援的唐津一怔,手机从她手中滑落,啪地摔在地上。

"难道你……对音叶也……"

杀人狂意味深长地摇了摇头。

"不,不,恰恰相反,是我差点被她杀了。"

冬野像听见了什么笑话,接着开口斥责道:"简直一派胡言。唐津警部补和我今天过来,是因为住院的铃木刑警受到威胁,有人扬言要取他性命。和警部补的侄女没有任何关系。"

唐津看上去却有些不安,攥着手机的十指都在下意识地发力。屏幕上贴的钢化膜摔出了几道裂痕,我看不清画面内容,但她应该是在给音叶打电话确认平安。

纲士医生留在了病房,正全神贯注地给我受伤的肉体做急救。他皱着八字眉,拖鞋跑掉了一只都没有察觉,光着脚用心为我止血的模样令我不禁莞尔。

——他这专注起来就心无旁骛的性子,还真是一点都没变。

简直和桂司前辈一模一样。

逆缟抬起头,目光扫向拄着拐杖的铃木。

"说起来,铃木刑警是在调查空屋案时摔骨折的吧?听说是跨坐在行李箱上,结果翻倒了?"

杀人狂似乎对搜查一课的内情了如指掌,也不知他是从哪里得知的细节。被揶揄的铃木面红耳赤,羞愧地低下了头。

逆缟得意扬扬地继续道:"原来如此。你们认定那起案件是'倒吊人'所为,先是在调查中受伤,现在又收到了死亡威胁,于是怀疑与同一凶手相关?"

冬野轻轻点头。"没错,所以总部才会派我们前来,准备将铃木刑警转移到更安全的医院。"

我凝视着飞溅到墙上的血迹。

发送死亡威胁的,自然还是我和音叶。

身旁的唐津紧握手机,长长地舒了一口气。"太好了,你没事。"

电话那头传来音叶不耐烦的声音:"什么啊?"

"没事,真没事,你平安就好。"

我贴近手机。虽然不知道电话那头的音叶能否听见,我还是忍不住开口对她低语。

"逆缟说的都是事实,从一开始,我就没打算让你杀人。而且,自冒名顶替完美犯罪代理人以来,我从未接受过杀人的委托。"

——然而音叶想要的,其实是名为复仇的"杀戮"。

我们注定背道而驰。所以我欺骗了音叶,布下天罗地网,设计出一个令逆缟必然被捕的局,却不会要他的命。

我望向音叶逃离的窗口。

——想达成完美犯罪,必须永远保持逻辑思维,绝不冒险,万事谨慎准备,只打有把握的仗。

当日,我对音叶说的这番话不是谎言。正因如此,她毫不犹豫地给了我全部的信任,欣然接受了"为防止万一刺杀逆缟失败,最好提前将搜查一课的人员召集到医院"的计划——全然不知自己已然被我利用。

"可是,音叶……我还能有什么选择呢?"

即便对方是害死她父母的杀人狂,即便她对"以命换命"的渴望高过一切,我也不可能让一个十二岁的孩子两手沾血。

我痛苦地捂住脸。

——桂司前辈绝对不会希望看到这种事。

但是，选择"逮捕逆缟"这条路的代价也不小。

果然，就在唐津收起手机的瞬间，逆缟又开口了："你们警方也真是无能，居然没发现铃木刑警收到的死亡威胁，其实是躺在那里的黑羽乌由宇指使发出的。"

这番言论一出，最震惊的不是在场的刑警，反倒是纲士医生。

逆缟在我身上砍出的伤口不浅，纲士医生正紧急致电其他科室派人前来协助缝合，闻言他差点打翻内线电话。

"啊，你说黑羽先生，他怎么了？"

逆缟好整以暇地抬起脑袋，从地板上仰视纲士医生。"这家伙其实是个罪犯，自称完美犯罪代理人的就是他。"

"哈？！"

"他到现在还在装昏迷，就是个彻头彻尾的骗子。就在刚刚，他还利用三井音叶把我骗到了这里。"

纲士医生转头看向唐津，脸上罕见地露出愤怒之色。

"警官，这个疯子满口胡言乱语，简直不堪入耳。"

逆缟凶狠地盯着医生。"你懂什么？"

纲士医生自然不可能知道对方就是传说中的"倒吊人"。只见他双手叉腰，像训孩子般斥责道："太没礼貌了！我可是黑羽先生的主治医生。"

"主治医生？"

"出于治疗和研究的需要，我们每天都在持续监测黑羽的脑电波和身体数据！警官，你们可以找其他医护人员了解情况，黑羽先生始终处于昏迷状态，从未苏醒过。"

唐津眯起双眼，问："您是说，他不可能指使他人，引八须和也前来医院？"

"当然了。以他目前的大脑状态，虽说生命体征仍在，但绝无意识交流的可能。机器监测结果是个人主观意志改变不了的,造不了假。"

我暗自喝彩。

——纲士医生,神助攻!

一旁,正帮忙转移病床的棕发男护士不失时机地帮腔:"医生说得对,我可以做证。"

逆缟确实看穿了音叶背后有我指点的事实,当然,音叶本来也没打算隐瞒,方才在逆缟面前说的也句句属实。

但这一切都得建立在"幽灵确实存在"的特殊前提下。

逆缟越是强硬主张"幕后主使是黑羽乌由宇",就越是令自己陷入绝境,整间医院没有一个医护人员会认同他的观点。无论谁来复查我的监测报告,都会得出同样的结论——逆缟就是个满口谎言的疯子。

逆缟挣扎着撑起上半身,不甘心地碎碎念:"怎么可能!那小鬼刚才还说黑羽……"

冬野长叹一口气,饱经风霜的脸上浮现出轻蔑之色。"你该不会还想指控唐津警部补的侄女吧?"

逆缟风度全无地大吼:"还能有谁!你们赶到之前,三井音叶就在这间病房里!她躲过监控溜进来,设下陷阱后用电击枪暗算我!"

铃木刑警拄着拐杖,无奈地摇头苦笑。"编这种鬼话有什么意义呢?我们一听见声响,就从我那间病房赶了过来,哪里有你说的那些?"

众人之中,唯独唐津神情严肃,像是在谨慎评估逆缟的说辞。不过此时她似乎也得出了"胡言乱语不值得采信"的结论。

"不巧,铃木刑警的病房与这里仅相隔一条直走廊。"唐津冷冷地说,"我们出来之后,既没看见有人从黑羽的病房离开,也没看见有人往护士站的方向跑。"

"那个……"另一位护士怯生生地插话,"我在发生骚动前一分钟就在走廊了……"

这位黑发女护士是最初发现病房异常的二人之一,现在她正要将我的肉体推去做紧急缝合手术。

她语气诚恳地说:"至少我站在走廊上时,绝对没人进出过黑羽先生的病房,我可以保证。"

我欣慰地笑了笑。

——总体来说,一切都在按计划进行。

制定逆缟诱捕计划时,铃木刑警的病房位置也在我的考虑之中。当然,能从护士口中得到如此有力的证词,也算是意外之喜。

音叶来时一直注意避开监控,尽管这条走廊上并没有摄像头,但有了这么多警察和护士的证词,很容易就能得出"无人从病房逃向走廊"的结论。

"啧!"逆缟狠狠咂舌,"谁说她往走廊跑了?那小鬼是跳窗户逃走的!"

所有人的目光齐刷刷地投向拉着蕾丝窗帘的窗户。

唐津瞬间面无血色。她太了解侄女的性格,恐怕也知道音叶完全干得出电击敌人后翻窗逃跑的事。

——她的直觉确实没错。

"我去看看。"冬野说着,伸手拉开了窗帘。

窗户没有上锁。当然了,这么短的时间只够她翻出去逃走,根本来不及从外面再反锁。

冬野推开窗户,打算探出去查看,凸出的啤酒肚却卡在窗户上的两根防坠落护栏中间,挡住了他的身子。

"嗯……如果是小孩，或许能从这里钻出去吧。然后只要弓着身子走路，里面的人确实看不见。"冬野悻悻地缩回来，含糊地汇报道。

站在他旁边，同样把头探出窗外的纲士医生则厌烦地叹了口气。"唉，这家伙还在胡说八道呢。"

或许是想起先前那番唇枪舌剑的惨败，逆缟眼中竟难得闪过一丝慌乱。"什么意思？"

纲士医生一翻白大褂，伸手指向窗户的正下方。

"地上连半个脚印都没有！还用再说吗？根本没人从窗户跳出去！"

*

"脚印？"

逆缟半张着嘴，僵在原地。

纲士医生大概觉得跟这个骗子多说无益，转身面向唐津和冬野解释道："后院的草坪还没长好，尤其窗下这片，全是裸露的泥土。今天早晨刚浇过水，地面又湿又软，要是真有人跳窗出去，肯定会留下脚印。你们看，要到三米开外才有成片的草坪，到那里才可能不留痕迹。"

我施展幽灵的特权穿墙而出，证实外面的景象与纲士医生的描述分毫不差。泥土湿漉漉的，有些地方甚至还有积水，却不见音叶的半个脚印。

硬要说哪里奇怪……恐怕只有散落在窗户附近的几块石头了。但它们都浅浅地搁在稀稀拉拉的草皮表面，一丝下陷痕迹都没有。

我暗自点头。

——看来音叶处理得很完美。

我飘回病房。此时,不仅逆缟,连刑警们的脸上都尽是凝重之色。

果然不出我所料,听见"泥土""脚印"这些关键词,他们不可能无动于衷。

空屋案中,警方唯独没在泥土上发现凶手的脚印,而这正是本案看起来像"不可能犯罪"的关键因素。

——在逆缟看来,音叶的脚印想必也是凭空消失了吧。

在东云町的空屋,逆缟制造了一个无脚印杀人现场。所以这次,我也如法炮制出一个"无脚印"复仇计划,就当是原样奉还。

基于脚印诡计的复仇堪称完美,只是本该共享这份喜悦的人早已不在人间。

——何等空虚。

虽然曾犯下数不清的罪行,但像这般——胜利的狂喜和钻心的痛苦同时撕扯灵魂的滋味,我还是头一回尝到。

在连时间都仿佛凝滞的沉默中,纲士医生惴惴不安地从这个看向那个,小心翼翼地开口:"我……是不是说了什么不妥的话?"

铃木刑警第一个从震惊中恢复。他笑眯眯地摇头道:"医生这是哪儿的话!多亏您的宝贵证词,咱们才这么快就戳穿了这个骗子!"

闻言,纲士医生似乎松了口气。

"我去和主刀医生沟通一下伤情就回来。啊,是不是还得通知一下安保部门？"

最后一句他说得很轻，像自言自语。说完他向众人点了点头，便和护士推着我的病床匆匆离开了。

铃木拄着拐杖，居高临下地睥视着逆缟，突然"扑哧"笑出了声。

"真是的，差点被这小子的花言巧语骗过去，害得我还以为又有脚印消失了。看来这次不过是狗急跳墙的胡诌罢了。"

"不是的。"逆缟低声说。

唐津无视他的辩驳，抱起胳膊反问道："荒谬至极。音叶的零用钱金额很有限，她也没有信用卡，怎么可能瞒着我买到电击枪？"

"那也是黑羽暗中……"逆缟咬牙切齿地挤出半句话。

铃木浮夸地叹了口气。"还在说这种没人信的胡话啊？！"

唐津走到逆缟面前蹲下，直勾勾地盯着他的眼睛。"照你的说法，音叶是一路躲过所有监控进入病房的？那我倒要请教，一个十二岁的小孩，是怎么知道医院里每个摄像头的位置和角度的？"

"这……这个……"逆缟张口结舌，答不上来。

冬野见状，嘴角勾起讥讽的冷笑。"明明是你持刀行凶在先，现在反倒装起了受害者？单是'差点被小学女生反杀'这种说辞就够荒唐了，窗外没有脚印这件事，你又做何解释？！"

我在虚空中冷笑。

没错，只要他无法解释窗外为什么没有脚印，真相就注定被扭曲。他口中的那个"小女孩"，最终只会被证明从未在这间病房出现过。

策划这场对决时，我就预见到这个杀人狂会拿音叶当作突破口。但我万万没想到，他只用了十分钟就击溃了音叶的心理防线，连我这些天为她编织的谎言都被他戳得支离破碎。

不过，他这番奇袭终究未能扭转大局。

——按照我的计划，即便音叶在逆缟被捕前暴露了身份，她的安全也不会受到任何威胁。

可以这么说，我早就为音叶设下了重重保障。

先前的匿名报警成功让逆缟背上了杀害柄隆久的嫌疑。虽然不知道警方采信程度如何，但"八须和也就是田中奏多"的可能性已然在刑警们的心中生根发芽——退一百步讲，警方起码相信了这是一起"倒吊人"的模仿犯罪。

——更何况，他刚刚还因持刀袭击我而当场被捕。

警方对他的印象已经跌至谷底，没有人再相信他的话。此刻无论他如何辩解，都只会被当成脱罪的谎言。

我悬浮在呆若木鸡的逆缟身侧，无声地在他耳边说："从你傻乎乎地坚称音叶背后有我指使、指控她从窗户逃走的那一刻起，你的败局就已经注定了。没人会相信你口中的这些真相。"

逆缟的证词彻底摧毁了他的最后一点信誉，今后他对音叶的任何指控，都会因"昏迷中的我不可能有交流能力"和"一个小学生根本做不到这些"而遭到全盘否定。

——这样一来，音叶就彻底安全了。

突然，一阵低沉的笑声在病房中回荡开来。

地板上的逆缟颤抖着肩膀，发出痉挛般的笑声。这出人意料的反应让我下意识往后退，唐津却向前迈出一大步，几乎穿透我的灵体。

"有什么好笑的？"

"唉，真是倒霉的一天。我无论说什么都被证明是谎言，简直像是……被真相抛弃了一样。"

冬野懒得再费口舌，上前粗暴地拽起他的手铐。"剩下的话，去县警总部说吧。"

逆缟顺从地被押往走廊。但在经过唐津身旁时，他忽然扭头看向她，扯出一个黏腻的笑容。"走着瞧吧。"

"什么？"

"你该不会以为，这就结束了吧？装死了四年，这种捉迷藏一样的日子我也过腻了。啊，真高兴，现在终于轮到你们当鬼了。趁现在多笑一笑吧！看看你们能把我关到几时。"

他细长的眼中射出浓烈的恶意，一阵冰冷的战栗顺着脊梁爬满我全身。

——不，这次他绝对不可能再逃脱了。

我试图说服自己，寒意却丝毫未消。一股异样的麻痹自骨髓深处生出，正沿着脊椎向外蔓延，将我全身的气力一丝丝抽离殆尽。

我猛然意识到，自己曾经体验过这种感受。

"死亡……"

看来，留给我的时间已经不多了。

4

8月3日　12:45　剩余时间：1天

户外的空气烫得几乎要喷出火来，白馆町的麻雀却依旧在庭院里的树木间穿梭嬉戏。这是个静谧的午后，道路上几乎看不见行人，也没有自行车的踪影。

我轻轻降落在三井家门前。一盆圣诞玫瑰翻倒在地，褐色的土壤撒落在石阶上。

透过二楼玻璃窗，我悄悄窥视音叶的房间。

——她在。

空调仍旧奢侈地设定在十九摄氏度，音叶安静地蜷缩在床上，将整张脸深深埋进膝盖之间。

"出去。"

她突然开口，仿佛凭借第六感察觉到了我的归来，声音中带着浓浓的鼻音。

书桌上散落着蓝牙耳机和她珍藏的甜心组合空包装。与上次所见不同的是，我的平板和黑色手表此刻也静静地躺在那里。

"很抱歉擅自进来。"我贴着墙边站定，"只是觉得应该来汇报一下情况。逆缟顺利被捕，已经押去县警总部了。当他知道窗外没有你的脚印时，那副惊愕的表情……着实精彩。"

一只抱枕凌空而来，穿过我的脑袋砸在书架上，将与存钱罐配套的粉色小锤砸落在地，发出"当啷"一声脆响。

"骗子！"

我不禁苦笑。"对……不过，你的复仇也成功了，不是吗？"

"我想要的复仇根本不是这样的！亏我那么相信你，以为你是唯一不把我当成小孩，而是平等对待我的人……我以为你绝对不会背叛我……"

我想继续保持微笑，嘴巴却只扯出一个疲惫的弧度。

"这和年纪没关系。我终究不是真正的完美犯罪代理人，所以无论是谁，我都不可能帮助他杀人。"

音叶低头盯着自己的脚尖，怔怔地低语："摆出师父的架子骗我，很好玩吗？"

"不。"

"说什么'要做好万全准备，应对任何意外'，骗我配合你把小姨引到久远综合医院。看着我像提线木偶一样任你摆布，很好笑吧！"

我茫然地抬起右手端详。"不管怎么说，至少你可以放心了。"

"什么？"

"之后无论发生什么事，都不会再危及你的安全。"

"真周到啊。"音叶闭起双眼，"可就连这种处心积虑的样子，都很卑鄙呢。"

"我继续说了。你逃离病房后，逆缟因持刀砍伤我的肉体，被警察当场逮捕。警方本就怀疑他是'倒吊人'本尊或模仿犯，这次逮捕更是让警方对他的印象坏到极点。"

听着我的叙述，音叶的嘴唇渐渐扭曲起来。

"所以就算他主张是小学女生设下陷阱诱骗了他，也会被当成试图脱罪的谎言？只要窗外没有我的脚印，他无论说什么都不会被采信？"

"没错。"

音叶第一次从膝盖间抬起头，双眼愤怒地直视我。"你以为耍这种半吊子的花招，就保护得了我？咦，黑羽？"话音戛然而止，她突然睁大了泪眼。

"果然……不是错觉。"

此刻，我的手指已经透明到能透过去看清地板上的木纹。明明在病房时灵体还要实在得多。

——变化是从那股麻痹感袭来时开始的吗？

音叶猛地别过脸去。

"先说清楚，就算变成这样，你也不会立刻消失。桐子小姐那时候，身体变透明后还撑了整整半天呢。"

我反复握紧又松开手。

"你说的是那个车祸身亡的女性吧。但是，我剩下的时间，恐怕比预想中要少得多。"

我是在七月二十八日晚上八点半左右以灵体形态醒来的。如果真有七天整，即一百六十八小时的期限，我应该能活动到八月四日晚上八点半。

——但现在只剩半天的话，最迟到八月四日早晨我就会消失。时间对不上。

多半是我搞错了成为幽灵的时间点。

二十八日清晨，我经历了一次心脏骤停。现在想来，恐怕那时候我就已经幽灵化了，只是灵体没有立刻苏醒而已。

音叶似乎也想到同样的事，噙着眼泪笑了起来。"都变成幽灵了还睡懒觉，真不像话。"

"确实。"

大概是觉得冷了，音叶拿起空调遥控器，把温度调高了两摄氏度。

"黑羽，你好狡猾，明明说过'完美犯罪必须确保自己和委托人都完全没有风险才算成功'……骗子！你为什么不顾自己的安危呢！"

面对这尖锐的指责，我也只能报以一声叹息。

确实，选择"不杀逆缟"这个方案风险很大。逆缟很可能在遭到电击后暴怒反击，甚至赶在唐津他们到来之前，就把我的肉体生生砍死了。

音叶仍在发泄怒火。"你平时明明那么谨慎……简直难以置信！这种以你受伤为前提的复仇计划，我根本就不想要！"

"幽灵化是不可逆的，反正已经回不去了。那张病床上躺着的我也不能算是我了，当成蛇蜕下来的皮就好。"

反正那具皮囊也会随着我的消散而迎来彻底的死亡，早一天晚一天又有什么区别？

"不光是这个……留着逆缟活口就是大错特错！他被捕后肯定什么都往外说，包括你冒充完美犯罪代理人的事……"

我虚弱地笑了笑。"被捕的瞬间他就说过了。他说我是完美犯罪代理人，在幕后操控你做这做那。"

"你看吧！"

"多亏纲士医生仗义执言，我的嫌疑暂时减轻了，但能维持多久还不好说。未来，警方有可能重新怀疑到我身上，说不定会去搜查鲁宾咖啡店。"

"这哪里算没事啊！"

"总会有办法的。"

为防万一，我早就将"经营咖啡店的黑羽"和"从事地下生意的黑羽"彻底区分开了。

"真的没事。咖啡店和家里都没有和地下生意相关的东西，唯一有关联的工作间备用钥匙也被你拿走了。"

我们尽量消除了取走钥匙的痕迹，而工作间和住所隔了一层楼，警察即便来搜查，应该也找不到对我不利的证据。

"真的吗？就算小姨来查也无所谓？"音叶反问，语气中带着促狭。

我不由得浑身一颤。"别说这种让人不安的话。"

——不过，反正到时候我已经不在了，要说没事也确实没毛病。

音叶抓起电视遥控器。屏幕亮起，上面正在播放综合新闻，主持人刚好念到久远综合医院袭击事件的速报。事情明明刚发生不久，医院门口却已经挤满了来直播的媒体记者。

"在病房持刀行凶、自称八须和也的犯罪嫌疑人已被当场逮捕。"

我着实有些疑惑。"奇怪……这种小案子还能上全国性的节目？"

音叶无奈地瞥了我一眼。"八成是因为你，而不是凶手。"

"为什么？"

不知道他们是怎么做到的，总之电视台似乎挖出了伤者就是全网闻名的"穿刺人"，屏幕上滚动着"昏迷四个月的男子为何遇袭？"的字幕，甚至颇为"贴心"地重播了我当初坠楼被刺穿的现场影像。

这样的报道内容让我感到浑身不自在。

"喂喂，我不过是个普通市民！把受害者单独拎出来大肆报道算怎么回事！"

我拼命用眼神示意音叶换台，她却紧紧地盯着屏幕，手上一动不动，只轻轻地说："你会后悔的。"

"啊？"

"逆缟只要还活着，就绝对不会放弃。"

脑海中忽然浮现出逆缟被押走前说的话。

"现在终于轮到你们当鬼了。趁现在多笑一笑吧！看看你们能把我关到几时。"

那时，他的声音中饱含不加遮掩的恶意。

——不可能，那只是败犬的哀号罢了。

"音叶，现在和四年前情况不同了。逆缟戴着手铐，由唐津和冬野押往县警总部。有他们两个在，逆缟不可能逃走的。"

"但愿吧……"

音叶紧绷着身子，毫不掩饰内心的不安，仿佛下一秒就会有逆缟逃亡的新闻跳出来似的。

望着她的背影，我安慰道："放心吧，不会有事的。我们对他的报复已经结束了。"

——可为什么她仍然如此恐惧？

音叶再次垂下头，有气无力地说道："根本没有结束。"

"你是怕他在法庭上被判无罪，会重获自由吗？"

音叶沉默不语。

"别担心，接下来就轮到我们那通告发电话发力了。他要面对的可不止医院这起持刀伤人案，还有杀害柄隆久、你父母以及推我坠楼的嫌疑。身上背了这么多案子，对他的审讯必定严上加严。"

"审讯再严，证明不了罪行也是白搭。"

音叶眼中闪烁着焦躁与不安，又搬出了她那套"警察无能论"。

"不会的，日本的警察和检察官都很优秀。虽然不知道接下来的调查唐津能参与多少，但我相信，搜查一课的成员一定能查明他的全部罪行。"

"可是……"

"而且，要证明他就是田中奏多也不难。"

"怎么证明？"

"田中奏多的父母虽已去世多年，但他的兄弟姐妹至今都还活着。只要和他们做 DNA 比对，就能证明其亲属关系。"

逆缟做过彻底的整形，面容和过去早已大不相同。但这种程度的变化骗不过骨肉至亲，兄弟姐妹应该记得他身上的痣、胎记、伤疤等细节特征。只要证据链足够完整，法庭终究是会认可的。

"一旦证明他就是田中奏多本人，或许还能一并追究'倒吊人'截至四年前犯下的那些命案。"

逆缟犯下的命案，光证据确凿的就不下十起。单论数量，少说也够判他三次死刑了[1]。

音叶调低电视音量，扭头看向我。

"听着，你再怎么说教也改变不了什么。只要杀害我父母的凶手还活着，我心中的愤怒和仇恨就永远不会消失！那明明是个彻底了结一切的好机会，你却放弃了！"

音叶用力瞪着一言不发的我。

"黑羽，你知道我现在最害怕、最恶心的是什么吗？"

"不知道。"

"就是你。"

"呃……"

"满口谎言的你……究竟是谁？"

*

"我也不知道。"

"哈？"

---

[1] 日本对死刑判决较为慎重，通常来说杀死三人以上的罪犯被判死刑的可能性较大，故有此言。

"我谁都不是……或许,永远也成不了任何人。"

音叶困惑地皱起眉头。"'黑羽乌由宇'也是假名字?"

"不,'乌由宇'确实是我那热爱推理小说的母亲给起的名字。小时候那场火灾让我失去了母亲和妹妹的事,也都是真的。"

远处传来消防车的警笛声。

即便成了幽灵,那警钟般的刺耳声响仍让我反胃。

"那你是从什么时候开始变得满口谎言、迷失自我、'谁都不是'的?"

"有一点逆缟说得没错,我的名字的灵感确实源于'乌有'。母亲也知道这个词的意思,她特意换了两个字,写成'乌由宇'。"

"不是挺好的嘛。"音叶小声嘀咕。

我用力摇了摇头。"我不觉得好。'化为乌有'这个词,不是常常用来形容在火灾中失去一切的情况吗?事实上就是这样,那一夜的火灾夺走了我的一切……甚至包括我自己。"

那是小学三年级的夏天,相依为命的母亲和二年级的妹妹被烧死在二楼卧室,只有我艰难地爬到后门,被人救了出去。

"火灾期间的事我全都不记得了。只记得那晚本来说好要放烟花,却因为突然的暴雨被迫取消。然后,我气呼呼地吃了晚饭。"

那天的菜是土豆炖肉和可乐饼,我还跟母亲抱怨食材太重复来着,结果不知怎的就和妹妹扭打了起来。

想到这里,我感到牙齿都在打战。

"之后的记忆一片空白。火灾发生在深夜零点左右,那之前我到底做了什么?"

"你想太多了,那不过是火灾冲击导致的记忆缺失而已。"

事情或许如音叶所说，又或许不是。

"消防员说，起火的源头在一楼客厅，是插座积灰短路引起的。但那天我们没放成的烟花就放在插座旁边，会不会是我半夜偷偷起来想要点燃烟花，结果引发了火灾？"

按理说，三年级的小孩应该明白在室内点烟花的危险性。可那晚我正因为放不成烟花而恼火，甚至和平时从不吵架的妹妹闹到大打出手的地步。

——那一晚，我究竟做了什么？

至今我仍一无所知。

"最有可能的情况是，我确实在客厅点燃了烟花。被四溅的火星吓到后，我随手一放就匆匆逃回了二楼卧室。"

"你觉得……"音叶轻声说，"是烟花的火星溅到了积灰的插座上，引发了火灾？"

"也许我回到卧室后并没有立刻睡着，发现一楼不太对劲便又去查看。然后发现火情的我竟然抛下了家人，独自逃走了。"

否则无法解释为何只有我一个人获救。

音叶仍然在摇头。"那只是众多可能性之一。也许根本没人碰烟花，是插座自燃了。又或者是你妹妹半夜醒来，点燃了……"

"不可能！"

我反射性地想抓住她的胳膊，直到看见她惊惧的眼神，我才猛然反应过来。是啊，我已经成了幽灵，伸手也碰不到她。

漫长的沉默之后……

"抱歉。"先开口的是音叶。

"不，该道歉的是我。"我深吸一口气，继续道，"之后不知是出于自我保护，还是烧伤的冲击，总之我失去了记忆。然而，

'忘却'并不能洗清我的罪，像我这样的人，就不配活在世上。"

无论起火的原因是什么，我都是最先发现火情的人。我本可以冲上二楼唤醒母亲和妹妹，却选择了独自逃往后门。

——是因为太过恐慌，失去了判断力？

——还是因为嫉妒妹妹，才……

不知道为什么，小我一岁的妹妹处处比我出色。虽然因为年龄差距，运动方面还比不上我，但学业上她早已把我甩得老远，甚至被老师们称作"神童"。

记忆中，母亲总是围着妹妹转，无论是家中琐事还是学校活动，总是优先考虑妹妹。被大火烧毁的家庭相册中，几乎每张照片的主角都是妹妹。优秀的妹妹承载着母亲的厚望，自然而然地成为众星拱月的中心。

平平无奇的哥哥与才华横溢的妹妹。

在当时的我看来，这样的差距是如此理所当然，我甚至从未觉得有什么不对。又或许是因为年纪太小，我根本还不懂得什么是嫉妒。

——但如果，正是在大火燃起的瞬间，这份嫉妒第一次在我心中觉醒呢？

无论如何回忆，眼前都只有浓得化不开的黑暗。

"在医院醒来听说了一切后，我对自己绝望到了极点。我对家人见死不救，还心安理得地抹去记忆，苟活下来。"

很久以前，我就已经流干了眼泪。

"我知道自己不配活着。可讽刺的是，我也没有勇气去死。你知道吗？曾经有亲戚指着我说'凭什么死的是你妹妹，而不是你'，我竟然一点都不生气，他们不过是说出了事实罢了。"

自那以后，我就活成了一具行尸走肉，内心空空，如同灵魂已化为乌有。

"那段时间,我总觉得死去的妹妹始终还在身边。我想赎罪……于是决定代替她踏上她本该走的路,去看她曾经梦想过的风景。至于自己的人生,已经被我彻底舍弃了。"

不知不觉间,音叶睁大了双眼看着我。

"从那时起,你就不再做自己了吗?"

"大概吧。"

我已经想不起自己原本的模样了。

只记得——当时还年幼的我亲手抛弃了曾经珍视的一切。侥幸躲过火灾的玩具、钥匙扣……全被我丢掉,最爱的动画也再没看过一集。我主动疏远要好的朋友,告别了友谊,强迫自己活在孤独中。

我自嘲地笑了。

——长大了我才明白,所谓"妹妹的梦想",或许只是母亲强加给她的期望。那么小的孩子,怎么会自发地向往"名校KO大学"呢?

"为了实现妹妹的梦想,我拼命学习。我不想给收养我的亲戚添麻烦,连补习班都没上,全靠自学。后来我总算考上了KO大学,再之后就……不知道该何去何从了。"

"为什么?"

"妹妹死的时候才小学二年级啊,她的梦想就只到'考上好大学'为止。"

对于这个结局,我早就心知肚明。或许我只是因为怕死,才给自己找了个理由,自欺欺人地活了下来。

进入大学后,连"妹妹还在身边"的错觉也消失了。从此我像其他人一样过着普通的大学生活,这根本算不上什么赎罪。

"然后你就认识了桂司前辈?"

"嗯。"

自从决定要实现妹妹的梦想后,我几乎忘记了愤怒、喜悦和悲伤是什么感觉。像我这样的人,无论在什么样的处境下,都没有权利抱怨,当然更没有资格享受。

但当游泳社的人诬陷我偷了泳道绳时,我瞬间感受到了前所未有的强烈愤怒。直觉告诉我,他们是串通好的,存心想嫁祸给我。

——人怎么能做出这么卑鄙的事?

然后,我就被一个会给貉子供奉冥钱的棕发男人救了。

是桂司前辈。

说实话,若不是前辈突然出现,我都不知道自己会对那帮人做出什么事来。

"他帮我洗清了冤屈,但事后我才知道,真正的小偷竟然就是他自己。我气坏了,可他对我说——"

——终于找到同类了。

我不禁苦笑。"这个人到底什么脑回路?看我气得要死还说得出这种话。更离谱的是,他还得寸进尺,非拉着我发表什么'你这种逻辑思维很适合搞完美犯罪'的怪论。"

不知不觉间,我就跟着桂司前辈混了。

"那段时间,我从前辈那里学到了许多东西。我们开始接些小委托,用轻微的完美犯罪来制裁那些法律审判不了的坏人。当然,都是些学生恶作剧级别的小把戏。但我们确实做到了滴水不漏。"

当时的委托费统一定价三万日元,但恶作剧的成本也很高,忙活半天,收益连补贴前辈的生活费都够呛,所以那时候他还经常跑去挖野菜充饥。

音叶老成地耸了耸肩。"看来桂司前辈也没说错,你确实有犯罪天赋?"

"谁知道呢。前辈说,我因为长期自我封闭,反而磨炼出了异常客观的观察能力。"

这话乍一听像胡扯,再想想却莫名地切中要害,很符合前辈的风格。

"说来不可思议,自从跟着前辈混,那些被我刻意遗忘的感觉都渐渐复苏了。为遭遇暴力和性骚扰的委托人愤怒,为策划完美犯罪奔波到筋疲力尽,和前辈一起的那一年,我真的非常快乐。"

唯有那段时间,我才真切感受到自己是"活着"的。

"但即便只是恶作剧级别,我们的行为也终究是犯罪。用这种方式确认自身的存在意义,我觉得确实不太正常。音叶,你也是这么想的吧?"

音叶瞪大双眼。"你问我?问我这个满心只想杀人报仇的人?"

"不,你不一样……"

"不,我们其实很像。我和你一样,都被逼到绝境,被迫丢弃了作为人最重要的某些东西。在遇见你之前,我也以为只有选择危险的道路、消耗生命,才算'活着'。"

我低下头。"但前辈不同。我只是贪恋'活着'的感觉,才帮他搞那些完美犯罪恶作剧。他本人做这些,却是出于近乎疯狂的使命感。"

"使命感?"

"嗯,桂司前辈拥有与众不同的信念。他认为世上有太多法律制裁不了的罪恶，所以必须有人站出来，为受害者打开一条生路。"

音叶面色复杂，像在努力理解一个违背常理的概念。

"如果是这样，他完全可以用其他办法，为什么非要选择完美犯罪……"

"道理很简单：对付法律制裁不了的罪恶，就得用同样不会被制裁的完美犯罪。此事无关善恶，只要能暂时成为受害者的避风港就够了，这就是前辈的信念。听起来很荒谬对吧？但正是前辈那种贯彻信念的魄力吸引了我。对胆小如鼠的我来说，他的光芒耀眼得无法触及。"

然而这种危险的游戏注定不能长久。

不知不觉，我的声音渐渐低沉下来。

"随着一次次成功，我们出于各自的理由，渐渐沉醉在报复的快感中，直到……越过了不该越的线。"

十一年前，前辈偶然听说了"完美犯罪代理人"的传闻。

连地下世界都不知其真面目，只要付钱，无论目标是谁、要抢劫还是杀人，他都能完美执行。当时的警方别说抓捕了，连其存在都没能察觉。

音叶惊恐地问："杀死桂司前辈的那个真正的代理人……莫非就是他？"

"是啊。听说'完美犯罪代理人'的传闻后，桂司前辈开始废寝忘食地调查。但对方和我们的小打小闹完全不同，是真正的罪犯，是实施完美犯罪的专家。"

桂司前辈明知道不该招惹对方，却像飞蛾扑火一般义无反顾。

因为那个人践踏了前辈的理想。

"前辈经常抱着芋烧酎的瓶子对我畅谈理想，说'现在只能搞些恶作剧，等毕业以后，我要用更强的完美犯罪替天行道'。讽刺的是，真正的代理人做的事，却和前辈的梦想水火不容。"

两人的区别在于——

真正的代理人从不忌讳杀人，而这正是桂司前辈最深恶痛绝的事。

回想起那些日子发生的事，我不禁痛苦到表情扭曲。"对不起……从一开始，我就不可能让你去杀人。桂司前辈绝对不会允许这种事发生的。"

音叶低着头轻声问："……所以，十一年前到底发生了什么？"

"首先是我胆怯了，宣布要退出对'完美犯罪代理人'的调查。当时我还隐隐抱有期待，以为只要我退出，前辈也会放弃。可是我大错特错了。"

从第二天起，桂司前辈就再也没有出现在大学里。

之前前辈有时候也会缺席——比如经济特别拮据时，他会去熟人的渔船上打一整周的零工。

"但那次过了整整两周，前辈始终杳无音信，我发给他的信息全部石沉大海，以前从没发生过这种情况。我惴惴不安地联系了前辈的老家，谁知道他与家里断绝关系的事居然是真的，我刚提到他的名字，那头就把电话挂了。"

之后，我在一家中餐馆得知了前辈的死讯……

信号总是不好的电视机上，新闻主播机械地念着稿子：

"在间幌市新月森林公园发现一名男性，经确认为本市居民大薮桂司（二十三岁）。其头部及面部遭钝器多次击打，送医抢救无效，已死亡。"

这种事我怎么可能相信！

"我立刻冲出餐馆,直奔新月森林公园。现场拉起了警戒线,到处都是警察。"

我急着想打听点信息,便拦住一位警察,表明自己是大薮桂司的朋友,却突然张口结舌,不知道该说些什么。

我面露苦笑。"总不能说我们在大学搞的那些恶作剧吧。但我还是如实说了前辈在调查'完美犯罪代理人'的事,结果警察只当我脑子有问题,根本没放在心上。"

那个时候,我也震惊于警方的无能,于是决定自己搜集案件线索,如同音叶现在做的一样。

"随着调查的推进,媒体开始报道桂司前辈可能是无差别杀人案的受害者。因为当时首都圈内正好有个随机连环杀人狂,闹得沸沸扬扬的。"

调查表明,杀害桂司前辈的凶器与首都圈杀人狂使用的铁锤一致。但案件仍存在诸多疑点。

比如,首都圈杀人狂习惯从背后偷袭受害者,追求一击毙命;前辈却被反复殴打,直至颅骨塌陷、面部尽毁。

音叶似乎想起了什么,沉声回答:"小姨独立调查的结论果然是对的,杀害桂司前辈的就是真正的完美犯罪代理人。他故意模仿首都圈杀人狂的手法,企图扰乱侦查。"

"是啊,我也是这么想的。这个推测后来逐渐得到了验证。"

前辈死后第三年,首都圈随机连环杀人狂宣告落网,其真面目是前图书馆管理员。审讯中,他承认了几乎所有命案——

唯独否认杀害了大薮桂司。

"调查显示,此人确有完美不在场证明。桂司前辈遇害的时间段,他根本没有离开过东京,足以证明杀害前辈的另有其人。"

音叶紧紧抱住怀中的抱枕。

"这些我都明白了。但是，你为什么要同时扮演桂司前辈和真正的完美犯罪代理人呢？"

不知不觉中，我的声音同时带上了哭腔与笑意，并且止不住地颤抖。"就和失去母亲和妹妹时一模一样啊。"

"咦？"

"如果我没有退出调查，前辈就不会那样惨死。当然，就算我在场，可能也只会变成两个人一起死。但是，总该能做点什么吧。"

音叶轻叹一口气。"所以黑羽你……"

"桂司前辈比我更有活下去的价值，所以我决定变回那个空洞的乌有，代替前辈走完他未竟的道路。至少也要守住前辈创造的一切，不让它们化为虚无。"

尽管学艺不精，但我毕竟是唯一继承了前辈犯罪技艺与理想的人。正因如此，我才觉得责无旁贷，非我不可。

"从那天起，我彻底成了前辈的替身，衣着、谈吐全都模仿他。但赝品终究只是赝品，为了时刻提醒自己这一点，我特意选了块假表。"

我低头看向手腕上的表——一块早已不再走动的废品，指针永远停在四个月前的晚上八点半。

"你在工作间看到的那张照片上，前辈戴的是价值不下百万的名牌表，说是进入高中时家人送的礼物。但我那块不过是廉价的假货，我觉得很适合我。"

"假货……"

音叶在舌尖咀嚼着这个词，目光落在那块从工作间带回来的黑色手表上。

我长叹一声，继续道："但终究还是没法实现前辈生前的全部梦想。我是文科生，擅长的方向不同，前辈想考的一级建筑师资格，我实在是无能为力。"

于是我开始行动。

建筑事务所是开不了了，那就至少把前辈想要的另一半——咖啡店——开起来。同时，我重启了他最大的梦想：面向那些法律保护不了的受害者，提供前所未有的大规模完美犯罪代理服务。

"可这样还远远不够。"

这种程度，根本填不满前辈之死带来的空洞，连最浅的伤口都不曾愈合。

"这次和母亲、妹妹遇难时完全不同。"我咬紧牙关低吼，"杀害前辈的凶手至今逍遥法外，这种事叫我怎么能忍！所以我和你一样，发誓要亲手报仇。为此，我绞尽脑汁，思考如何才能把'完美犯罪代理人'引出来。"

音叶恍然大悟地点头。"所以你才决定冒充凶手？想着如果有冒牌货出现，真正的代理人一定会有所行动。结果，对方识破了陷阱，反而从此再无声息？"

"对。"

真正的代理人突然销声匿迹，这令我困惑不已，但我仍然没有放弃。不过对方毕竟是制造完美犯罪的老手，再度犯案时只要不露出破绽，想要追踪亦是无从入手。

我摇头苦笑。"当时的我比现在更加不成熟，满脑子只想着报仇，甚至没意识到我的行动反而被真正的代理人利用了。"

音叶困惑地抱紧抱枕。"这又是什么意思？"

"他通过舍弃'完美犯罪代理人'的名号，把过去犯下的罪行都甩给了我。我这个复仇心切的冒牌货，反而成了他金蝉脱壳的完美替身。"

这给我带来了双重影响。

一方面，我背上了莫须有的杀人罪名，包括恩人前辈之死如今也成了我下的手。就像唐津独自调查大薮命案时发现的那样，一旦被警方逮捕，我必将因多项谋杀罪名被起诉。

但另一方面，这个污名也成了我的保护盾。

我刚开始冒充时，杀人不眨眼的真代理人已经是令地下世界闻风丧胆的存在。正因如此，也没人敢干涉我这个冒牌货的行动。

这对当时还是大学生的我开展业务反倒有利。

——若非借他之名，我恐怕连起步都难。

"差不多过了两年，我才惊觉自己被他利用了。被他轻松耍成这样，我也明白这仇恐怕是报不成了。可是，我却既无法停止冒名顶替，又放不下报仇的执念。"

"为什么？"

"大概是因为我生来就只有这种半吊子能耐吧，当起假货来反而异常成功。不知不觉间，我竟然以完美犯罪代理人之名，几乎实现了前辈的所有梦想。"

音叶微微扬起嘴角。"前辈说你适合做这个，原来是真的。"

我低头看向越来越透明的左手腕。

那块黑色手表仍在那里——即便变成幽灵也不曾离身，象征着我本质的假手表。

"但无论走多远，我永远都只是假的，成不了真的。原以为实现桂司前辈的梦想后，我也能找到'前辈在梦想彼岸所见之物'。可真正站在那里时我却什么都感觉不到，那里空无一物。从此我只能继续抱着无望的复仇之心，浑浑噩噩地重复做同样的事……"

——何等空虚。

"说到底,我就是个彻头彻尾的蠢货,直到失去前辈才看清自己的本心。我当然不讨厌以完美犯罪复仇,但那时真正让我感受到'活着'、给我带来快乐的,根本不是什么完美犯罪,而是和前辈一起度过的时光。只是因为有他在,世界才显得如此不同。他去世后我才第一次发觉,无论愤怒还是欢笑,一个人的世界竟然如此孤独。就连作为完美犯罪代理人所做的一切,若没有他相伴,我都感受不到任何意义。天哪,为什么……偏偏是我这种假货活下来了呢!"

不知不觉中,我已泣不成声。

音叶一定在鄙视我吧,在小学生面前号啕大哭,没有比这更丢脸的事了。但眼泪像决堤了一样向外喷涌,根本停不下来。

果然,音叶冷冷地站了起来。

"张口闭口都是假货,不是真的就这么罪不可赦吗?"

她弯下腰,从地上捡起刚刚被抱枕砸落的粉色小锤。

"你要干什么……"

在我茫然的注视下,音叶突然抡起锤子砸向书桌,砸向那块她承诺会珍惜的、从工作间带出来的实体黑色手表。

"哇啊啊啊!"

伴随着刺耳的碎裂声,表盘玻璃被砸成了碴。我飞身去救,但身为幽灵的我无能为力,只能看着齿轮和指针在桌面四散翻滚,发出空洞的声响。

音叶喘着粗气宣告:"看吧,山寨的就是容易坏。"

我呆呆地望着支离破碎的手表残骸,一时手足无措。

"你……你干什么?"

"既然被我砸得粉碎,那假货就不复存在了。"她用力盯着我,"胆小犹豫就是缺点?那叫深思熟虑,是优点!我就喜欢你这样!听着——此刻在我面前的你,就是我选择委托的完美犯罪代理人,也是我最重要的犯罪导师,更是成功帮我向逆缟复仇的、无可替代的真货。你非要把自己当成假货钻牛角尖,随你的便。但能继承他人的遗志并去实现它,不正是独属于你的才能吗!黑羽,你正在做的,是别人都做不了的事!"

我无力地瘫坐在书桌旁。

"不,不是的……"

"怎么?"

"保险箱里的这块手表,不是山寨货……这是我珍藏的前辈的遗物,是他生前佩戴的真表……"

"那……那岂不是价值一百多万?!"

"对啊。"

音叶手忙脚乱地捡拾起齿轮和指针等零件,声音都在发颤。

"原来……真的也这么容易坏啊……"

见她慌张的模样,我终于忍不住大笑起来——从腹腔深处涌出的、毫无顾忌的大笑。上一次这样笑是多少年前的事了?

"对不起。"

看着快要哭出来的音叶,我一边流泪,一边笑着摇了摇头。

"没关系。是我不好,因为害怕被你知道是假货而惨遭抛弃,才没好好说明这块表的事。这块表也算迎来了最华丽的谢幕吧?比起继续锁在保险箱里,最终被不知道什么人拿去,这样好多了。相信前辈也会开心的。"

"呜呜……"

音叶还在哭泣,肩膀颤抖着。我缓缓抬起左手。

"而且，像我这种没出息的人，不来点猛药，恐怕永远都无法自由。"

"啊！"

我左手腕上的表消失了。

或许幽灵的外表反映的是他们的内心，那块表曾经是我的一部分，现在已经不是了，说明我终于从长久的束缚中解脱了。

音叶破涕为笑。"哎呀，原来你以前是这样说话的呀。"

"大概十一年没这样了吧。"

她找出园艺手套和塑料密封袋，默默收拾起表盘碎片。尽管我的身影正逐渐变淡，她却假装没发现似的，继续着手上的动作。

过了许久，她终于如释重负地感叹："能完成复仇，真是太好了。"

"是啊。"

"你也发现了吧？逆缟肯定就是真正的完美犯罪代理人，杀害桂司前辈的真凶。毕竟他从一开始就知道你是假冒的，还说什么'真正的那个和你截然不同'之类的怪话。"

"嗯，这些都是只有本人才会知道的事。当时的逆缟完全沉醉在自我陶醉中，面对我这个冒牌货时，毫不吝啬对真货的夸赞。"

想必那个男人也不是天生的杀人狂吧。

最初自称"完美犯罪代理人"的时候，他或许还能通过接受委托来满足扭曲的欲望。但随着杀戮增多，这种形式终于无法继续令他餍足了。

——就在这时，出现了我这个冒牌货。

此后，田中奏多化名"逆缟"，彻底挣脱了委托人的束缚，开始随心所欲地杀人。

我凝视着自己的双手。

一切都按计划实现：逆缟被捕，音叶的双手也不曾沾染鲜血。

——这样就够了吧？

电视机的音量被调低，只能时不时听见微弱的广告声。

"喂，最后有想去的地方吗？"音叶突然问。

"先去县警总部，看看逆缟受审的惨状？"

"不是这种啦。我是说，你有没有想再看一次的地方？特别想去的那种。"

"海边？"

"或者迪士尼乐园、环球影城什么的。"

我扑哧笑出声。"那是你想去的地方吧？可惜太远了，幽灵拼尽全力也只能飞出自行车的速度，实在去不了。"

音叶猛地从床上跳起来。

"海边的话好说，三十分钟就能到！等我去把自行车推出来，一起去海边吧！"

这时电视上开始插播速报，然而音量太低，等我注意到画面时，文字快讯已经消失了。

——是地震，还是政治家的丑闻来着？

综艺新闻正在介绍最新电影，突然，屏幕上的主播和工作人员骚动起来。音叶惊讶地调高音量——

"关于在医院持刀伤人案中被当场逮捕、自称八须和也的嫌疑人，最新消息称——"

我和音叶不约而同地对视一眼。

"难道说——""果然——"

虽然脱口而出的话语不同，但出现在我们脑海中的分明是同一个最坏的可能。

音叶先前的话语在我耳边回响：

——逆缟只要还活着，就绝对不会放弃。

难道说，被唐津逮捕的逆缟真的逃出来了？

新闻主播面色凝重地继续播报，"据伏木县警最新通报，自称八须和也的嫌疑人被捕后声称身体不适，在久远综合医院接受了治疗。之后在押解回县警总部途中，该嫌疑人暴力袭击两名警员，企图逃跑……被在场的另一名警员连开两枪击中胸部，经确认已经死亡。"

我震惊得说不出话来。

逆缟被警察击毙了？

——这次，他不可能像四年前那样用替身了。也就是说，那家伙真的死了？

新闻播报仍在继续："据悉，遭自称八须的嫌疑人袭击的两名警员均身负重伤，预计需一个月方可痊愈，但并无生命危险。伏木县警表示，将对开枪击毙八须的警员是否存在执法过当等问题展开调查……"

没等播报结束，音叶已经飞奔去了走廊，我急忙追赶上去。

"等等！还不确定逆缟是不是又假死逃跑……"

"你在说什么！小姨可能受伤了！我怎么可能还坐得住！"

她边喊边冲下楼梯，转眼间跳上了自行车。

间奏　3

3月14日　18:40

抵达名沿墓地停车场时，零星的雨点已近乎停歇。

正要下车时，我被一个横卧在墓地入口处的物体吓了一跳，脑袋重重地磕在车顶上。

第二次了，看来今天的霉运还没结束。

那是一只死去的果子狸，大约是从山上下来觅食时不幸被车撞死的。嘴角渗出的血在水泥地上凝成黑褐色的污渍，前肢已经被碾得不成形状。

脑海中忽然浮现出桂司前辈的身影。

记得我们初次相遇、命运的齿轮开始转动的那天，桂司前辈给一只死貉子供奉了两枚百元硬币。当时的我不知道那是冥钱，还以为他在搞什么邪神仪式，吓得不行。

我泛起怀念的微笑，蹲到果子狸旁边。

"可怜的小家伙。"

谨记野生动物可能携带危险病菌的卫生警告，我并未碰触尸体，只是模仿前辈当年的举动，轻轻放下了两枚百元硬币。

无论它是什么，即便是破坏生态的外来物种，此刻都无关紧要。我双手合十，只为悼念这条逝去的生命。

借来木桶和长柄勺，我提着一桶清水，沿长长的水泥坡道向上走去。

坡道尽头是前辈长眠的坟墓。

春分未至，暮色已沉。今天是白色情人节，此刻又是幽灵快要出没的时间，墓地自然四下无人，只有墓基上安装的LED灯提供了微弱的光源。

来到前辈的墓碑面前，我不禁微笑。枯萎的供花和烧尽的香灰显示不久前有人来过。

——大概是纲士医生吧。

将残花收进垃圾袋、香灰清扫干净后，我开始擦拭墓碑。

大薮家是本地名门，不光经营医院，亦热心慈善事业，在市内拥有多处宅邸。家族墓地自然位于市内最好的地段——间幌寺，那里矗立着十来座豪华墓碑，气派程度不亚于古代大名陵墓。

唯独前辈的墓孤零零地立在郊外，因为他与家族彻底断绝了关系，大薮家连骨灰都拒绝接收。

前辈长眠的这座墓，是当时还在读大学的我拼命筹钱建造的。大薮家对此不闻不问，更无人洒扫祭拜，唯一会来看他的，只有与兄长感情深厚、始终敬慕着他的弟弟纲士。

当时还是高中生的纲士对父母无情的决定愤怒不已。他攥着存零花钱的存折，红着眼眶来到KO大学找我，希望能尽一份力。

我很感激这份心意，却还是婉拒了他的资助，独自为前辈建了墓。

对我而言，这是必须划清的"界限"。

我用抹布仔细擦拭墓碑，摆好带来的供花，又放上前辈最爱的艾草大福。

缓缓合掌时，我忽然想起"杂草鉴赏会"的往事。到了春天，前辈总像个傻子似的到处采摘艾草。

无关紧要的回忆一个接一个在心头涌现，泪水不停地流出眼眶，模糊了视线。

最后我行了一礼，转身走向停车场。

调转车头、驶上国道，返回间幌市。

今晚还有必须要见的人。我有预感，这将是个漫长的夜晚……

第四章

1

8月3日　14:20　剩余时间：1天

当我们赶到久远综合医院和县警总部的中间点时，前方被封锁的道路赫然映入眼帘。

看来逆缟就是在这里试图逃亡的。

四车道中的两条已被封锁，警车将现场围得水泄不通，近五十个路人聚集在警戒线外看热闹。

我飘升到半空，俯瞰全局。

封锁区正中央，一辆警车狠狠撞上了防护栏，车头严重变形，挡风玻璃的碎片散落一地。

"哈哈，原来是押送途中逆缟突然发难，导致驾驶员失控，才撞上了防护栏啊。"

好在没有波及社会车辆，算是不幸中的万幸。

警车挡风玻璃碎片散落的附近，一大片暗红色的血泊触目惊心。这么大的出血量，怎么看都死定了。

——新闻说逆缟胸部中了两枪，这恐怕就是他的血。

音叶脸色苍白，在人群中疯狂搜寻。

"小姨呢？小姨在哪里？"

她扔下自行车就要冲进警戒线，被值守的女警察拦下。

我独自穿过警戒线，回头叮嘱道："我去查看情况，五分钟就回。你就待在警官身边，不要乱动！"

所幸，我很快找到了唐津。在封锁区最深处的一辆警用厢型车的后座上，她正与静沼课长低声交谈。虽然制服上溅上了血迹，但看她气色如常，应该没有受伤。

音叶也踮脚望见了这一幕，抚着胸口长舒一口气。

——莫非受伤的是冬野刑警？

住院的铃木刑警应该不会参与押送，负伤的很可能是冬野和前来支援的警员。

不出所料，现场四处不见冬野的身影。不清楚具体伤势如何，想必已经送医了。

我抬起头。剩下的问题就是逆缟了。

由于枪击刚发生不久，尸体仍在现场。为避开围观者的视线，周围支起了蓝色的帆布围挡。

借助幽灵的特性，我直接从围挡上方降落在尸体旁。躺在那里的，毫无疑问就是逆缟。

T恤胸口被暗红色的血液浸透，瞳孔扩散。在病房时他抓挠右眼角留下的血痕依然清晰可见。幽灵虽然不能亲自动手测量脉搏，但他的胸腹毫无起伏，毋庸置疑，确实已停止了呼吸。

我不由得皱眉。田中奏多，他真的死了吗？

即便死去，逆缟手中仍紧紧握着一支小型手电筒。那是搜身时发现的UV灯，原本已被唐津没收，看来是在扭打中被他抢回去了。

——大概是尸体痉挛吧。

人死后，一般会先经历一段时间的肌肉弛缓阶段，但偶尔也会有跳过弛缓、直接僵直的情况。这种现象多发生在死前肌肉高度紧张的状态，比如溺水者死后仍紧握着草根的动作，就是典型的尸体痉挛。传说中弁庆站立往生的典故，很可能也是这种情况。

逆缟紧握UV灯的右手布满伤痕，流了很多血不说，似乎还有烫伤的痕迹。

是发生车祸时受的伤吗？

突然，一阵恶寒蹿上脊背。

——该不会……逆缟也变成幽灵了吧？

据音叶说，死后能变成幽灵的人少之又少。她总共只见过四个幽灵，而我在市区游荡了六天，未曾遇见同类。不过，即便他成了幽灵，也无法直接伤害活人，掀不起什么水花。

为保险起见，我飞高了一些，仔细巡视四周。

——很好，音叶还守在警官身边，正不停地问问题。

视野范围内，无论是活人还是幽灵，都没有逆缟的踪迹。我同时检查了整容后的八须和也和田中奏多的脸，应该没有遗漏。

确认完毕后，我不禁苦笑。仔细想想，如果逆缟真成了幽灵，恐怕都不用找，看到我和音叶的瞬间他就会杀气腾腾地冲过来了。

既然毫无动静，基本可以断定逆缟没有幽灵化。

接着，我将目光转向事故警车。

后座两侧的车窗都降下了三分之一。据说逆缟在押解前声称身体不适，或许曾经提出过开窗透气的请求？

车内的景象更是触目惊心：前挡风玻璃的碎片溅得后座到处

都是，各处都有血迹。破碎的挡风玻璃和驾驶座上也都有血迹，很可能是驾驶员的血，在车辆撞到防护栏时留下的。后座上有明显的血泊及飞溅的血迹，说明逆缟可能在这里与刑警们展开了激烈搏斗。

这些血是逆缟中枪时流的呢，还是……

想到车外那一大摊血，后座的血迹可能是冬野刑警的。

搏斗的痕迹随处可见：后座中间滚落着一管旅行装牙膏，座位下面躺着一支牙刷。牙刷被人踩过，有些脏，牙膏管的盖子掉了，透明的膏体从里面渗出来。

——都是没见过的牌子。

牙膏和牙刷上没有任何日文，全是英文，应该是进口货吧。

看完了事故车辆，我还是没弄明白逆缟丧命的经过。为获取更多信息，我再次飘向静沼课长和唐津所在的警用厢型车。刚将脑袋探入车厢，我就吃了一惊。

唐津正虚脱般浅坐在座椅上，身体肉眼可见地不住颤抖。

"都是我的责任……"她神色恍惚地喃喃低语。

静沼直视着她的双眼，摇了摇头，用坚定的语气鼓励道："别胡说，你的判断完全正确。那个自称八须和也的男人，毫无疑问就是逆缟的模仿犯。如果放任他逃脱，必定会危及市民的安全。"

我猛然醒悟，原来，开枪击毙逆缟的人是唐津！

即便身为警察，一生中也难有几回真枪实弹面对嫌犯的经历。唐津虽说是射飞碟的好手，但射靶子和射人毕竟不可相提并论。更何况，唐津切切实实地夺走了一条人命。

为了不让音叶背上"杀人"的罪孽，我竭尽所能地设局布网。

可我从未想过，结局竟会是这样。

为什么到头来竟是唐津背负了一切罪孽？这本该是我一个人承担的因果。

静沼课长反复开导唐津，强调她无需自责。在逆缟企图逃跑的紧急情况下，唐津的判断是最佳选择，没有其他可选项，等等……静沼说的句句在理。

唐津仿佛什么都听不见，只是用失焦的双眼呆望着前排座位的头枕，一动也不动。

不过多亏静沼的耐心劝说，我大致从他的话中理清了押送途中这场事故的来龙去脉。

警车行进时，逆缟突然袭击了坐在右侧的冬野刑警。他在双手被反铐的情况下，不知从何处摸出一片尖锐的玻璃，刺中了冬野的侧腹。

当然，没人料到被搜过身的嫌犯竟然还藏有凶器，就连精通武术的冬野也措手不及。在被刺中侧腹、又遭头槌重击后，冬野失去了意识。

紧接着，逆缟猛地从后座抬起双腿，绞住驾驶员的脖颈。失控的警车狠狠撞上防护栏，负责驾驶的巡查当场断了好几根肋骨，身负重伤。

强行逼停车辆后，逆缟故技重施，企图将碎玻璃刺入唐津的脖子。

唐津不仅是柔道高手，且因为受过举重训练，她的臂力远胜寻常女性，然而撞车的冲击令她也陷入了短暂的晕眩，一时难以做出反应。而此时的逆缟已经从昏迷的冬野身上摸到手铐钥匙，恢复了双手的自由。

千钧一发之际——

唐津拔出了配枪。她和冬野此次出勤，本来就是为了调查死亡威胁一事并保护住院的铃木刑警，因此都带了枪。

面对唐津的持枪警告，逆缟判断形势不利，竟转而想夺取冬野的配枪。

迫不得已，唐津扣动了扳机，两发子弹精准命中逆缟的胸部。

其中一发子弹击碎了逆缟手中疑似碎玻璃的物体，碎碴四散飞溅。这么说来，那车内疑似前挡风玻璃的碎片中，应该也混有该凶器的碎片。

身中两枪的逆缟仍企图逃跑。但这次运气不再站在他这边，他艰难地爬出警车时，终于大量吐血，倒地身亡。

唐津低声道歉：“课长您也清楚，这是我的失职，是我漏看了，没发现那家伙藏着凶器。”

她的声音已经完全平静下来，仿佛先前的恍惚从未存在过。她或许是凭借毅力强行压制住了不安的情绪，身体也渐渐地不再打战。

静沼痛苦地摇了摇头。

"唐津，这不是你的错。其实……"他顿了顿，"冬野在被送医前都跟我说了。拘捕八须和也时的搜身，上警车前的二次检查，都是他亲自做的。"

听闻此言，唐津的眼神却更加黯淡。"我也做了复检，他上车时……身上确实没有玻璃片。"

"冬野也这么说。"静沼咬紧牙关，"但玻璃不会凭空出现。"

"您说得对。"

"事实就是那混账用卑鄙的手段蒙骗了我们，把玻璃片带上了车。先等进一步调查结果吧，我倒要看看他到底耍的什么把戏。"

听到这里，我忍不住一阵恶心。

——混账逆绾，死到临头了还在玩弄诡计？

到了最后一刻，他还像个魔术师一样，凭空变出了本不该存在的凶器。

我忽然想起死去的逆绾那布满伤痕的手指。那些伤难道是他紧握着玻璃片挥舞时留下的？

终于，静沼用关怀的口吻劝道："今天先回去休息吧。"

"可是……"

"不用担心后续工作啦。嫌疑人已经死亡，不可能再引发新的案件了。"

"是。"

"该你汇报的也都汇报完了。八须的罪行有行车记录仪为证，剩下的交给我们处理就好。明天呢，你记得去和单位安排的心理咨询师聊聊……"

对于这番贴心的安排，唐津只是报以困扰的微笑。

"谢谢您的关心，但我能处理好自己的事情，不必费心。"

说完她转身下了车。

*

唐津没有发现音叶也在现场。只见她神色凝重地拦了辆出租车离去，恐怕会比音叶更早到家。

音叶骑自行车返回白馆町的途中，我飘飞在她身侧，一路将现场见闻悉数告知。骑到图书馆的露天停车场前，她突然一个急刹。

"说详细点。"

"发现什么疑点了？"

"第一课，急躁乃是大忌。现在是情报搜集阶段，黑羽你不要急着下结论哟。"

——哈哈，完全被她反将一军。

音叶追问的是冬野刑警搜身没收牙具时的细节，以及押送车上的座位安排。

"据静沼课长描述，负责开车的是前来支援的巡查。后排座位左边是唐津，中间是逆缟，右边是冬野。"

听到这里，音叶两眼一亮。"我全都明白了，包括逆缟凭空变出凶器的把戏！"

"当真？！"

无视我变调的惊呼，音叶飞快地跃上自行车。

"喂！"

"抱歉，没空细说！况且——也不用我解释，你稍微想想就知道啦！答案就在你告诉我的情报里。不会真的没发现吧？"

"我……告诉你的情报里？"

她一顿输出，可我的推理之匣仍一片混沌。

"提示是座位安排。"

丢下这句话，音叶的自行车已如离弦之箭般冲了出去。

我不禁莞尔。

孩子的成长速度真可怕，明明最初连情报搜集和逻辑推演都漏洞百出，如今她的推理能力却已经超越我，简直不知道谁才是老师了。

"呵呵，看来用不着幽灵出场了。"

传授给她的知识中，凝聚着我从桂司前辈那里继承的精华。

虽然我已经不在意什么真假，但看到有人能延续桂司前辈的思维和推理体系，终究还是欣慰的。

——她本就具备勇往无前的行动力和不屈的意志，如今又学会了沉稳的思考方式，自然所向披靡。

想必终有一日，音叶会成长为超越唐津和桂司前辈的大人吧。

"未来终归属于年轻人……"

我轻轻自言自语，追向她的背影，满心期待着那个即将从她口中诞生的全新推理。

回到三井家时，唐津已经先一步到家了。玄关大门没锁，音叶穿着汗津津的T恤，大步跨进屋内。

"小姨？"

没有回应。

唐津正蜷缩在客厅的沙发上，标志性的深灰色西服套装皱得不成样子，外套上还沾着干掉的血迹。

我心头一紧。

——这状态可不妙。

平日的唐津绝对不会穿着沾血的衣服出现在音叶面前，她的精神状态显然已紧绷到极点，无暇顾及仪态了。

"啊，音叶……你回来了啊。"

唐津垂着头，声音有气无力。

"你还好吗？"

音叶在对面的沙发上坐下。唐津的嘴唇有点发紫，像是冻着了。她身体微微颤抖着，怎么看也称不上"好"。

——是空调温度太低了吗……不，看来并非如此。

唐津手中握着的一样东西不容忽视地跳入眼帘。

是一顶白色棒球帽，正中绣着GP的标志，正是我们摆脱逆缟的追杀时当成陷阱挂在行道树上，之后被他带走的那一顶。

我不禁咂舌。

——说起来，在病房搜逆缟身时确实出现过这顶帽子。那杀人狂居然特意带着音叶的帽子！

唐津目不转睛地盯着音叶。

"这帽子是你的吧？"

"和我一周前丢的那顶蛮像的呢。"

音叶的回答换来唐津深深的叹息。

"你明知道我是什么意思，非要等我拆穿？"

音叶无言以对。

"今天上午十点多，你在黑羽乌由宇的病房吧？当时在那里和谁密谈，你应该最清楚。"

"你在说什么呀？"

"那个自称八须和也的男人，基本可以断定就是'倒吊人'本人了。不知道为什么，他在久远综合医院被捕时竟然声称是被你和黑羽设计陷害，还说你差点杀了他。"

音叶耸了耸肩。"胡说八道，就算他真是杀害爸爸妈妈的仇人，我也只是个小学生啊，哪来的本事设计陷害这种连环杀人狂？"

"起初我也是这么想的，而且看黑羽的病情，他不可能策划这些。我一度相信，这不过是逆缟企图扰乱我的谎言。"唐津扬了扬手中的棒球帽，"直到我发现他拿着你的帽子——我开始怀疑，逆缟的话至少有一部分是事实。"

我心情复杂地注视着唐津。这顶从逆缟身上搜出来的帽子本该作为重要证物上交，她却擅自扣留，无疑是严重的渎职行为。

这相当于湮灭了可能指向音叶的犯罪证据。

"所以呢？"音叶叹了口气，"你打算相信杀人狂的证词？还是说，你有我当时在场的证据？"

"恰恰相反。病房大门有我和护士监视，窗户外面没留下任何人逃走的脚印，似乎足以证明'当时病房里只有逆缟和黑羽两人'。"

"那不就结了——"

唐津突然露出悲悯的微笑。"但脚印这种东西，想要掩盖再简单不过了……"

"怎么掩盖？小姨你就这么想证明我在现场吗？"

起初，音叶还带着胜券在握的气势，此时声音却渐渐弱了下去——因为唐津径直走向厨房，从水槽边的抽屉里取出了一个垃圾袋。

不过是一只平平无奇的聚乙烯塑料袋。

但这确实正是音叶实现"脚印诡计"的核心道具。

"干燥的土地，即便在上面走过也不会留下脚印。与其费心地折腾泥巴，不如从一开始就让土壤保持干燥。你不这么认为吗？"

"也许吧。"音叶抿紧嘴唇。

唐津看都不看她的反应，继续冷静推理："久远综合医院的医生说，后院的草坪每天早晨都会浇水。但我发现，那里其实装了自动洒水器，想必日常浇灌用不着派人，用机器自动洒水就行了。"

事实正如唐津所推测的那样。

"……所以呢？"

"那么只要在洒水系统启动前，比如昨天深夜，先用塑料布盖住窗外的地面就行。甚至用不着专门去买，只要能防水就可以。也不必多厚，拿普通垃圾袋改造一下都够用。"

音叶嗤笑一声道："会被风吹跑的。"

"用重物压住就行，那间病房窗外正好散落着不少石头。"

"你是说，我用石头压住了塑料布？"

"没错。而且不必盖住整片草坪，只需规划好行动路线，在必须走的关键位置压上石头就行了。"

音叶脸色苍白，没有再说话。

唐津继续道："有了以上这些准备，你从窗户脱身后，就一边在干燥的地面上移动，一边回收塑料布。最后去把洒水器主阀开到最大，短时间大量放水，就足以抹去痕迹。"

这个诡计最大的弱点是"时间差"。

我们的计划是：音叶从窗户离开后，我立刻将唐津等人吸引过来逮捕逆缟。但被捕的逆缟必定会主张"音叶已翻窗逃走"，警察闻言，会立刻去检查窗外的痕迹。最坏的情况下，留给音叶行动的时间可能只有五分钟。

——是与时间赛跑。

前两分钟，她需要在干土上移动并回收塑料布；后三分钟，她需要打开洒水器主阀浇湿土壤。

时间非常紧迫，然而音叶成功了。

当然，计划本身并不能真正做到毫无痕迹——唐津精准抓住了其中的破绽。

"我们查看时，发现后院的土壤非常湿润，有些地方还形成了水坑。但如果只在清晨灌溉过一次，水分应该会渗透得更加均匀。这正是有人刚刚放过水的证据。"

事实的确如此。

即便只在清晨浇过水，到了十点多钟，土壤仍会保有一定的湿度，足以留下脚印。但不该呈现出那般新鲜的、刚被浸透的状态。

唐津抱起手臂，从上方俯视音叶。"你设计的'脚印诡计'，需要同时满足好几个条件才能成功。比如洒水器主阀必须远离病房，负责浇水的还得是个敷衍了事的人，少一条都不行。"

我无奈地笑了笑，用活人唐津听不见的声音感慨道："没错，那个负责人恰好很不负责。"

根据我这些天的观察，此人毫无园艺知识，每天只会机械地开阀浇灌，从来不关心草坪的状况，也没来我病房附近的这片区域看过。

——所以后院的草才长得稀稀拉拉。

为防止被人发现，我们用了和土壤颜色相近的土褐色塑料布，但如果负责人在浇水的时候认真检查，早该发现了。

除了园艺负责人确实不太负责外，这片后院位于医院背阴处，大白天也人迹罕至，计划这才得以成功实施。

这一刻，唐津终于露出了痛心的神情。

"音叶，你到底对逆缟做了什么？"

她声音颤抖着问道，仿佛先前的冷静不过是自欺欺人，借着推理集中精神，勉强维持着警部补的职业面具罢了。此刻那副面具已然碎裂，恐惧与不安如潮水般袭来，她看起来快要哭了。

音叶默然不语。

唐津垂下双目。"原来你也发现了啊，杀害姐姐和海青姐夫的就是逆缟。所以你想找他报仇，是吗？"

音叶猛地握紧双拳。奇怪的是，她的眼中竟燃起与唐津不同的、堪称暴怒的烈焰。

"你倒是真敢问……"

"什么？"

"该问这句话的是我……小姨，你对逆缟做了什么？"

*

起初，我完全没明白音叶是什么意思。

提示是座位安排。

音叶的声音在脑海中回响，我猛然意识到自己犯了个致命的错误。

"糟了！"

我太欣慰于她的成长，竟满心期待着聆听她的推理——这根本就是放弃推理之人才有的怠惰心态啊！

那一刻，我荒谬地停止了思考。虽说逆缟的死是个意外，但潜意识里，我似乎真的觉得委托已经完成，复仇已经终结，自己在这世间的使命也该结束了。

——我大错特错了！

当音叶说出"明白了"的瞬间，我就应该拼命思考——她究竟推理出了怎样的真相？

音叶双目噙泪，缓缓开口道："明明被搜过身，逆缟却在警车上掏出了本不该存在的玻璃片，袭击了你们，对吧？"

唐津瞬间变了脸色。"你……你怎么知道这些的？"

"这不重要。问题在于，他是怎么拿出凶器的。"

唐津的表情骤然凝固。

方才的恐惧和不安并非虚假的伪装，只是这一刻，她又戴上了警部补的面具。现在的她浑身散发着无机质的冰冷气息，令人不寒而栗。

"那你说，他把玻璃片藏在哪里了？"唐津冷冷地问。

音叶轻轻耸肩，道："首先，这个问题就是错的。逆缟并没有带什么玻璃片上车。"

"什么意思？"

"那个看似透明玻璃片的凶器，是在警车上制造出来的。"

唐津紧紧皱起眉头。"我不明白你的意思。"

"对了，我还没告诉你吧，暑假的手工作业，我打算做些小饰品和钥匙扣交上去。"

唐津一愣，似乎没明白这和逆缟有什么关系。半是疑惑、半是惶恐的神情出现在她的脸上，让她看起来生动了一些。

"小饰品？创意不错，但……"

"主要材料是树脂。"

听见这两个字的瞬间，我突然明白了音叶的弦外之音。唐津显然也意识到了，脸色唰地变得惨白。

音叶若无其事地继续道："准确地说，是UV树脂。"

UV树脂是一种光敏合成树脂，用紫外线灯照射几分钟就会发生聚合反应，完成固态化转换，可以用来制作如水晶般晶莹剔透的饰品。

"其实呢，逆缟随身带着的那支'牙膏管'里装的根本不是牙膏，而是无色透明的液态树脂。在戴着手铐的情况下，他悄悄偷回被你们没收的牙具套装和UV灯，现场制作了一件树脂凶器。"

我不禁惊呼出声。

仔细回想，逆缟尸体的右手布满伤痕，其中还有烫伤的痕迹。

——ＵＶ灯固化树脂时会大量散热，烫伤的痕迹大概就是这么来的。至于其他伤口，可能是将凝固的树脂强行从手中剥离时扯破皮所致。

　　树脂是补牙时常用到的材料，逆缟带的如果是高硬度、高韧性的树脂，那完全能做出足以杀人的利器。

　　音叶对沉默的唐津投去嘲讽的目光。

　　"警方果然无能，就算凶器混在挡风玻璃碎片里难以辨认，可只要检查一下现场遗留的软管和后座椅，就该立刻发现他用了树脂。"

　　唐津苦笑道："如果事实真如你所说，警方现在应该已经查明了吧。现场勘查不会漏掉这种痕迹的。"

　　我和音叶赶到现场时，一连串意外才刚发生不久。想必是现场勘查还没做完，才会暂时留下逆缟将凶器藏在哪里之谜。

　　但音叶厉声打断："Doubt！"

　　唐津噤声。

　　"小姨，你明明在看到ＵＶ灯和牙具套装时就已经知道他想干什么了，不是吗！"

　　"怎么可能……"

　　"还在骗人！你接过冬野刑警没收的ＵＶ灯和牙具套装之后，都装进左边口袋了吧！"

　　唐津是个左撇子，习惯把东西塞进左侧口袋，所以她的外套口袋总是一边鼓、一边空。今天在病房时，她确实把没收的物品都放进了左边口袋。

　　唐津低头盯着方形茶几，轻声道："说得好像亲眼所见一样，难道你在病房里装了监控？"

　　音叶没有理会，继续推理："后来在押送途中，逆缟偷回了被你拿走的 UV 灯和牙膏管。但这本该是不可能的……"

我眉头一皱。

——确实蹊跷。

冬野刑警明确表示上车前又做了一次搜身检查,那么逆缟只可能在车内行窃。但当时他的双手被反铐在身后,这种姿势虽然能偷,手腕的活动范围却极其有限。要想不被唐津和冬野察觉,只能偷放在他身边或朝向他的衣袋中的物品。

音叶坦然地盯着小姨的双眼。

"警车上的座位安排是:后排左边是你,中间是逆缟,右边是冬野刑警,对吧?"

唐津似乎已无力追问"你怎么知道的",只是疲惫地点点头,道:"是这样的。"

"你坐在他左边,他应该只能够到你的右口袋。可是被反铐双手的逆缟却偏偏偷到了你左口袋中的 UV 灯和牙具,这是为什么?"

"难道你觉得,是我把树脂给了他?"

"或者有另一种可能,你故意把那两样东西挪到了右边口袋,方便他来偷。"

唐津的面容瞬间扭曲。"对方可是杀人狂!我怎么可能给那种危险分子递凶器!"

"不,音叶的推理没有错。"我不假思索地说出声。

当时警车的窗户开着,很可能是逆缟借口透气,请求驾驶员打开的。即便如此,树脂固化时的气味也未必能完全散去。

当然,逆缟选用的必定是低气味树脂,但再好的材料,在车内进行硬化反应,邻座的唐津和冬野还是很可能察觉到异常气味。

我忽然想起在县警总部听来的警员八卦。

——冬野患有鼻部顽疾，正考虑做手术。他的嗅觉恐怕很不灵敏，闻不到树脂气味也不奇怪。

但唐津就不一样了。

音叶轻笑一声。"小姨，我知道你为什么暗中帮逆缟获取凶器，是为了制造不得不正当防卫的局面吧？到时候你就可以名正言顺地当场击毙逆缟了。"

这简直是场疯狂的赌局。

虽然侥幸没有警察牺牲，但逆缟仍给冬野和驾驶员造成了需要一个月才能痊愈的重伤。若是稍有差池，不仅唐津自己有生命危险，更有可能让逆缟逃脱，造成更多无辜的伤亡。

这完全违背了警察的职业道德。

不出所料，唐津浑身颤抖着喊了出来："别胡说！逆缟确实是恐怖的杀人狂……但任何人都应该接受法律的审判！守护这项权利正是我们警察的职责，我怎么可能擅自夺人性命！"

"漂亮话就到此为止吧。"

"什么？"

"人只要有足够的动机，杀人放火，偷窃强盗，什么事都干得出来。小姨也不例外。"

唐津紧咬嘴唇，从喉咙里挤出声音："逆缟杀害了姐姐和姐夫，即便把他千刀万剐也难解我心头之恨。但是，无论多恨他，我都不会选择复仇……"

音叶深深吐出一口气。

"复仇……如果真是因为这个，反倒好了。"

"什么意思？"

"杀害爸爸妈妈的真凶，其实就是小姨你吧？"

2

8月3日 17:00 剩余时间：1天

唐津没有开口否认。

被指为凶手，她却只是低头沉默。

音叶抱着胳膊坐在沙发上，继续说道："爸爸妈妈是吃了掺毒的巧克力死的，毒药是氰化钾，见效极快，从服毒到发作最多不过几分钟。这么短的时间内，凶手该如何让他们俩毫无防备地接连服毒？我一直想不通。"

唐津抬起疲惫的双眼。"你想说，如果是我，就可以让他们毫无戒心地吃掉毒巧克力？"

"换作以前的我，即便想到这种可能也会立刻否定，从而永远无法触及真相。那时候的我只会横冲直撞，把审慎当作怯懦，把思考视为累赘，连基本的情报搜集和逻辑推演都不懂。"音叶深吸一口气，"但现在不同了。我学会了周密的思考方式，掌握了很多真正的推理技巧，更重要的是……调查的基本原则是怀疑一切，不是吗？"

我脸色骤变。

毫无疑问，这正是我教给音叶的准则。但此刻……

面对唐津的沉默，音叶用悲伤的口吻继续道："真正开始怀疑小姨，是重新审视空屋天花板上的鞋印的时候。"

"啊，是说姐夫的皮鞋留下的痕迹吧。"

"最初我是这样解读的：凶手单眼视力受损，无法分辨距离远近，才会在天花板上留下鞋印。"

确实，我们当初的推理是：凶手因一只眼睛失明，以为所有装饰梁都是悬空安装的，并未察觉其中有一根紧贴着天花板，这才不断向上扔绳索，却又不断失败。

唐津笑了笑。"这推理是对的啊。警方调查后证实，逆缟的右眼视力极差。"

音叶摇头反对。"但在病房对峙时，逆缟亲口承认，他的右眼视力恶化始于四年前，而不是四个月前。"

我不由自主地战栗起来。

——不，这条线不能再深挖下去了。

本能在脑中狂敲警钟。

黑暗残忍的真相已初现端倪，音叶却仍迈着坚定的步伐，向着深渊前进。

"既然四年前右眼视力已经开始恶化，他总不可能到了现在，还注意不到装饰梁紧贴着天花板吧？"

唐津歪了歪头。

"确实……单眼失明并不意味着完全丧失距离感。"

一只眼睛照样能看清物体的重叠关系，通过观察阴影，就能推测出前后远近。

——如果逆缟已经靠一只左眼生活了四年，他完全可以凭习惯和经验，掌握基本的视觉空间感。以他的聪明才智，不太可能还没弄清装饰梁的位置就反复抛掷皮鞋，那也太莽撞了。

音叶继续分析道："而且那座空屋早就断电了，凶手扔绳子之前，一定会先打开手电筒照明才对。到时只需看一眼天花板上的影子，马上就会发现装饰梁是贴着天花板的。"

唐津不以为然地耸耸肩。"那就是逆缟在撒谎。他说四年前视力开始恶化，是骗人的喽。"

"又或者……逆缟并不是真正的凶手。真正的凶手坚信装饰梁是悬空安装的,所以才会不经确认就开始反复扔皮鞋。"

"坚信?"

音叶抬手指向天花板。

三井家客厅的天花板设计得和空屋很像,同样用三根黑色装饰梁将天花板隔成了四等分。

"这里的天花板和空屋的天花板唯一的区别在于,最中间那根装饰梁是距离天花板五十厘米,还是紧贴着天花板安装的。"

"这又能说明什么?"

唐津脸上仍然挂着微笑,身体却比在警车上和静沼课长对话时颤抖得还要厉害,连坐着的沙发都发出细微的咯吱声。

音叶毫不留情地继续揭露:"也就是说,如果一个人习惯了这座房子的天花板设计,很可能会想当然地认为空屋也是同样的结构,中间的梁也是悬空安装的。"

"别开玩笑了。四个月前我根本不住在这里,哪来的机会让我'习惯'?"

"Doubt!"

我立刻明白了音叶如此自信的原因。

从客厅摆放的照片来看,唐津显然与三井夫妇十分亲密,想必经常来访。

——更何况,之前为药品存放位置争执时,唐津还亲口说过自己小学毕业之前一直住在这里。虽然中学时她被唐津家收养,之后又独自生活多年,但度过了整个童年的家,任谁都会记忆深刻吧。

也就是说,唐津完全可能误以为三井家和空屋的天花板设计相同。

见形势不利,唐津话锋一转道:"音叶你还小,可能不知道,采用这种天花板设计的房子比比皆是。按你的逻辑，岂不是所有住过类似房子的人都有杀人嫌疑了？"

"问题不仅仅在于装饰梁。"

令人窒息的沉默在两人之间流淌。音叶抱紧双膝，缓缓地说道："我爸妈是开车去的空屋，途中虽然有便利店的监控拍到了他们的车，但视频中存在几个疑点。第一，他们没有走最短路线，反而刻意避开了九宁坂，而且开得很慢。"

唐津半张着嘴："你怎么会知道这些！难道你送去的充电器和靠枕都动过手脚？"

音叶没有回答她的质问。"第二，监控拍下来的车内影像也很奇怪。"

"怎么说？"

"他们的坐高不对劲。小姨应该也知道，妈妈的身高只有一米四八，可是在监控视频中，她的头却刚好和头枕平齐。"

我将目光投向那张喜提新车的纪念照，照片里，赫子坐在新车的驾驶座上，快乐地摆出飙车族的帅气姿势。她娇小的身材将座椅衬托得格外宽大，头顶很明显够不到头枕。

"而爸爸坐在那儿比头枕高出一截，可他平时坐着根本没这么高。"

唐津挤出一个僵硬的笑容。"莫名其妙。你想说他们故意在座位上放了坐垫，目的是增高？"

"不。坐高异常是因为当时开车的根本不是妈妈。那人只是和妈妈长得很像，并且把帽子压低，让人误以为是'三井赫子'罢了。她的真实身高比妈妈高多了。"

能同时满足这两个条件的，我只知道一个人。

当然，只能是唐津。

唐津顶着一头天然卷，乍一看和赫子差异很大，单看五官却很相似。只要戴上帽子，看夜间的监控视频确实不太好区分。更重要的是，赫子身高一米四八，唐津的身高却将近一米六〇。

音叶的泪水夺眶而出，她痛苦地凝视着唐津。

"小姨，是你假扮成了妈妈。但你比妈妈高了大约十厘米，如果直接坐上驾驶座，和副驾的爸爸一对比就会穿帮。所以，你在爸爸的屁股下面放了坐垫。说起来，爸爸惯用的乳胶坐垫被你扔了，那天在车里就是用的那个垫子吧？"

唐津故意耸耸肩，仿佛在做最后的挣扎。

"别总说莫名其妙的话。"

"那这个呢？凶手从现场带走了很多东西，有行李箱、暖宝宝，还有妈妈的围巾和帽子也不知道哪里去了。"

"这……"

"我知道真凶为什么这样做。监控视频中的假妈妈明明在开夜车，却全副武装地戴好了围巾、帽子和防晒手套。那是因为你们身材差异太大，你穿不下她的连衣裙，只能穿着自己的衣服，再披上她的外套，然后用帽子遮住头发，用围巾遮住里面的服装，用长手套遮住过短的外套衣袖。"

我脑海中浮现出在县警总部看到的资料。案发当晚，体形纤细的赫子穿了一件修身连衣裙，以唐津更高更壮的身材，确实塞不进去。

"你带走帽子，是因为它直接接触过你的头发和汗水，再小心也会留下DNA证据。"

我拧紧眉头，低声感叹："原来如此。她把防晒手套留在现场，是因为根本没有直接接触过它。"

唐津必定会万分小心，避免留下DNA证据。因此，她在戴赫子的手套时，里面很可能还套了一层丁腈手套。

音叶继续追击："但既然头发已经都塞进了帽子，围巾应该不会直接接触发丝，为什么要带走围巾？是怕不小心掉落了头发？还是……围巾其实另有用途？"

唐津的笑容越发僵硬。"想象力太丰富了吧？那行李箱和暖宝宝又怎么解释？"

——难道说！

刹那间，最可怕的猜测闪过我的脑海，而音叶已经脱口而出："我猜，你上车时，妈妈其实已经死了，被你塞进了行李箱吧？而副驾上的爸爸，也早已遇害。"

"呵，有什么证据？"

"你特意避开九宁坂，并减速行驶就是证据。是为了不让副驾上已死去的爸爸倒下，才特意避开陡坡、控制车速的吧？"

我大为震撼。

根据音叶的推理，海青被安置在了乳胶坐垫上。那坐垫或许不仅是用来调节高度，更是用来固定尸体姿势、防止滑落的。

"还有，爸爸深夜还戴着墨镜，那是小姨为了遮掩尸体空洞的眼神和不会眨眼的事实，才特意给他戴上的吧？"

如果音叶的推理正确，她的父母就是在别处遇害后，被人搬运到空屋的。那么，暖宝宝的用途就只剩下了一个。

白色情人节那晚异常寒冷。

既然现场附近的监控摄像头拍到了"疑似三井夫妇"的身影，警方自然会推定二人的死亡时间在晚上十点以后，并以尸体暴露在空屋低温环境下为前提进行尸检。

——只要想办法延缓体温下降，就能干扰警方对死亡时间的判断。

果然，音叶搬出我曾经的教导，说道："死亡推定时间要根据尸僵、尸斑、体温下降情况和眼球变化等因素综合判断。"

"……所以呢？"

唐津的声音中忽然多出几分挑衅的意味。我心头瞬间涌起不祥的预感。

——这种有恃无恐的态度是怎么回事？

当然，这种程度的变脸并不能阻止音叶的推理。

"小姨你先在比空屋温暖得多的地方杀害了我父母，并且转移尸体时把车内的暖气开到最大，我没说错吧？甚至在爸爸的外套和装妈妈的行李箱中都贴了暖宝宝，以维持体温。"

其间暖宝宝泄漏的粉末最终留在了海青和赫子的衣服上，警方由此发现暖宝宝被凶手带走的事实，却并未识破其真实意图。

我开始思考。

——用这种方式转移尸体，确实能有效延缓体温下降的速度。而警方进行尸检时，是以尸体长期暴露在低温环境下为前提来推算死亡时间的，这样一来，最终得出的结果就会产生偏差。

不过，这类干扰手段的效果终究有限。

以当代司法解剖的精确度，想大幅度影响死亡推定时间已经不太可能了。但在特定条件下，确实可能让死亡时间看起来比实际晚三十分钟到一小时。当然，其间必须严格控制温度上限，避免尸体出现不自然现象。

音叶死死盯住唐津。"但还有一个疑点，我始终没弄明白。"

唐津脸上浮现出慈爱的笑容，问："什么疑点呢？"

"小姨为什么要多此一举？如果杀害我父母的时间是在接近晚上十点，根本就不需要给尸体保温吧？即便什么都不做，实际死亡时间和你想要的推定时间也不会有太大出入。"

"也许吧。"

"所以我一直在想,是什么情况导致你必须做这么复杂的伪装。其实你杀死他们的时间远比晚上十点要早得多,对不对?"

我垂着头,被沉重的预感压得喘不过气。

——确实,只有这样才解释得通。

只有一种情况会导致时间证据产生破绽,即:警方推定的死亡时间远早于监控拍到"三井夫妇驱车出行"的晚上九点五十二分。

假设实际作案时间是晚上八点,警方推定赫子的死亡时间在七点到九点。这种情况下,若要伪装成十点以后才杀人,反而会因为和死亡推定时间相差太久而露馅。警方很可能会以尸检结果为主要依据,直接断定监控录像不可信,画面中的"赫子"是冒牌货。

这对唐津而言无疑是致命的。

音叶继续说:"我不知道你是怎么计划的,但总之,你在九点前杀害了我的父母。迫于形势,你不得不为尸体保温。包括割断他们的颈动脉这种残忍的手段,也是为了干扰警方对死亡时间的判断吧?"

确实,尸体状况越异常,判定死亡时间就越困难。但像为尸体保温或死后放血之类单一的手段,能造成的误差终究有限。唐津之所以同时采用多种干扰手段,正是为了确保万无一失。

唐津突然眯起双眼,问道:"所以呢?"

"已经不重要了,你做的这些布置最终几乎都没派上用场。"

一般来说,尸体发现得越早,对死亡时间的判定就越精确。唐津恐怕是担心尸体过早被发现,才煞费苦心设下多重机关。结果,尸体被发现是在第二天上午九点,空白时间远超预期,警方推定的死亡时间也因此扩大到"晚八点半至凌晨零点"这么宽泛的范围。

我低声沉吟。

——既然死亡推定时间如此不精确，那确实如音叶所说，即便不做那些手脚，或许也能蒙混过关。

唐津突然从喉咙深处发出低沉的笑声。"听你说得头头是道，结果全是漏洞百出的臆测。"

"哪里有问题？"

"退一百步说，就算我真的假扮赫子姐姐开车，也不可能故意让监控拍到。我大可以选一条没有监控的路线去空屋啊。"

音叶却从容不迫，仿佛早就料到会有这番说辞。

"不。你必须证明我父母在晚上十点左右还活着，这样才能把罪行都推给完美犯罪代理人。"

我震惊地瞪大双眼。

"难道说，唐津把尸体运到空屋、篡改便条内容，全是为了嫁祸给我？"

音叶转过头来冲我轻轻地点了点头，又继续逼视唐津道："白色情人节第二天的早晨，我在冰箱上发现了一张爸爸写的便条，内容是'3月14日（周四）晚10点，东云町一丁目的空屋，满天星'。但是，'晚10点'的'1'，很明显是后来加上去的！"

"我不知道什么便条。"

"够了，小姨，别再装蒜了！关于这张便条，我问过你好多次，可别想说忘了！在原本的'晚上0点'前面添上'1'的，就是你吧？"

唐津不以为然道："我为什么要做这种事？"

"想想爸爸原本写的内容就知道了。对了，以往录制第二天凌晨的节目时，他总会写成'前一天的日期'加'晚上×点'。所以，如果一切按照小姨的计划发展，完美犯罪代理人将会在三月十五日零点出现在空屋。"

然而，人算不如天算。

——就在当天晚上八点半，我被逆缟从大楼上推落，穿在了宇宙犬的铜像上。

失去意识的我自然不可能赴约；更令我万万没想到的是，本该成为我的委托人的三井夫妇，竟然在我遇袭的短短两三个小时后，死于我指定的会面地点。

我痛苦地闭上双眼。

"太过巧合的发展，让我和音叶都深信这两起案件密不可分。"

谁能想到，它们竟然是两起毫不相干的独立案件？

倘若唐津的行动与逆缟完全无关，那她就根本不可能知道那时我早已重伤昏迷。

晕眩如潮水般袭来，推理的前提在崩塌。

被"前提"束缚的思维突然重获自由，我仿佛穿越了时光，看见了音叶这场推理的终点。多讽刺啊，即便在我还未坠落高楼时，在我还拥有鲜活的肉体时，我的大脑也从未如此高速运转过。可现在，我竟然迎来了人生中最清醒的瞬间。

同时，全身心被刺骨的寒意贯穿。

——不好，我必须做些什么。

否则，在前方等着音叶的，必定是地狱。

但是这六天的朝夕相处已告诉我，一旦音叶开始推理，就会像雪崩一样无法阻止。我只能眼睁睁看着命运的齿轮开始转动。

音叶垂下双目，说道："小姨，白色情人节那天，你就是在这里，在我家，毒死我父母的吧？然后开着我家的车去了空屋。爸爸平时上班不开车，车肯定停在车库。冰箱上的便条被人不自然地添上了'1'，妈妈的围巾、手套，用来垫高座位的坐垫，都是从家里带去的。这些表明，案发前后小姨你曾经来过我家。"

音叶说得完全没错。

要徒步运送两具尸体去那么远的地方，无论从重量还是显眼程度上看，都毫无可行性。因此凶手最可能的选择，就是在自带车库的三井家实施杀害。

唐津轻轻摇了摇头，脸上仍然带着笑。

"……然后呢？"

"你在车库把妈妈的尸体塞进行李箱，装到车里，又硬把爸爸的尸体'扶'上副驾驶座，给他戴上墨镜。当然，还做了各种延缓体温下降的措施。"

路上，为了营造出海青还活着的假象，唐津甚至在监控前演起了和尸体交谈的戏码。

我感到一阵反胃。

看了看沉默不语的唐津，我闭上眼睛。

——身材瘦小的赫子暂且不论，身高一米六五、体形发福的海青，普通女性根本搬不动他的尸体。

但唐津不是一般女性。她高中时是柔道项目的县代表，当上警察后还拿过举重比赛的冠军。臂力如此强悍，把尸体运到车库、送上车，对她来说不算什么难事。

"然后你开着车，在晚上十点左右抵达空屋。你将车停在玄关边的停车位，把爸爸的尸体和行李箱中妈妈的尸体搬进屋内。"

那座空屋位于东云町僻静处，四周有不少树木，恰好能挡住附近住户的视线。只要注意别发出太大声响,就几乎不会被人发现。

"接着,你把妈妈的尸体以蜷缩在行李箱中的'抱膝'姿势,硬塞进了壁柜。只要保持尸体的姿势不变,旁人便难以判断其死后是否被移动过,电视里都是这么演的。你对现场做了不少布置,试图引导警方注意到'逆位胎儿'的隐喻,从而强调这是一起'倒吊人'杀人案件;同时可以转移视线,让警方忽视那其实也是被装在行李箱中的姿势,对吧?只可惜,搜查一课的人比你预想的要迟钝多了。"

我不由得跟着叹气。

——确实,从静沼课长到铃木刑警,整个搜查一课硬是没有人意识到,赫子的尸体也带有"反转"要素。他们光顾着研究被吊起来的海青的尸体,被不翼而飞的凶手的脚印耍得团团转。唐津设计的"逆位胎儿"隐喻始终无人识破,就这样过去了四个月。

唐津不说话,既没有肯定,也没有否定音叶的推理。

"之后,你打算把爸爸的尸体倒吊起来。大概就是那时候吧,你没有仔细观察空屋的天花板,想当然地以为和家里的一样,于是不停地将拴了绳子的皮鞋向上抛,却又掉下来……"

我跟着点头道:"这可就是自掘坟墓了。"

"嗯。但小姨也不是毫无意义地就把爸爸倒吊起来,还特意摆出像是自己亲手勒颈的姿势对吧?和用行李箱搬运的妈妈不同,爸爸的尸体在抵达空屋前一直被安置在副驾驶座。经过一路颠簸,尸体的姿势难免发生多次改变,很可能留下了被移动过的痕迹。"

通常来说,凶手想要掩盖搬运过尸体的事实时,最容易出现破绽的就是尸僵和尸斑。

音叶继续推理道:"我查过资料,人死后并不会立刻出现尸僵,而尸斑在死后八小时内可能出现又消失。小姨当然也很清楚这些,所以才赶在爸爸身上出现明显尸僵和固定的尸斑前,完成了搬运,是吧?"

——没错,这也是我教给她的必要"知识"。

正如音叶所说,尸僵通常在死后两到三小时开始出现,但初期往往只表现在下颌关节和颈部关节。尸斑也是如此,死亡超过八小时后出现的尸斑会永久存在,但如果在五六个小时之内,只要改变尸体的姿势,就可以暂时消除因挤压产生的尸斑。

唐津脸上露出自暴自弃的笑容。"确实……如果在死亡三小时内完成搬运,或许可以不留下明显的痕迹。"

音叶伸手摸了摸自己的脖子。

"可是……你将爸爸的尸体运到空屋时,爸爸的颈部已经开始出现尸僵了。"

海青的尸体坐在车上时,头部一直保持着低垂的姿势。如果以这个姿势形成尸僵,等倒吊起来时,颈部的角度必定很不自然。

"所以你才特意将他摆成自缢的残忍姿势,以掩盖尸僵的进程。"

我眯起双眼。

——通过缠绕在颈部和手部的绳索,海青的脖子承受了双臂的部分重量。只要在倒吊前稍微放松其颈部肌肉,臂重自然会牵引头颈缓缓回归到自然角度。

像是要为推理收尾般,音叶再度开口:"最迟晚上十一点,小姨应该已经完成所有布置,离开了空屋。然后,你躲在某处监视，等待完美犯罪代理人现身赴约。"

我看向唐津，心中五味杂陈。"所以这个杀人犯，是打算把杀害三井夫妇的罪名全推到我头上？"

音叶轻轻点头。"那晚，小姨把空屋布置成了一个完美陷阱。事实上，第一发现者不就因为门把手损坏而被困在屋里，都快吓疯了吗？那并不是什么巧合。提前破坏门把手，让门无法从内部打开的人也是小姨。你原本的目的是，当完美犯罪代理人在凌晨零点到来时，将他暂时困在屋内，对吗？"

听到这番指控，连我都不禁打了个寒战。

"也就是说，泥地上没有凶手的脚印，其实也是……"

"嗯，全都是小姨为自保设下的局。如果一切按计划发展，完美犯罪代理人会踩着泥地，留下'来时的脚印'进入空屋，然后困在里面。而小姨会在外面监视，找准时机匿名报警，或者制造动静引来附近的邻居。"

如果真的发展至此，我就彻底完了。

——万一没能在警察赶到前脱身，那我无论做何辩解都将是徒劳。泥地上只有两名受害者和我"来时的脚印"，警方必然会认定我并不无辜。而一旦我蒙上嫌疑，被警方调查的话，我以完美犯罪代理人的名义接受委托的事就可能会跟着暴露。

更何况，唐津还篡改了冰箱上的便条。有那张便条在，就算我坚称约的是凌晨零点，我来的时候他们已经死了，也不会有人相信。

音叶冷冷地盯着唐津。

"辛辛苦苦布置出'倒吊人'杀人现场，不就是为了让现身空屋的完美犯罪代理人陷入恐慌吗？虽说警方浑然不觉，但那位代理人可就不一样了。你很清楚，他瞬间就会意识到可能是'倒吊人'所为。"

——没错。唐津通过私下调查,早就知道我和四年前"逆缟"的被捕与死亡事件有所关联。若一切按照她的计划发展,我应该会像翌日的第一发现者那样,在恐慌中一边破坏现场,一边试图逃走。想想也是,眼前的诡异景象和宿敌"逆缟"的作案手法如出一辙,仿佛死了四年的他又从地狱爬回来了一样,谁看了能不害怕?

"小姨,你实在是太坏、太卑鄙了……用尽一切手段,只为嫁祸完美犯罪代理人,让自己脱罪。"

听见这番严厉的指控,唐津却从喉咙里挤出笑声,道:"音叶,玩笑也该适可而止了。"

"我看起来像是在开玩笑?"

"第一,关于'凶手未留下脚印之谜',你并未给出合理的解释。我倒想听听,我是如何不留脚印进入空屋的?"

音叶叹了口气,摇摇头,道:"太简单了。如果爸爸妈妈在到达空屋前已经遇害,那所有的前提都得改。泥地上所有的脚印,都是凶手刻意伪造的。从步幅到走向,想怎么设计都可以。"

"所以呢?"

"刚才已经说过了,你将车停在了玄关边的停车位。准备将尸体搬进屋内时,你遇到了一个意外状况:玄关外的步道上积了一层泥,上面完全没有脚印。"

唐津应该也尝试过走后门,但那扇门早已损坏,根本打不开。意识到只能走前门后,唐津想必掏出手机查看了天气预报。然而不凑巧,从白色情人节的深夜到第二天,天气预报显示都是晴天。

如果就这样走进去,必定会留下脚印。

音叶抬手指向唐津，说道："小姨，你最可怕的地方，就是能在极短的时间内想出不留脚印的方法，甚至将雨后泥泞的路况都变成'陷害完美犯罪代理人的陷阱'。你脱掉鞋子，换上了妈妈的鞋，然后抱起装着妈妈的行李箱前进。妈妈身材瘦小，体重很轻，对于练过举重的你来说，完全搬得动。"

假设赫子体重不足四十公斤，行李箱自重三公斤，即便两者相加，重量对唐津而言难度也不大。

"你就这样穿过泥地走进空屋。如此一来，泥地上就留下了'妈妈来时的脚印'。"

唐津夸张地耸了耸肩，问："之后我还得回车上取姐夫的尸体，这时的脚印要怎么处理？"

"答案是不用处理。只需要倒退着走出去，把脚印混进'妈妈来时的脚印'就行。"

可能因为这种手法太过古典，唐津不禁露出讥讽的笑容。"呵……赫子姐姐的鞋印确实间距较小且略显凌乱，但整体步幅是均匀的。如果事后强行添加脚印，步幅肯定会乱得不像样，这种做法完全不现实。"

音叶从口袋里掏出一张皱巴巴的纸——正是警方绘制的泥地脚印示意图。她拉开抽屉，抓起几支彩色铅笔，开始给"赫子的脚印"标注不同的颜色。

"小姨，你知道吗？看似规整的一长串脚印，其实可以分解为三组，且每一组都各具规律。"

看似简单的发现却相当有说服力。被认定来自赫子的脚印，竟然真的分成了三组如麻花瓣般交错的彩色脚印。（见图三）

"看，这样就一目了然了。黑、白、灰三组脚印中，只有白色那组有一个显著特征：每个脚印都呈轻微的外八字，且步幅最

图三

为稳定。"

与之相对,黑色与灰色的脚印则内外八混杂,步幅也相对凌乱。

音叶继续说道:"会这样是当然的。毕竟人类背后不长眼睛,再怎么小心确认,倒退行走时都很难保持稳定的步幅和角度。"

"或许吧。"

"你第一次进屋时搬着妈妈的尸体,第二次则是搬着爸爸的尸体,虽然都是正常前行,但既要承受尸体的重量,还要保持稳定的步幅不踉跄,难度可想而知。不过,小姨你还是做到了。"

再怎么锻炼,女性要搬运四五十公斤以上的人类尸体也绝非易事。她能勉强做到,主要还是因为步道长度短,从停车位走到玄关总共不过四米。

——即便如此也能看出,搬运赫子时确实更方便搞小动作。

而海青比赫子高出不少,目测体重重上十公斤。搬运他的时候,唐津即便考虑到事后伪装的问题,想把步子迈大一点、迈整齐一点,也无暇顾及。

唐津轻笑一声。"所以白色脚印是我搬运赫子姐姐尸体时留下的?"

"没错。你先把她运进去,布置成'逆位胎儿',然后穿着她的鞋,提着空行李箱倒退回停车位。"

我眼前不禁浮现出当时的场景。

唐津必定是以最初留下的白色脚印为基准,精确计算着每一步:比如让鞋跟落在其前方几厘米处,以此留下灰色脚印(见图四)。

——但人类终究无法倒退着走出完美轨迹。所以,那些灰色脚印和白色脚印的间距忽远忽近,内外八字混杂,步幅始终

图四

不稳定。

"回到车边后,你脱下妈妈的鞋,擦干净鞋底沾的泥,从狭缝窗扔进屋内。然后换上爸爸的鞋,开始搬运他的尸体。"

这便形成了步道左侧那一串"海青来时的脚印"。

"但是爸爸的鞋有二十七、二十八厘米长,对小姨来说实在太大了,没法走路。所以……你很可能剪了先前变装用的围巾,塞进鞋里填补空隙,以方便行动。"

我不由得露出苦笑。

——原来如此。音叶方才暗示"围巾除伪装外另有用途",原来是指这个。确实,如果唐津真将围巾剪了垫鞋,这种决定性的证据自然不能留在现场。

唐津深深叹息,道:"然后,我把姐夫的尸体搬进空屋、挂上房梁,又布置成了'倒吊人'所为?"

"嗯。你在屋内脱掉爸爸的鞋,仔细确认里面没有围巾纤维残留,这才放心地把鞋放到他的风衣旁边。然后,你穿上先前扔进屋的妈妈的鞋,再次倒退回车上。"

这一次,唐津想必还是以之前的脚印为基准。比方说,让每一步都落在第二组,即灰色脚印前方几厘米处,走出了第三组黑色脚印。当然,由于倒退行走的限制,这组脚印仍然呈现出了内外八字混杂的紊乱感。

最终,泥地上只留下了两串"完美"脚印。乍一看,一串是"海青来时的脚印",另一串是白、灰、黑三组脚印共同构成的"赫子来时的脚印"。

——至此,唯独缺少凶手脚印的"不可能犯罪现场"布置完成。

"最后的最后,你再次从狭缝窗把妈妈的鞋扔进屋内,这次特意让鞋落在妈妈的羽绒外套旁边。"

这也解释了为什么海青的皮鞋摆放整齐,赫子的皮鞋却很凌乱——因为是从外面抛进来的。

唐津忽然轻蔑地嗤笑一声,说道:"如果单论可能性,你说的这个诡计勉强算是'可能'吧。但作为犯罪诡计而言,它实在太过拙劣,毫无实操价值。"

"哪里拙劣?"

"它根本经不起警方的调查。这次只是碰巧我的上司和同事没注意到监控录像的破绽,才把此案当成不可能犯罪处理。可一旦他们意识到'空屋并非真正的案发现场',整个脚印诡计就会土崩瓦解。你觉得我会用这种漏洞百出的手法吗?"

音叶干脆地回应:"当然会用了。"

"什么?"

"因为你从一开始就没想搞什么不可能犯罪。那些脚印诡计、伪装成'倒吊人'杀人的尸体姿态、故意破坏的门把手,甚至空屋本身,都不过是为陷害完美犯罪代理人而设的局。"

音叶说得没错。

若非逆缟偶然介入,在泥地上留下新脚印,被反锁在空屋里的人本该是我。唐津的真正计划是制造"只有被害者和我留下了脚印"的犯罪现场,害我以"杀害三井夫妇的凶手"的身份被捕。

如果计划顺利,其实根本不会出现什么"脚印之谜"。

我小声叹道:"说到底,这起案子会变成不可能犯罪,不过是逆缟将我推下大楼造成的偶然结果。"

实在是太讽刺了。

被宇宙犬铜像刺穿的我,前方等待的只有"幽灵化"和"灵魂消散倒计时"。但即便侥幸躲过被逆缡推落的命运，也不过是变成三井夫妇命案的替罪羊，换一种毁灭方式罢了。

唐津缓缓从沙发上起身，皮革在她身下发出细微的声响。

"唉……其实我早有预感。最近音叶突然变得乖巧听话，还特意给我送亲手做的料理，我早该想到这是灾祸的前兆了。亏我还在暗自高兴，以为你终于想通，不再追究那件事了呢。"

音叶将压抑已久的情感一口气爆发出来，颤抖着肩膀质问道："为什么？我从来没见过你和爸爸妈妈吵架……明明一直都和和气气的……"

挂在墙上的家庭照片静静地看着这一切。无论是摘葡萄还是运动会，画面中的三井一家和唐津都笼罩在优美如画的幸福之中。究竟是从什么时候开始，他们之间出现了裂痕，最终蔓延到再也无法修补的地步？

唐津忽然伸出手指，按住音叶的嘴唇，道："动机恕不奉告。"

"咦？"

面对茫然僵住的音叶，唐津露出一个微笑。

"呵呵，骗你的。其实只是个老套到发霉的理由。身为警察的我，越过了那条不可逾越的红线。本来一直藏得好好的，却在四个月前被你爸爸发现了。"

音叶迷惑地睁大双眼，这个答案显然超出了她的预想。

"小姨？"

那个总是为照顾孩子而手忙脚乱的温柔长辈已经荡然无存。

"傻孩子。你要是一直乖乖听话，什么都不知道，那该多好啊。"

唐津叹息着走向厨房。像往日里为让音叶多吃蔬菜而费心准备晚餐时一样,唐津将手伸向水槽下方的抽屉。

只是……这次她拉开的是装刀具的抽屉。

我咬紧牙关。

——唉!我最害怕的事终于还是发生了……

"快跑!"

比我的警告更快一步,音叶已跳起来向玄关冲去。

"哎呀……音叶,你这是要去哪儿呢?"

预判了音叶的行动,唐津抢先一步绕到走廊,堵住了音叶去往玄关的路。

三德菜刀和两把水果刀如折扇一样展开,在她的右手闪着寒光。她嘴角带着微笑,眼底却如凝视深渊般空洞无物,看不出任何感情。

音叶嘴唇颤抖着,转身逃向楼梯。跑到一半,她在慌乱中被绊倒,手机从口袋中滑出,顺着台阶一路摔了下去。音叶急忙回头去看,只见它最终停在了唐津的脚边。

唐津毫不犹豫地抬脚踩了上去。

"然后呢?"

在拖鞋碾碎玻璃的脆响中,音叶眼中最后的一丝希望之光也彻底熄灭了。

音叶呆呆地伫立在原地,仿佛忘记了逃跑。我立刻降落在她身旁。

"该死的浑蛋!竟然对自己的亲侄女下手!"

即便到了这种绝境,音叶似乎还是不愿意听我辱骂唐津。她双手捂住耳朵,大喊:"闭嘴!"

尽管听不见幽灵的声音,唐津的脚步还是顿了一顿,不知是不是被侄女的异常反应惊到了。

音叶凶巴巴地盯着我。"果然不该扔掉!"

"确实,我那部手机不该这么早处理掉。"

音叶的手机已经被唐津踩碎了,而我那部,直到几天前音叶都还带在身边,可惜在向警方报案后,就连同 SIM 卡一起销毁了。

"没有手机也无所谓。你赶紧逃回自己房间,拿东西堵住房门,然后从窗口大声喊'快帮我报警'就行——这是最快捷的办法。"

这里是安静的住宅区。

成为幽灵后,我时常在附近闲逛,发现这一带的家庭主妇和家里蹲人士不少。只要听到音叶呼救,肯定会有人帮忙报警。

音叶微微点头,冲进自己的房间,随后就传来"咔嗒"一声。

——是上锁的声音吧。

她的房间有门锁,但毕竟是小孩子自己动手安装的,螺丝拧得并不紧,实在谈不上牢固。

唐津没有立刻追赶。她先捡起踩碎的手机放到客厅的茶几上,然后才一边摆弄着手中的三把刀,一边缓缓走上楼梯。

二楼依然寂静无声。

"赶快求助啊!这个杀人狂连你也要灭口!"

音叶还是没有反应,门后只传来压抑的呼吸声。看来音叶并不打算听我的,她想先观察唐津的行动再做决定。

"可那样就来不及了。"

由于房内靠墙装了架子,音叶的卧室门是向外开的。这样虽不易被踹开,却也很难靠堵门来防御,铰链更是致命弱点。

唐津终于来到门前。她露出寂寥的微笑,高举菜刀的手猛然发力。

——啊,简直和音叶一模一样。

刹那间,我仿佛看见初遇时音叶挥舞斧头的姿态。同样决绝,同样倾注全力。

菜刀深深刺入地板,发出沉闷的声响。

身为幽灵的我自然没有能力干涉,将刀刃钉入地板的,毫无疑问是唐津的意志。

房内传来一声惊呼和跌坐在地的声响,继而化作断续的啜泣。在音叶的想象中,刀刃想必已经扎穿门板了。

唐津没有停下。她像用木桩钉穿吸血鬼的心脏般,将两把水果刀也接连刺入地板。

我丝毫不感到惊讶。果然,她压根没打算杀音叶。

三把刀就这样紧贴门板,深深地扎在地板中,彻底断绝了开门的可能性。三把刀都是刀背朝着室内,任谁都看得出来:她从未想过伤害音叶。

"乖乖在里面待着吧。"

唐津隔着门轻声嘱咐,恋恋不舍地将右手从门板上移开。门内传来窸窸窣窣的动静,似乎是音叶靠了过来。

"小姨?"

唐津没有多停留,径直走向音叶房间对面的阳台。

"其实,从杀死逆缟的那一刻起,我的结局就已经注定了。为了伪装成正当防卫,我故意让凶器落到逆缟手里,结果却害冬野刑警和那位巡查受了重伤。"

这时,唐津的手机突然响了。她瞥了一眼屏幕,便将手机从阳台扔了出去。那一瞬间,我看清了来电显示——是静沼课长。

"看来县警终于察觉我的所作所为了。事到如今,我已经无路可逃。"

手机飞出阳台,狠狠砸在院子周围的铁栅栏上,液晶屏幕的碎片和手机零件在柏油马路上迸溅四散。

"等等！"

哐啷，哐啷，走廊的另一边，传来音叶疯狂摇晃门板的巨响。被菜刀卡死的门纹丝不动，房间变成了囚笼。

唐津背倚着阳台栏杆，声音轻得像自言自语："可是我别无选择。如果让逆缟活着被捕，他一定会否认犯下空屋案。呵，当然会否认了，因为他确实不是凶手。随着调查的深入，警方迟早会证实他没有撒谎，我才是真凶。无论如何，他必须死。我啊，老早就想把他找出来，亲手除掉他了，没想到竟然被你抢了先。"

"不……不要啊啊啊啊啊！"

门板后传来撕心裂肺的哭喊。无须言语，那是音叶的灵魂在诘问：

——为什么？为什么？难道追寻真相是一种罪？难道这就是代价？

我默默飘到门边，颓然坐下。

"对不起。"

我有很多话想说给音叶听，可是千言万语哽在喉间，我不知道该从何说起。

"我总是……做出最坏的选择。音叶，你是对的……早知如此，一开始就不该让逆缟活着。"

门内没有回应。

无法察觉到幽灵的唐津忽然像下定了决心般再次开口："对不起。"

如出一辙的道歉还在空气中震颤，唐津的身躯已经如断线人偶般后仰，即将翻越阳台的围墙。重力正迫不及待地要将她拖入深渊。

四米高的阳台，若只论高度，或许还有一线生机。但她选择了头朝下的姿势，正下方恰恰是那道代替围墙的铁栅栏。

铁栅栏的尖头和宇宙犬铜像的长矛在我脑中重叠。

"不要死！"

我飞扑而出，奋不顾身地伸手，甚至忘了自己是个幽灵。

唐津的身体即将撞上铁栅栏的瞬间，我抓住了她的右手——

不，那终究只是错觉。双手紧握的触感消散在虚空中，一声钝响击碎了我的幻想。

最终，她的身体并未被铁栅栏贯穿。唐津贴着栅栏摔落地面，头撞在柏油路上，鲜血静静地在路面上漫延开来。

3

8月4日　03:10　剩余时间：0天

嘀，嘀，咻，咻。

心电图和呼吸机的规律声响相互交织，却唤不起半分怀念感。

我又回到了病房。

自从挨了逆缟那几刀，我就再也没关心过自己肉体的状况了。和几小时前相比，我的灵体变得愈加稀薄，但既然还没消散，就说明那具躯壳也还没死吧。

唐津躺在病床上，头部缠着厚厚的绷带。

她被送往医院，六小时前刚做完紧急手术。据主刀的神经外科主任纲士医生说，手术很成功，但现在仍然是危险期。

——危险期。

从护士们的窃窃私语中，我得知唐津苏醒的概率无限接近于零。她遭受了颅脑重创，不仅鼻腔，连耳朵都在流血，伤势之重连外行人都看得出来。

病床尾部，音叶拼了两张椅子，在上面躺下了。病房里不见警察的身影，护士刚刚查完房后离开了，只有心电监护仪和呼吸机在安静的单人病房中合奏。

事实上，县警的反应远比唐津预想中迟缓。直到从她怀里搜出遗书，那帮警察才惊觉逆缟原来是被唐津故意击毙的。

我凝视着沉睡不醒的唐津。

——连遗书都准备好了，看来她早就下定了自杀的决心。

遗书中，唐津坦陈了伪装正当防卫、蓄意射杀逆缟的事实，却只字未提三井夫妇遇害案的事。这或许和她写遗书的时间点有关。不管怎么说吧，看来她是打定主意要将这个罪名推给逆缟了。

不知道是第几次，我又听见音叶压抑着的哭声。

"别哭啦。"

我在音叶身边蹲下来。

"一切都是唐津的错，你只是被她骗了。唐津不仅玷污了警察的身份，为掩盖罪行，她连亲姐姐和姐夫都不放过。唉，看她平时道貌岸然，没想到竟然是这样的人渣！音叶，就像我做完美犯罪代理人，最后落了个坠楼身亡的下场一样，恶行终有恶报，她也不例外。你不用为这必然的结局自责。"

她连眼皮都没抬一下。

"喂。"

——求求你，看我一眼吧。

我将呐喊的冲动再次咽回喉咙。自被困卧室获救以来，音叶就仿佛再也看不见幽灵似的，对我的话语毫无反应。她只是失神地呆坐着，不知道在想些什么，和昔日那个化恐惧为动力的不屈少女简直判若两人。

随着夜色渐深，她眼底的不安与恐惧也越发浓重。

这不是个好兆头。

她若是对着我撒气倒也罢了，可是，她恐惧的对象分明不是我。对即将消散的我而言，她现在的状态比近在眼前的死亡更加可怕。

"这……是……"

一声几不可闻的低语。

我惊讶地睁大眼睛。

这显然不是音叶的声音。蜷缩在椅子上的音叶也一个激灵，猛地坐起身来。

"小姨！"

"音叶？"

那确实是唐津的声音，但插着呼吸管的她根本不可能开口说话。

音叶转过头看着我，目光中满是困惑。

病房里只有唐津、音叶和身为幽灵的我。那么，答案只有一个。

——唐津也变成了幽灵。

一个新的半透明躯体浮现在我们眼前，但那颜色竟然和我，不，分明比我还要稀薄，透明到随时都可能消散的程度。

"发生……什么了？"

唐津一脸懵懂，记忆可能还有些不太清晰。

她的灵体似乎与躺在病床上的肉体连接紧密，甚至无法完全支起上半身，与我当初幽灵化的状态截然不同。

放弃起身的尝试后，唐津的灵体在床上躺成一个大字。

"这里是……医院？我只记得……客厅、菜刀……阳台……我掉了下去……好像有人抓住了我的手……"

她皱起眉头，神情复杂地盯着自己的右手。

下一秒，她像是突然对手失去了兴趣，又开始挣扎着要起身——想必是发现自己的手像雾气一样虚幻，还与肉体分离了吧。

我对音叶说："坠落时抓住唐津手的人是我。或许，在她濒临死亡的瞬间，我抓住了她的魂魄或是灵体什么的，硬生生将它从肉体中剥离出来了吧。"

"所以小姨才会变成幽灵？"

老实说，我不知道。但唐津的幽灵化确实显得极不稳定，除这个理由外，我实在无法解释她的灵体为何如此稀薄，却又无法完全脱离肉体。

这时，唐津第一次看向我。

她发出如同曼德拉草一样的凄厉尖叫，但很快克制住，嘴角缓缓扯出一个似笑非笑的表情。又过了一会儿，她终于流着眼泪笑了出来。

"天哪，竟然是黑羽乌由宇……的幽灵？"

"差不多。"

我身体的透明度已经达到百分之八十五左右，稀薄到任谁都能一眼看出我并非活物。

唐津的笑声愈加响亮。"我早觉得奇怪了。一直讨厌我的音叶突然变得很乖，明明从来不做饭，却开始捣鼓料理。更蹊跷的是，她竟然轻易获取了警方的机密情报，甚至追查到逆缟的真实身份，设局让他被捕。我确实怀疑她有帮手，但真没想到，逆缟那番'音叶和黑羽是一伙'的胡诌居然这么接近真相。"

"够讽刺吧。"

"有幽灵当帮手也太作弊了！能随便跟踪、随便窃听，想要什么完美犯罪还不是手到擒来。"

"区区幽灵，也没那么万能。"

唐津倏地收起笑容。"幽灵？过谦了，是死神才对吧。分明是你怂恿音叶，让她翻查四个月前的旧案！"

音叶急忙插话："不是的！是我主动找黑羽，委托他帮我复仇的。"

"委托？复仇？这么说来，逆缟曾说过你就是完美犯罪代理人，莫非……"

我坦然点头。"没错，我确实以这个名号接受委托。"

"就是你？"唐津一字一句地反问，声音中带着仇恨的火焰。

骤起的敌意刺得我向后退了半步，音叶却仿佛习以为常。她淡定地拽回从椅子上滑落的毛毯，平静地说："小姨一定以为完美犯罪代理人是个杀人如麻的恶魔吧？那你错了，黑羽从来没有杀过人，我想杀逆缟的时候他还拦着我。"

唐津哼了一声。"你被他洗脑了。"

"不是的。"音叶摇头，"说起来很复杂……总之逆缟才是真正的完美犯罪代理人。十一年前，对黑羽来说最重要的人被那个恶魔杀害，所以他甘愿以身入局，盗用名号，引蛇出洞。"

我面色惨淡地笑了笑。"结果连这个都被逆缟利用了，到最后，我还被他从楼顶推下来，落得这副惨状。"

唐津的表情似乎舒缓了一些。"确实……和真正的完美犯罪代理人一比,你也太掉链子了。"

"这话好伤人啊。"

"对我的复仇倒是很成功呢,值得表扬。"

曾经最渴望复仇的音叶却扑簌簌地掉下泪来。"不对……我不想要这种结局。"

"别难过啦。反正我也快要死了……在旁人看来,不过是自作自受。"

望着笑容落寞的唐津,我点了点头。

"看来你也察觉了,你的肉体状况很危险,恐怕撑不到天亮。不过即便像我一样化作完整的幽灵,也会在七天后彻底消散,都一回事。"

"这样啊,那太好了,音叶,你不用再看见杀害父母的仇人了。"唐津语调轻松地感叹,抬头看向天花板,"背着罪孽苟活真的很累,我终于可以自由了。"

然而,音叶却颤抖着追问:"是吗?小姨,你真的要带着谎言离开吗?"

病房里的空气骤然凝固。

我瞥向唐津,她也正看向我——而不是音叶。短短一瞬的视线纠缠后,我们不约而同地转向音叶。

"喂喂,音叶,适可而止吧!"

"就是啊,一切都已经结束了。"

音叶看看我,看看唐津,眼中浸满前所未有的绝望。即便如此,她仍然倔强地扬起嘴角,讽刺道:"怎么?小姨和黑羽突然变得好默契。"

我重重咂舌。"话说在前头，我最恨渎职的警察。更何况这女人毒杀亲姐姐亲姐夫不算，还想嫁祸给我！这种败类，千刀万剐都不为过。"

唐津也一脸厌恶。"我唯一的遗憾就是没能亲手扳倒这家伙。如果那天没人捣乱，我就能彻底除掉'完美犯罪代理人'这个祸害了。谁知这浑蛋竟然变成了幽灵，还帮你出谋划策……简直荒谬！"

"唉。"音叶一点也不高兴，脸上浮现出不符合年龄的疲惫笑容，"你们两个都太不像了。"

"嗯？"

我和唐津异口同声，面面相觑。

音叶淡淡地说："从昨天我开始推理的时候就是这样，你们两个人的态度变得越来越不对劲……但是，演技实在太差了。你们在这里拼命相互指责，我只觉得假得很。果然，不光是小姨，黑羽你也发现了吧？"

我不甘地咬紧牙关。

——该死，这孩子真的太敏锐了。

先崩溃的人是唐津。她双手掩面，发出不成声的呜咽。可是，我还不能放弃，否则就和遇见音叶前的我毫无区别，根本没有成长了。

我严肃地盯着音叶，说道："你不要再深究了，再纠结下去也毫无意义。在这个世界上，有些选择就是会让所有人都不幸，我不会让你走那条路的。"

音叶发出沉重的叹息。"你现在说这些也没用了，推理已经完成。"

*

"凶手应该是在我家里让爸爸妈妈服毒的。在这里动手不用担心被人看见,之后把尸体搬到车库的过程也会很安全。"

唐津仍捂着脸,闷声道:"嗯,你说得对。我确实是在你家让他们吃了掺毒药的巧克力。"

"我家的哪里?"

"……客厅。"

"我想也是。凶手若是正常上门,再哄骗他们吃掉毒巧克力,那多半是在客厅或厨房。假设就在客厅吧……那么,有样东西非常可疑,或许和案件有关。"

唐津从指缝中露出疑惑的眼神,问:"什么东西?"

"够了!别再提这些了!"我厉声打断。

不同于唐津,全程参与调查的我当然知道她指的是什么,但我永远不会说出口,也不希望她继续推理下去。

音叶平静地看了看我。"黑羽,你还记得吧?我和你说过,白色情人节的第二天早晨,我在客厅吹了会儿竖笛,却怎么都吹不好。"

我僵硬地点头,道:"因为你当时感冒了。"

"你们应该都吹过竖笛,能想象出它的尺寸。高音竖笛最粗的笛头部分直径约三厘米,笛身略细一些,直径大约两厘米。"

唐津的双眼渐渐被绝望吞没,原因不言而喻——音叶正在逼近绝对不该被揭露的真相。

"竖笛的直径让我联想到爸爸的手,倒吊着的父亲双手缠绕着绳索,手部的尸僵状态很怪异,拳头中间是空的,对吧?"

——对吧,黑羽?

见音叶投来不容我撒谎的目光,我只好承认:"没错。五指和掌心之间有一个规整的圆柱形空隙,即便绕了三圈绳索,仍然存在空间。"

"绳索直径约为五毫米,由此可推算出,爸爸指掌间的圆柱形空隙直径约为两厘米。"

我故意轻笑一声。"这不是废话吗?唐津故意把尸体摆成那样的。"

"Doubt!如果他生前就握着三圈绳子,指掌间的空隙形状绝对不会如此规整,更不可能两只手形成直径完全相同的圆柱形空隙!"音叶不容辩驳地指出,"但……如果爸爸死前握着客厅里那支竖笛的笛身呢?"

"唔!"

音叶将破碎的手机屏幕猛然推到我面前。"记得逆缟死的时候,手里紧紧握着手电筒,对吧?我很好奇,便查了一下。人死后,通常会先经历一个肌肉弛缓阶段,死前握着的物品会掉落。但是,偶尔也会跳过弛缓、直接僵直。你看这里有写,'死前若处于肌肉高度紧张状态,可能会发生尸体痉挛现象'。"

——她说得很对。

逆缟中弹前手中正紧紧握着手电筒,从而引发了尸体痉挛。同理,海青临终前很可能也死死攥着竖笛笛身,尸体掌心才会留下那么明显的圆柱形空隙。

"够了!"

唐津崩溃地大叫,颤抖的手指徒劳地挥舞,却根本碰不到音叶,更无从阻止她。

"如果爸爸也出现了尸体痉挛……小姨从他手中取走竖笛时必定费了一番工夫,才能强行拔出来。结果就是,爸爸的手上留下了擦伤的痕迹,竖笛上面则沾满了油脂。第二天早上我吹不好竖笛也是这个原因,笛身上残留的油脂让我的手指打滑得厉害。"

唐津应该是擦过了竖笛才放回原处,但还是没能完全去掉表面的油脂。

"胡扯!"唐津瞪着满是血丝的眼睛大吼。

音叶波澜不惊地继续道:"我没胡扯。你不得不把尸体摆成自勒脖颈的诡异姿势,也是为了掩盖拔竖笛时留下的擦伤吧?反正绕绳索时会造成很多新伤痕,混在一起就看不出来了。"

我故作轻松地插嘴:"就算海青握过竖笛又怎样呢?无非是死前为了反击唐津,随手抓了一样东西罢了。"

音叶哀伤地笑了笑。"如果抛开脑子里的成见,还可以有另一种解读。那可能是爸爸的死前留言——'杀我的人是三井音叶'。"

凝重的沉默笼罩整个病房。

面对这种荒谬的推论,我们本该一笑置之。但唐津与我交换的眼神里,只剩下深深的无力。她静静地流着泪,已经没有了反驳的力气。

——唐津比任何人都了解音叶,所以她才最先看清,已经没有任何人能阻止音叶了吧。

音叶继续说道:"在我昨天的推理中,小姨为自保所做的伪装全都太反常了。如此自私自利的行为既不符合你日常的为人,也违背了你一贯的信念。这其中一定有问题。"

唐津痛苦地抗议:"求你别说了……"

音叶毫不在意唐津的哀求。"所以我抛开了'小姨是凶手'的前提,从竖笛出发,重新审视整个案件。黑羽不是也教过我吗？当推理出现矛盾时，就该抛弃先入为主的观念，质疑最初的前提。"

我闭上眼。

我必须阻止她，然而讽刺的是，昔日我传授给她的技巧如今正帮助她开辟新的真相，我却束手无策。

音叶毫不犹豫地继续道："改变前提后，我发现了新的可能性。如果小姨将竖笛视为'指控三井音叶的死前留言'，坚信我和案件有关，那你之后的所有行动就都合理了：一切看似反常的选择，其实都是为了保护我。"

——确实，这才更像唐津会做的事，连相处不过几天的我也看得明白。

"小姨，请你说实话，是你毒死了我父母吗？"

唐津的嘴唇不住地颤抖着，一个字都说不出来。

我强硬地插嘴："音叶，不要无视现实！凶手就是唐津。"

"嗯，我也相信是小姨搬运了尸体，还设局陷害完美犯罪代理人。但这些都是事后措施，实际上，白色情人节那晚，小姨只是去了我家，发现了我父母的尸体，而下毒的真凶另有其人。我说得没错吧？"

"怎么可能呢！"

音叶紧紧盯着唐津，对我的驳斥置若罔闻。"对小姨来说，最要紧的是——掩盖命案其实发生在我家的事实。无论是将爸爸的死伪装成'倒吊人'犯罪，还是用绳索掩盖爸爸手中握过竖笛的痕迹，都是为了制造'三井音叶不可能完成这种犯罪'以及'杀人现场是空屋而非三井家'的假象。哪怕赌上性命，小姨也要制造我绝对不可能涉案的证据，对不对？"

"不是的……"唐津虚弱地否认，只换来音叶一个洞悉一切的微笑。

"小姨又在说谎。现场发现的所有绳结都根据承重和受力方向调整过绑法，如果只是为了撇清自己的嫌疑，你应该打更外行的结才对。做警察虽然不用精通绳结，但经常接受救灾培训什么的，很多人都有这方面技能。和一般人相比，警察算是'熟悉绳结的职业'了。你故意留下这些对自己不利的痕迹，不正是为了表明'小孩绝对打不了这么专业的结'，好让我远离嫌疑吗？"

不知不觉中，泪珠扑簌簌地从音叶的眼眶滚落。

我不禁低头沉思。唐津将尸体运到空屋、精心布置现场，固然是有嫁祸给我的私心。但说到底，这些对她来说只是顺带的小事。

——最重要的是，案件越离奇、越复杂，警方就越不会怀疑一个小学生。尤其像音叶这种没什么运动神经的女生，警方更不会认为她有能耐把一个成年男人倒吊起来。

一切都是为了保护音叶。

我笑了出来。"唐津做这些事后伪装，或许确实是想保护你吧。但这并不能证明她没有毒害你父母。被唐津下了毒的海青临终时想起了你，最终紧紧握着你的竖笛去世。唐津不希望你因此背上嫌疑，才与尸体痉挛较劲，强行抽走竖笛，匆忙做了后续的伪装工作。"

音叶脸色阴郁地摇头。"不，如果小姨是凶手，犯案地点曝光只会对她自己不利。警察只要仔细调查我家及周边区域，迟早会发现她投毒的痕迹，还有案件发生前后她出入过我家的证据。"

"确实。"

"再说，我只是个小学生，警方本来就不太可能怀疑到我。小孩子根本弄不到高纯度氰化钾，更别提熟练运用了。即便有竖笛这个死前留言，放着不管也不会有什么后果。就像你说的，'握着竖笛'可以有很多种合理解释。"

这番话说得有理有据，令我和唐津哑口无言。

音叶已经哭得停不下来，整张脸都花了。

"但是……小姨还是奋不顾身地保护我，宁可过度伪装也要隐瞒竖笛的存在。小姨，我太了解你了，你绝对不会无缘无故地怀疑我！那晚，发现我父母的尸体的时候，你一定看到了令你不安的东西吧？到底是什么，让你确信我和案件有关？"

唐津只回以呜咽声。

——唉，终究还是让她触及了禁忌的秘密，我和唐津都没能阻止她前进的步伐。

音叶直视着唐津，眼中再无往日的朝气。"小姨，我已经做好准备了，请告诉我，那晚你究竟看见了什么，否则我满脑子都是最坏的想象，总有一天，它会变成我心中的真相。"

多么沉重啊。无论唐津说还是不说，前方都只有地狱。但作为即将消散的幽灵，我们已经没有时间继续迷茫了。

我下定决心转向唐津。"全都说出来吧。"

"可是……"

"我明白的。你不光承认了搬运尸体，连根本没做的毒杀都认下，就是怕音叶萌生'自己可能是凶手'的怀疑，对吧？你举着菜刀赶跑她，也不过是要争取自我了断的时间，好把那个秘密带进坟墓——"

正因为看穿了这一点，我才配合她演了这出戏。方才骂她是凶手，也是因为我知道，这是她最后的愿望。

唐津仍在摇头。"不行，我不能说。说出来，只会让音叶更加痛苦。"

不知不觉中，音叶又变回了唐津苏醒前那副消沉的模样，抱着膝盖蜷缩在椅子上。

我对音叶咧嘴一笑。"音叶，这不像你啊。"

"……咦？"

"刚才还说做好了准备，怎么这会儿就放弃了？被我传染了胆小病吗？想想这些天，每当我们以为触及了真相，都会被隐藏得更深的事实打脸。事到如今，我们已经见识过了多重解答，你敢说当前认定的真相后面就不会再有新的真相吗？"

——这不过是诡辩。

但现在，她就需要这个。

反正我只是个小小的犯罪者，如果说前方的真相只会令音叶痛苦，那就再编一个虚假的真相击碎它。一路走来，我们被多重解答打击了太多次。情况既然已经如此不同寻常，那管它是真是假，我都有把握让她相信新的真相。

——哪怕音叶本人已经放弃，我也会以犯罪者特有的肮脏手段，和她纠缠到底。

"我保证。我一定会推翻你们认定的所谓真相。"

*

白色情人节的晚上，唐津呆若木鸡地站在自家洗面台前。

晚上八点零五分，她接起海青打来的电话，听筒那头传来支离破碎的哭喊。

"怎么办……都是我的错！赫子，赫子她……啊啊，原谅我……事情怎么会变成这样？"

"姐夫？"

她想问发生了什么，海青崩溃的哭声却不容她打断。"都……都是我不好，呜呜……为什么……会把毒巧克力忘在那里？结果……音叶误给赫子……"

海青越说越乱，那痛苦的号哭却明白昭示着：三井家发生了难以挽回的惨剧。

唐津颤声问道："毒巧克力？你是说……书？"

她祈祷这只是一个关于安东尼·伯克莱《毒巧克力命案》的无聊误会——或是有人把书忘在客厅，或是音叶误将茶水泼在了书上……

但海青的回应无情地击碎了她的幻想。

"不！我……我确实准备了掺氰化钾的……啊啊，事到如今，可以把罪行全推给毒牛轧糖案的凶手！对，就是今晚！就在空屋……把毒巧克力……嗯，给完美犯罪代理人！"

——完美犯罪代理人？

唐津又惊又惧。"你说什——"

"对不起，音叶就……拜托你了。"

通话戛然而止。

*

唐津扯出一抹讽刺的笑。"搜查一课自然查到了海青姐夫在八点零五分给我打过电话。我扯了个谎，说我们只是在聊下个月的赏花计划，他们就全信了，完全没有起疑。"

音叶难以置信地看向唐津，问："什么意思，难道爸爸是自杀的？"

唐津目光沉重地说："挂断电话后，我立刻赶往你家。八点二十五分抵达时，姐夫已经倒在沙发上，停止了呼吸。旁边的赫子姐姐也是一样。"

唐津立即尝试实施心肺复苏，却回天乏术。三井夫妇口中散发着苦杏仁味，刑警的经验让她立刻判断出二人均死于氰化钾中毒，且在她到来之前就已毙命。

作为幽灵，我头一次感到头痛。"海青在电话里说，毒巧克力是他自己准备的？而且，他还打算把那巧克力……"

唐津艰难地点头。"看到厨房冰箱上的便条，我才隐约明白他在电话里到底想说什么。白色情人节夜里十二点……即十五日凌晨零点，将在空屋和赫子姐姐他们见面的'完美犯罪代理人'就是你吧，黑羽先生？"

"没错。"

唐津从喉咙深处挤出沙哑低沉的笑声。"可惜一切都是骗局，包括你以为的'工作委托'。姐夫说的那些掺了氰化钾的巧克力，似乎是特意为你准备的……"

"为什么？我完全不理解他的动机。"

过去，我确实遭遇过伪装成委托人的杀手。他们或为复仇，或为灭口，至少都和"完美犯罪代理人"有过纠葛，动机很明确。

——三井夫妇就很奇怪了。我翻遍童年、学生时代、咖啡店的工作，乃至地下生意的经历，和三井夫妇都没有任何交集。

"如果你确实只是冒名顶替的……"唐津露出苦笑，"那对于'黑羽乌由宇'而言，可能真的没有动机。"

闻言，我如坠冰窟。"什么意思？"

"他们想杀的也许不是你，而是你和音叶口中的那个真正的完美犯罪代理人。"

——竟然是这样。

十一年前，当我开始冒用这个名号时，就注定要背负真正的代理人犯下的一切罪孽。难道，驱使三井夫妇杀人的动机就藏在其中？

"莫非是……石龟？"音叶忽然说。

起初我完全不明白她在说什么，可刚一听到"石龟"这个名字，唐津就骤然变了脸，仿佛音叶说出了三井夫妇意图杀人的深层动机。

"石龟？"我猛然想起，"唐津独自调查搜集到的资料中有这个名字！疑似被完美犯罪代理人杀害的那个？"

唐津搔搔脑袋，卷卷的头发看起来更显眼了。

"啊，这么说来……音叶确实偷看过那份资料。虽然我立刻收回了，可没想到她连这种细节都记得。"

我不禁喃喃低语："我刚开始冒用名号时，只查到死于随机杀人犯之手的大薮桂司，以及从楼梯上意外坠亡的葛西有纪子，其实都是被真代理人杀害的。但在那之后，他就如人间蒸发般再无动作。前几天听音叶提起'石龟'时，我只当是唐津搞混了无关的案子。难道说这也是逆缟以完美犯罪代理人之名犯下的命案？"

唐津轻轻点头。"这两年我一直在秘密调查，可惜啊，县警总部根本没人相信完美犯罪代理人真的存在，课长也只是当成都市传说，听完一笑了之。"

"那你怎么会想到调查这个？"我不禁皱眉。

唐津自嘲地摇摇头，道："真的是纯属偶然。两年前，我们查别的案子时抓了个偷拍嫌疑犯。谁知去他家里一搜，竟意外发现一件很旧的证物，看其内容，该嫌疑犯似乎曾委托完美犯罪代理人杀害了石龟勉。"

不过那份证物相当碎片化,缺乏具体指向,甚至不足以证明完美犯罪代理人的存在。但唐津没有放弃,一直坚持独自调查。

"石龟勉死于十二年前,表面看来是从楼梯上意外坠亡。"

"从时间上看,刚好是我开始冒名顶替之前。伪装手法也和葛西有纪子那次一样。"

音叶突然插话:"那个石龟,和我父母是什么关系?"

"他是赫子姐姐同学的哥哥,同时也是姐夫大学时的前辈和无可替代的挚友。"

——前辈?

多么奇妙啊,我也曾经发过誓,甘愿赌上自己的性命也要为前辈报仇,和三井夫妇一模一样。

唐津用阴郁的口吻继续说道:"石龟的不幸远不止于此。他的太太患有产后抑郁,得知丈夫死讯的三天后,她就带着不满一岁的女儿烧炭自杀了……"

当时海青正是第一发现者。他不顾自身安危冲进被胶带密封的浴室,将母女俩救了出来——但还是太迟了。她们吸入了太多一氧化碳,已经陷入重度昏迷。最终,婴儿于第二天凌晨去世,石龟太太也在两周后于医院离世。

"姐夫曾经对我讲过一次当时的情形。他说抱着婴儿跑出来时,她身上还是暖的,可那张小脸已经变成了玫瑰色。他不知道那是一氧化碳中毒的典型症状,还以为母女俩都能得救……多年来,他一直悔恨自己为什么没能早点发现她们,哪怕早半个小时也好。"

唐津用双手遮住眼睛。

"经过一年多的独自调查,我终于查明,除石龟勉以外,完美犯罪代理人还杀害了大薮桂司和葛西有纪子。"

我尖锐地反问:"按你的意思,连县警搜查一课都搞不清真代理人到底存不存在、杀过哪些人,音叶的父母又怎么会知道这些?"

唐津悲伤地说:"我当然没跟他们提过。也许是在某个机缘巧合下,他们刚好看到了我搜集的资料吧?"

我不禁想,海青对完美犯罪代理人的杀意,究竟有多强烈?

——他甚至连氰化钾都准备好了。鉴于没人会把那玩意儿用作恐吓或自卫,看来他确实杀意已决。

唐津抬起头看向远方。"走进客厅看第一眼,我就明白了。茶几上有一个小小的柠檬黄色巧克力礼盒,其中有一颗大红色塑料纸包装的雪顶形巧克力。那是……"

"甜心组合。"音叶语调恍惚地说。她立刻听出,那正是"巧克力职人梅丽莎"的招牌商品。

唐津微微点头。"我平时不吃这么贵的零食所以不知道,后来一查,确实是梅丽莎的产品。"

*

唐津几乎要窒息了。

柠檬黄色的礼盒就放在茶几上。原本六颗装的巧克力少了两颗,还剩四颗。

——莫非这就是姐夫说的毒巧克力?

少掉两颗或许意味着赫子和海青各吃了一颗。赫子的尸体面前放着一只空掉的马克杯,海青的尸体几乎从沙发滑落到地上,嘴角还残留着巧克力渣。

唐津猛然一惊。"音叶呢?!"

她踉跄着跑向二楼，途中差点被桌角绊倒。

万幸，音叶在床上睡得正香。唐津松了口气，正打算叫醒她，音叶却像心灵感应般翻了个身，迷迷糊糊说了句梦话。

唐津伸出的手突兀地僵在半空。

——等等，姐姐喝空的马克杯里难道是？！

音叶从小就喜欢做热巧克力。唐津来做客时喝过几次，赫子也在电话里炫耀过"这孩子天天给我做这个"。

唐津忽然理清了三井家发生的一切。

为替死去的石龟一家报仇，海青伪装成委托人，将完美犯罪代理人约到东云町的空屋，并且准备了毒巧克力，试图毒死对方。

然而阴差阳错，他不小心将毒巧克力放在了家人都能看见的地方。音叶看到她最爱的甜心组合，还以为是爸爸送给她的白色情人节礼物。

"天哪，音叶竟然用掺了毒的甜心组合做了一杯热巧……"

从电话中海青支离破碎的叙述来看，这个推测不会有错。

唐津蹑手蹑脚地返回客厅，痛苦地抱住了头。

幸运的是，音叶自己并没有喝热巧。不仅如此，看那安详的睡脸，她恐怕还不知道自己做的热饮引发了什么。

——赫子姐姐一向怕烫，所以没当着音叶的面喝掉热巧，而是等它凉下来才一口气喝完。

多亏如此，音叶没有目睹母亲最后的惨状。但这也导致赫子一次性摄入了致死量的氰化钾。随后，晚归的海青看到打开的甜心组合和喝光的马克杯，瞬间明白了一切。

"所以才会给我打那样的电话……"

俗话说害人终害己，但这个结局也未免太残酷了。

——不光失去妻子，还害不知情的女儿成为杀人凶手。

海青无法承受自己的行为酿成的苦果，便追随妻子吃下了毒巧克力。身体从沙发滑落时，他手中仍然紧紧握着那支竖笛。

"这是……音叶的竖笛？"

从打给唐津的电话内容来看，海青不可能特意留下指控音叶的线索，这恐怕又是一连串不幸的巧合。

在毒发的痛苦中，音叶爱用的竖笛映入他逐渐模糊的视线。或许是想最后一次拥抱心爱的女儿，他艰难地将竖笛揽入怀中。对女儿的不舍给了他最后的力量，他死死攥住笛身停止了呼吸，手部直接形成了尸体痉挛。

*

"自那一刻起，我满脑子就只剩下保护音叶。既然她对自己做了什么一无所知，那么我希望她能永远不要知道真相，幸福地活下去。于是，我越过了不可逾越的红线。"

随后，唐津强行从海青手中拔出竖笛，将三井夫妇的尸体运到东云町的空屋。她将整座空屋改造成陷阱，试图将所有罪行都推给真正的元凶——完美犯罪代理人。

"在伪造死亡时间这件事上，赫子姐姐家的室温帮了大忙。"

我微微点头。"是啊，三井家不会刻意省电。"

音叶说过，他们家夏天空调永远设定在十九摄氏度，冬天则是二十六摄氏度。

——三月的话，应该还保持着二十六摄氏度的设定。比起暴露在寒冷的户外，这样的室温确实能延缓尸体温度下降。

唐津将从客厅发现的毒巧克力带到空屋，随意地扔在地上。

"一开始我也想过，干脆把毒巧克力丢了算了，但很快就意识到这是徒劳。梅丽莎巧克力的配方很特殊，法医一查就能知道来源，丢了也瞒不住。"

警方的资料显示，空屋的地上留有两颗巧克力。一颗是水滴形，一颗是大红色塑料纸包装的雪顶形。

"不对啊。"我不禁皱眉，"甜心组合是六颗装，如果音叶的父母各吃了一颗，应该还剩下四颗。你带了两颗去空屋，剩下的两颗去哪儿了？"

"我又带回来了。"

"为……为什么要这么做？"

面对我的困惑，唐津露出泫然欲泣的表情。"我做了最坏的打算。如果我的伪装失败，音叶被怀疑的话，我就必须作为真凶自首。到那时，如果我手上还有和现场证物完全一致，连毒素和杂质成分都分毫不差的巧克力，就能顺利被认定为投毒犯。"

——到头来，所有理由都指向同一个目的。一切都是为了保护音叶。

短暂的沉默过后，唐津脸上挂起自嘲的笑。"不用你说我也明白，明明不必做到这种地步，一定还有其他方法的。但不知道为什么，我那时真的脑子一片空白，什么都想不出来了。我当然也想相信'做热巧的人不是音叶'，但只要想到哪怕有百分之零点一的可能性，我都害怕得无法呼吸。"

音叶也忍不住呜咽起来，用几不可闻的声音说道："小姨想的没有错。那天晚上，我的确用甜心组合给妈妈做了热巧。"

这并不令人意外。

音叶说过她那天做了一杯"特制"热巧；她至今视若珍宝的柠檬黄色盒子也确实是甜心组合的包装。我不难想象她小心地拆开大红色塑料包装纸，用里面的巧克力做热饮的场景。

音叶无力地低下头，唐津咬着嘴唇凝视着我。

"我说完了。你能击破这个残酷的真相，为我们带来新的可能性吗？"

4

8月4日　05:00　剩余时间：0天

我自信地点头。

"音叶的确用甜心组合做了热巧，赫子也的确喝下了它。只是这起案件远非看起来这么简单。"

音叶抬起被泪水浸湿的脸，问："真的吗？"

"当然。如果不是现在这种特殊情况，你早就发现矛盾了。"

唐津眼底短暂闪过安心的神色，随即虚弱地说："抱歉，或许该抓紧时间了。我感到脑袋昏昏沉沉的……"

正如她所言，她的灵体正变得越来越稀薄，几乎快要看不见了。属于她的时间已经所剩无几。

我加快语速道："第一处矛盾是客厅的竖笛。唐津你可能不知道，那支竖笛已经四个月没人碰了，前几天音叶忽然想吹奏一曲，谁知笛子里竟然散发出臭水沟一样的气味。"

"臭水沟？"唐津发出一个介于笑和疑惑之间的声音。

"对……恶臭的来源是卡在笛头里的一颗石子。"

唐津震惊道："那天晚上我拿的时候没发现有啊。"

"石头卡在笛头内部，你没发现也正常。那是一颗水族箱用的蓝色造景石。没记错的话，音叶家直到四个月前都还在养孔雀鱼？"

音叶立即点头。"嗯，白色情人节当晚鱼缸还在客厅。"

"回到竖笛的话题。案发第二天早晨音叶吹竖笛时，它已经无法正常发声了。在那两天前，它还没有任何故障。"

"啊！所以音色异常不是因为感冒，而是石子在作祟？也就是说，石子卡入竖笛的时间正是案发当晚？"

"可能性极高。结合海青紧握竖笛的表现，基本能确定那支竖笛与案件存在某种关联。"

唐津闭起双眼，尝试回忆细节。"奇怪，我没有让竖笛靠近过鱼缸。那晚，我先拆掉了姐夫并未直接抓握的笛头和笛尾，笛身他攥得太紧了，我费了好大劲才拔出来。之后我将竖笛重新拼装好，简单擦拭完才放回电子琴上。"

我露出会意的笑。"我想也是。那么，石子卡入笛头的时间，应该是在你赶到三井家之前。海青临死前，怀着某种强烈的意图紧紧攥住了竖笛，事后呈现尸体痉挛状态。但我要说的是，他真正想留在手中的未必是整支竖笛。"

音叶和唐津不约而同地惊呼出声："难道！"

"没错，海青很可能故意拆下笛头扔了出去，然后，它落入了鱼缸。"

小学生用的竖笛多为塑料材质，密度不大，一般不会沉入水底。但音叶说过，客厅里的鱼缸是那种比较浅的长条款，那么笛头下落的冲击力，很可能将缸底的造景石卷起并卡入其中。

音叶犹豫地问："爸爸为什么要这样做？"

"在毒药的作用下，海青逐渐失去行动能力，此时他仍然坚持拆下笛头扔了出去。虽然不知道落进鱼缸是否符合预期，但这一行为明显带有某种意图。"

唐津低声沉吟："果然还是……死前留言？"

"恐怕是的。氰化钾在极短时间内便会致死，他却仍希望通过手中的物品传递信息，向警方揭露真凶的身份。"

音叶缩了缩身子，抱紧膝盖。"爸爸是个谜题作家，应该很擅长这个。是因为笛头会妨碍信息表达，他才特地拆掉的吗？"

"嗯，既然特地拆了，说明他的死前留言绝非'凶手是竖笛主人'这么简单。当然，也不可能是临终时想起女儿才抱住竖笛这样的巧合。"

我的话似乎在唐津和音叶心中点燃了一丝希望。但仅凭这些，还不能证明音叶做的那杯热巧中没有毒。

我继续推理道："海青临终时，凶手很可能就在附近，否则，他直接写下凶手的名字就行了。但海青没有这样做，要么是因为凶手就在旁边，要么是担心凶手很快还会回来。"

音叶用微弱的声音说："如果凶手就在附近，就算写了名字也会被擦掉吧。"

"对。为了防止这种情况，海青才想通过竖笛间接指出凶手的身份。于是他将碍事的笛头扔出去，让它尽可能远离自己。当然，也是为了避免凶手再把它装回去，破坏死前留言。可惜，这番努力并未起到作用，海青的死前留言，最终还是被真凶篡改了。"

死者亲手拆开的竖笛，却在唐津和音叶都不知道的时候恢复了原样，说明必然是真凶本人动的手脚。

我继续分析："真凶要么是看破了海青死前留言的含义，要么是即便不理解具体意思，也意识到了这条讯息指向自己。最初，他应该尝试过从海青手中抽走笛身，但由于尸体痉挛，不伤到尸体的手就拿不出来。不得已之下，他只能从鱼缸中捞出掉落的笛头，重新装回笛身。"

音叶的身体猛地颤了一下。"他是想将嫌疑引到身为竖笛主人的我身上？"

"没错，这样的篡改只会对你不利。由此可以证明，当时除了唐津和你，还有第三者出入过三井家，那人就是真凶。"

音叶用力点头，唐津的脸色却仍然没有好转。

——看来要证明音叶与母亲的死无关，以上推理还不够啊。

我打起精神，继续说道："关键在于，海青的死前留言究竟是'需要笛身和笛尾两部分才能解读'？还是说笛尾也被他扔了，'只需要笛身就能解读'？"

灵体越来越稀薄的唐津勉强直起身子。"这个我大概知道。那晚我尝试从姐夫手中取出竖笛时，笛尾确实是松动的。当时我还以为是被他的手掌挤松的，现在看来并非如此。恐怕他死前把笛头、笛尾都拆开扔了出去，真凶想装回去时却被僵直的手挡住，只能装回笛头，笛尾就没法完全回到原位了。"

音叶小声道："也就是说，爸爸的死前留言只需要笛身就能解读。"

"看起来是的。"

——话虽如此，但这种暗示型留言越隐晦就越容易解读出多重含义，几乎不可能据此锁定凶手。

唐津用梦呓般的语气继续说道："真凶装回竖笛后，又借助姐夫的尸体解锁手机，给我打了那通电话？"

我轻轻点头。"在电话里变声是很简单的。之前，县警总部不是也接到过疑似逆缩本人打来的报警电话吗？其实那是音叶用一次性手机打的，只不过用了变声 App。"

唐津的脸上绽放出一个小小的恶作剧式的微笑。"我猜到了，那个声音很像音叶喜欢的演员。"

"如你所知,只要提供学习样本,AI 能够模拟任何人的声音。凶手给你打电话时,想必也是用 App 模拟了海青的声音。"

隔着电话听声音本来就会有失真,再加上凶手故意用"妻子死了,女儿成了杀人犯"这类颠三倒四的话扰乱唐津,纵使她再精明,只要一开始慌了神,后续就很难不上当了。

果然,唐津轻轻叹了口气。

"其实我心里也隐约怀疑过,会不会是有人冒充姐夫打来的电话,那会不会是个陷阱。但只要一想到赫子姐姐和音叶有可能遭遇不测,我就只能义无反顾地跳进去。"

——原来,胜负在那一刻已经注定。

当赫子、海青和音叶都成为人质时,唐津根本无路可逃。从被植入"音叶可能误杀了母亲"这个念头的瞬间起,她就像落入蚁狮陷阱的虫子,从此只能任由真凶摆布了。

"看来,要完全解开束缚你们的心结,我必须证明音叶用来做饮料的那颗巧克力里面根本没有毒。"

唐津用尽最后的力气向前倾身。"你……能做到吗?"

"回想一下你说过的话。接完电话,赶到三井家时,你看见客厅里摆着一盒甜心组合,里面混有一颗大红色塑料纸包装的雪顶形巧克力。"

音叶忽然一惊。"这不可能!"

"我也这么认为。音叶明确说过,那天给妈妈做热巧时,她拆的是'大红色塑料纸包装'的巧克力。只有威士忌酒心巧克力是这种包装,说明赫子喝的那杯热巧用的是酒心款。"

唐津愕然转头看向音叶。"是这样吗?"

"嗯,因为这是妈妈最喜欢的口味。明明只要开口问一句,我随时都能告诉你的。"

我深深皱眉。

——事实上,唐津根本没有提问的余地。

唐津最怕音叶将热巧克力和父母之死联系起来,又怎么可能主动提及这个话题?她对音叶的这份保护欲反倒令案情复杂化,甚至成了真凶的保护盾。

难道连这些细节都在真凶的算计之中?

但唐津仍然摇头。"但这也不影响什么。我知道,你想说赫子姐姐的胃中并未检出酒精成分,可她喝了一整杯热巧,经大量牛奶稀释,司法解剖时检测不到威士忌成分,也并不……奇怪……"

她的声音开始断断续续,思维似乎也变得越来越慢。

音叶眼含热泪,坚持着说道:"不是这样的!矛盾点在于,在爸爸的胃中检出了威士忌成分,但小姨你来的时候,盒子里还剩一颗酒心巧克力!"

"咦?"

"一盒甜心组合里只有两颗酒心巧克力,如果其中一颗被我做成了热巧,另一颗被爸爸吃掉,盒子里应该一颗都不剩才对!"

我欣慰地点头。"没错。白色情人节当晚,三井家至少存在三颗威士忌酒心巧克力。为什么会这样?唯一的解释就是,三井家当晚共出现过两盒甜心组合,音叶用掉的那颗巧克力并非来自你后来看到的那一盒。"

唐津神情扭曲。"有……两盒?"

"另一盒恐怕是真凶带来的。他刻意抹去这一盒的存在,做出'三井家自始至终只有一盒甜心组合'的假象。"

不知是出于恐惧还是愤怒，音叶的牙齿不住地打战。"就为了看起来像是我杀了妈妈？"

"很遗憾，这是唯一合理的解释……而且，从他选择抹去自己带来的那盒的痕迹来看，我忽然又明白了一件事。"

"明白了哪一盒才是有毒的，是吗……"唐津突然抢过话头。

"对。如果音叶打开的那盒有毒，真凶根本不必对它做什么手脚，只需将自己那盒原样带走即可。但他没有，而是大费周章地将两盒的内容物对调，最终百密一疏，在现场留下了一颗酒心巧克力——"

唐津眼中瞬间有了光芒，残留的魂魄在最后的时刻熠熠生辉。

她欣喜地喊道："之所以必须这么做，是因为音叶打开的那盒根本就没有毒！真凶为了嫁祸音叶，不得不将无毒的巧克力全部取出，将自己带来的毒巧克力放进去！"

我故意露出得意的笑容。"这下可以证明了吧？音叶做热饮用的那颗酒心巧克力确实没有毒。夺走音叶父母性命的，是真凶带来的另一盒有毒的甜心组合！"

沉默短暂地降临病房。

唐津用几乎听不见的声音叹道："我好傻……明明真相近在眼前，我却浑然不知，不但怀疑音叶，还想把罪责全部推到黑羽身上。我真是个无可救药的笨蛋……"

音叶的泪水扑簌簌地自眼眶滑落。"我也终于明白了……为什么小姨总想扔掉我珍藏的宝物，原来是有原因的……"

"取出所有毒巧克力后，我一时不知该如何处理剩下的空盒。留着实在太危险，但我也明白，这是音叶父亲留给她的最后一件礼物。最后我只能谎称，我在她住院期间不小心把巧克力全吃完了，试图以此扔掉空盒。"

但这个借口只换来音叶的暴怒。

可以想象，当看到音叶抱着那个空盒时，唐津的心里该有多恐惧。她始终认为音叶误杀了母亲，而那正是装过毒巧克力的盒子。难怪她总想丢掉它。

——这份误解渐渐地将姨侄二人推到了对立面，实在是一种悲哀的不幸。

唐津缓缓抬起头，她的灵体已经透明如薄雾。

"但是音叶，你千万不要误会。我选择自杀这条最差劲、最令你受伤的路，并不是因为你发现了真相，更不是因为被逼到了无处可走。和你没有一丁点关系。早在四个月前的那一晚，从我做出选择的那一刻起，我的命运就已经注定了。"

她的话中带着一股不祥的味道。

我不禁皱起眉头，问："到底发生了什么？"

"虽然黑羽没来空屋算是个意外，但我的计划大体还是成功了。如我所料，警方坚信那里就是杀人现场，还被脚印之谜困扰了几个月。可是，我们终究不是完美生物……从一开始，所谓完美犯罪就不可能实现。"

音叶惊讶地睁大双眼。"难道说，除了我们，还有别人察觉了你的行动？"

"是啊。过完白色情人节的第二天，就有个自称完美犯罪代理人的神秘人来威胁我了。"

我大吃一惊，反射性地摇头。"我没有威胁你！这四个月来，我一直昏迷不醒……"

透明的雾气发出轻笑。"我知道，你的肉体一直处于没有意识、无法交流的状态。尽管从事后看，成为幽灵的你借活人之手威胁我的可能性并不为零，但我想，那应该是真正的完美犯罪代理人所为。"

我和音叶同时脱口而出："是逆缟！"

"真正的代理人威胁我说，如果我不听话，他不光会揭发我的所作所为，还会把音叶杀害了三井夫妇的事抖搂出去。所以我……只能任其摆布。"

这四个月来，唐津被迫听从真代理人的命令，在处理搜查一课的案件时偷偷隐匿和伪造证据。

病房里回荡着唐津痛苦的倾诉："他要我动手脚的事件中，有一部分我也看不出究竟是事故还是案件。但是有一天我突然发现……几乎每起事件都暗含着'反转'要素。"

我紧锁眉头。"原来如此，你早就发现了真代理人和逆缟之间的关联。"

"所以我毫不犹豫地击毙了被捕的逆缟，这是唯一能保护音叶的方法。尽管是被胁迫的，但作为刑警，我确实犯下了许多不可饶恕的罪。现在他死了，我彻底终结了他的恶行，也到了该我偿命的时候了。"

唐津的轮廓越发模糊。

她长叹一声，道："啊……好像说了很多话呢，大概把一辈子的话都说完了。"

唐津伸出如雾般的手臂，轻轻环抱住蹲在床边的音叶——当然，灵体的手并不能真正碰触到她。

"对不起，音叶……不能继续陪你了。"

心电图突然一阵紊乱，监护仪发出刺耳的警报。在小姨虚幻的怀抱中，音叶爆发出撕心裂肺的哭喊："不要，不要丢下我走！而且，杀害我爸爸妈妈、陷害我的真凶还逍遥法外呢！我的复仇还没……"

唐津再也没了回应。

在夜班医护赶来之前,唐津的灵体已经如雾气般消融在虚空中。与此同时,心电图的波形变成了一条直线。

肉体与灵体同时迎来了死亡。

*

音叶飞奔出病房。

不顾医生和护士的阻拦,音叶拼命向医院中庭跑去。她强行打开从内侧锁上的门,踉跄着踏入夜色中。

我气喘吁吁地追赶她。成为幽灵以来,我头一次感受到如此强烈的疲惫。不知不觉间,我的灵体也已经变得和方才的唐津一样稀薄。

——再坚持一会儿,至少……要把新的真相完整地告诉音叶……

音叶在中庭的长椅上坐下,明明是炎热的盛夏,她却瑟瑟发抖。

"绝不原谅……"充满执念的低语从她的齿间漏出,"就算追到天涯海角,我也要向杀死我父母的真凶复仇……"

——果然,光有"另有真凶"这个答案还远远不够。

失去小姨的音叶不会放弃复仇,即便举世皆敌,即便明知会丧命,这个倔强的女孩也绝不会停下脚步。她就是这样的人。

但是以小学生之身追逐仇人,实在太过危险。这或许只是我的私心,但我依然希望音叶能拥有幸福,而不是在无望的复仇中白白断送性命。

比起音叶,我不过是个缺乏胆识与行动力的庸人。可她称我为师父，给了我全部的信任。所以我也想竭尽全力为她多做一些事，直到消散的时刻到来。

我们有太多止于半途的推理，可那些既无法将她从旧的真相中解放，也无助于斩断复仇的锁链。她现在需要的，是一个能精准锁定真凶、完美无缺的新真相。

——哪怕是虚假的真相也无所谓。

"我知道真凶是谁了。"

音叶猛地抬头，差点从长椅上跳起来。"真的？"

"听唐津描述完白色情人节当晚你家的情况，一切就都明朗了。"

音叶的泪水夺眶而出。她张开双臂，想给我一个拥抱。

"对不起，都怪我任性。我自顾自地提出委托，非要你当我的犯罪导师，把你绑在身边整整一星期。明明你一定还有其他想做的事，我却根本没考虑过这些。"

明知道她不可能真正碰到我，我还是下意识地从长椅边躲开了。音叶带着受伤的表情留在原地。

我摇摇头。"这些话，等一切结束后再说吧。"

"也是。我们已经超越了'最强'，现在是'完美搭档'啦，而且世界上没有黑羽解不开的谜！所以，道谢的话，就留到推理结束、分别的那一刻再说好了。"

望着她清澈的双眼，我下定决心开口道："其实还有一个人……从作案动机来看，很可能对你父母怀有强烈的杀意。而且，在案发时间段没有不在场证明。"

"是谁？"

音叶的眼睛微微颤动，大概正在脑中逐一回想最近一周接触过的人。

我轻轻笑了。"就是我。"

也不知是幸运还是不幸,关于白色情人节那一天,我只有一些零碎的记忆片段。换句话说,我不敢保证自己一定不是凶手。

——世界上再没人比我更适合在虚假的真相中扮演凶手了。

音叶瞬间泄了气,大概以为我在说笑话。

"一点都不好笑。"

"是吗?真凶假扮成海青给唐津打电话,是在晚上八点零五分左右。他知道唐津一定会立刻赶往三井家,为确保安全撤离,这通电话必定是在你父母死后才打的。这样一想,八点半才被穿刺的我,完全有作案时间。"

从楼顶坠落时,我身上还装着卡罗拉的车钥匙。从三井家到柳院大楼步行需要二十多分钟,如果开车,所需时间会更短。

音叶困惑地垂下眼。"这……确实有道理。"

"你的竖笛是常见的全黑设计,只在笛头和笛尾部分有一些白色,对吧?一旦拆掉这两部分,就只剩下黑色了。"

音叶夸张地叹一口气。"你想说爸爸紧紧握着笛身,是暗示下毒害他的人姓'黑羽'?这也太牵强附会了。"

——还不够,我必须继续建构更加缜密、令人无法反驳的推理。

"证据不只有这一条。唔……对了!之前跟你说过吧?海青双眼的眼皮均存在疑似过敏的炎症反应。"

"记得。"

"再想想你家书房里的物件。做模型的水口钳旁边放着丁腈手套;有专门装纸币的钱包和卡包,却没有零钱包。一开始我以为他只是习惯使用无现金支付,但仔细想想,还是很奇怪。刻意避免使用硬币、连用水口钳都要戴手套的海青,其实患有严重的金属过敏吧？所以才会定期去皮肤科诊所开药。"

"嗯，他对镍过敏，而且是比较罕见的速发型过敏，一碰就会起症状。"

——上钩了。

我故意皱眉道："那么他眼皮上的过敏反应，正是有人在上面放置过含镍金属的证明。"

音叶忽地脸色煞白。"难道是……冥钱？"

"正是如此。真凶为悼念被自己杀害的三井夫妇，在他们的眼皮上放置了硬币。"

当年，桂司前辈曾经在死掉的貉子头上放置两枚百元硬币，以示哀悼。连对动物都不忘供上冥钱，果然是前辈这样的怪人会有的举动。听说国外的一些地方有将硬币置于死者眼皮上悼念的风俗，桂司前辈似乎就是从这里学来的。

我继续说道："凶手放置冥钱时，海青恐怕仍处于濒死状态。他还要在身中剧毒的状态下挣扎五到十分钟，心脏才会彻底停跳。因此，他的眼皮上产生了轻微的过敏反应。"

中庭一片死寂。音叶颤抖着，却不发一言，仿佛只要她一张嘴，就会有可怕的东西跟着跑出来。

"这下你明白了吧？放眼整个日本，也没有会给尸体供奉冥钱的人了，除了我——这个模仿桂司前辈到病态程度的罪犯。"

我随口说着即兴编织的推理，心底却隐隐感到一阵不安。

——不，距离完成新的真相只差一步之遥，我不能在这里退缩。

音叶结结巴巴地开口："怎……怎么可能呢？你根本没有动机。"

我闭上双眼。"尽管失去了白色情人节那晚的大部分记忆，但我可以明确地告诉你，我有杀害三井夫妇的动机。"

"骗人！"

"刚才对唐津说出推理时，我假设了'真凶带来了毒巧克力'这一前提。但如果事实并非如此，有毒的那盒也是三井夫妇准备的、打算用来复仇的呢？海青极有可能准备了两盒甜心组合，一盒有毒，用来杀我，另一盒没毒，是送给你的礼物。"

"不可能！你又不会杀人！"

"你太高估我了。我虽然什么都模仿桂司前辈，归根结底却只是个胆小鬼。一旦自身性命受到威胁，我什么事都干得出。而且我也很喜欢以眼还眼，以牙还牙。认识你的第一天，我就告诉过你：如果有哪个恶棍想给我下毒，我会毫不犹豫地把毒药塞回他嘴里。你不会忘了吧？"

音叶看起来快要哭了。"可是……"

"那天晚上，我想必是识破了三井夫妇想要毒死我的心思，于是比约定时间提早许多，直接去了三井家。目的当然是先下手为强，用他们准备的毒巧克力反杀。"

——到目前为止，这番推理的逻辑极其通顺，完美到令人发冷。

从刚才起，我就有种飘浮在云端的感觉。思考能力正以可感知的速度缓缓消逝，绝望的虚脱感预示着我正一步步走向消亡。

音叶仍在拼命摇头。"可是爸爸妈妈的口腔和咽喉处根本没有强行吞咽的痕迹！"

我笑了。"方法有的是。比如我可以把他们绑起来，将巧克力塞进他们嘴里，威胁如果不乖乖吃掉，我就去二楼杀了他们的宝贝女儿。当然啦，我不知道你父母的口味偏好，所以难免犯下把酒心巧克力塞给海青这种低级错误。"

"不会的……"

"从决定杀掉三井夫妇的那一刻起,我就计划让他们的女儿顶罪。而当我看见客厅里摆放的照片,发现唐津是你家亲戚时,我就连她一起算计了进来——"

"不,你才不是这样的恶魔!"

"你凭什么如此断定?就在一星期前,你还举着斧子要杀我呢。你我素不相识,是你父母先做了叛徒,想要我的命,我把罪行推到你身上又有什么心理负担?"

仇恨的烈焰在音叶眼中翻涌,让我想起最初相遇的那一天。

——新的真相终于构建完成。

近在咫尺的音叶也开始变得模糊了。我几乎分不清是自己正在消失,还是整个世界都在慢慢崩塌。

混沌之中,我感到释然。总算在彻底消散之前说完了该说的话,从此音叶不必受困于旧的真相,而身为"音叶认定的真凶",我的毁灭能让她的仇恨失去目标,将她从复仇的锁链中解救出来。

尽管恨我吧。

如果这能带领她走向光明的人生,即便我永远被她视为仇敌,又算得了什么呢?

然而这份满足感转瞬即逝,胸口深处如炭火灼烧的不安越发强烈。

——不对劲。

最初,这只是我为了伪造真相而刻意编出的推理。可越是深究,我越感到每个细节都过于严丝合缝。尤其是冥钱引发过敏的环节,简直像真的一样。

——难道……真的是我干的？

　　并非没有可能。

　　即便没有恢复记忆，我也深知自己的本性。面对性命威胁，我向来以牙还牙。我确实胆小怕死，但正因如此，一旦被逼入绝境，我什么都干得出来。莫非那晚我真的头脑一热，犯下了弥天大罪？

　　我伸出双手捂住脸，虚无的地狱即将把我吞没。

　　难道我又做了和火灾时抛下家人、独自逃生一样的事？为了逃避杀害音叶父母的责任，我再次将自己的罪埋进记忆深处，从此不看、不想，心安理得地苟活了下来……

　　——白色情人节那晚，我究竟做了什么？

间奏　4

3月14日　19:15

从墓地返回间幌市区后，我径直驶向一栋独栋住宅。

等红灯期间，我戴上能完全套住头发的黑色针织帽。万一被采集到毛囊，拿去做了DNA鉴定就麻烦了。

到下一个路口，我脱掉皮鞋，换上基础款的廉价运动鞋。我的鞋码十分普通，即便留下脚印，也很难从这双鞋追溯到我身上。

发动汽车前，我瞥了眼仪表盘上的时间。

——晚上七点二十五分。刚好。

将车停在月结停车场后，我戴上手套，反复确认衣物上没有附着毛发或碎屑后下了车。事关重大，再怎么谨慎也不为过。

公文包里只装了两样东西：用于本次完美犯罪的防水贴纸，以及用来嫁祸罪行的两件证物。

这附近所有的监控摄像头我都烂熟于心。避开电子眼的监视和路人的注目，我如同化为"乌有"，在傍晚的住宅区潜行。

趁着街道空无一人的间隙，我翻过目标住宅的围墙，从后门进屋。

——太简单了。

最近确实手生了不少，但我仍对自己的开锁制钥技术充满信心，绝对不逊色于专业锁匠。而且这次我事先偷出了目标家的后门钥匙，用3D打印机做了一把备用的，所以更是轻而易举。

踏入走廊前，我在运动鞋外面穿上鞋套，这下就万无一失了。

——而那个卑劣至极的叛徒，应该已经到家了。

果然，那个男人正坐在客厅的沙发上，面前的圆桌上摊着一堆文件。他毫无防备地背对着我，似乎在想什么事情。

我故意清了清嗓子。

男人触电般转过头。"黑羽……先生？"

一双眼睛瞪得老大，脸似乎因惊吓而失去了血色。

——很正常的反应。

家中明明门窗紧闭，却突然冒出一名不速之客；何况他知道我就是完美犯罪代理人，也十分清楚我的底细，会吓成这样更是合理。

我的目光扫过圆桌，上面放着英语论文资料、钱包、各式单据，其中似乎混着一张"巧克力职人梅丽莎"的购物收据。他手边的盒子里，露出一支用PE袋封装的全新注射器。

罪无可恕的叛徒慌张地开口："你怎么会在这里？"

"来聊聊被你下了毒的甜心组合巧克力。"

我从公文包中取出密封袋，里面装着两颗巧克力，一颗水滴形，另一颗心形——都含有超过致死量的氰化钾。

被巧克力指着鼻尖的目标——大薮纲士，茫然地发出一个"哈？"的音节。

身为脑神经外科医生兼桂司前辈亲弟弟的纲士愣了一下，似乎没反应过来我掏出了什么东西。但仅仅过了五秒钟，他就突然露出惊恐的神情。"难道是！"

我扯开嘴角,露出笑容。"没错,这是一年前白色情人节当晚,你带去三井家的那盒甜心组合剩下的部分。纲土医生,你就是杀害三井海青和赫子夫妇的真凶吧?"

尾声

3月14日　19:50

纲士身后的翻页日历显示今天的日期：二〇二五年三月十四日（星期五）。

"快八点了。"

"所以呢？"

面对疑惑地皱起八字眉的纲士，我保持微笑道："真是令人感慨万千啊。一年前的这个时候，你潜入三井家，诱骗三井夫妇吃下了有毒的巧克力。"

短短三十分钟后，我就被逆缟从柳院大楼楼顶推了下去。

——那已经是整整一年前的事了。

坦白说，我至今无法相信时间竟流逝得如此之快，一不小心就会萌生仍身处二〇二四年白色情人节的错觉。但那终究不是现实。

正如海青留下的那张便条所写，去年的三月十四日是星期四，今天却是星期五，整座城市都沉浸在喜迎周末的欢乐氛围中。

眼下，我来到了大薮纲士家。

大薮家是本地名门，在市区拥有多处房产。其中这栋独栋住宅离医院最近，目前是纲士一个人住在这里。

纲士缓了缓神,说道:"黑羽先生,我们不妨先冷静下来如何?深呼吸,慢慢吐气,再吸气……对,就是这样。"

"呼……"

"你的状态似乎有些不稳定?没关系,明天我立刻安排CT和MRI检查。你也不必过度担心,只是为防万一,确认实验疗法是否有副作用。"

说着,纲士露出了"我和你一起解决问题"的慈爱微笑。

我叹了口气。"你用在我身上的那个实验疗法,确实是扭曲世间常理的'划时代'疗法。"

*

七个月前。

在音叶面前推理完"是我杀死了三井夫妇"的瞬间,我确实感到身为幽灵的自己消逝了。然而,那似乎又不是"死亡"。

恢复意识时,我再次躺回了ICU。

连一根手指都无法动弹的束缚感,呼吸困难的窒息感,从肩膀到侧腹的剧痛,所有感官都在旗帜鲜明地宣告:我的肉体活过来了!

——为什么会这样?

我张开嘴却发不出声音。远处有护士在呼唤我,连眨眼这种本能动作都仿佛要耗尽我全身的气力。眼睛痛得像有针在扎,泪水不住地往外流。一瞬间,我几乎怀疑变成幽灵的那七天不过是昏迷期间的一场梦。

但这是不可能的。

左肩和侧腹灼烧般的剧痛不会骗人。这是逆缟在病房挥刀砍出来的伤，也是我确实和音叶一同度过七天时光的铁证。

我不禁露出痛苦的神情。

——我不应该再活过来的。

*

我的主治医生发出一串轻快的笑声。

"扭曲世间常理的划时代疗法？呵呵，这个形容倒不算夸张。利用 SiVA 淋巴细胞的特性，在事故中几乎完全丧失功能的枕叶血管已完成再生置换，连发生功能退化的其他相关脑区也实现了同步再生，目前已经基本恢复正常了。"

这套说辞，在过去七个月里我已经听到反胃了。

去年八月四日，原以为已经失败的实验疗法突然起效，我奇迹般地苏醒过来。此后的五个月是令人吐血的复健地狱。出院后，我仍然日日饱受体力不支之苦，直到这个月才稍见起色。

真要说后遗症，倒是有一个，就是脑袋总撞到车窗上。

——但这看起来和受伤关系不大，应该算幽灵化的后遗症吧。"能随意穿透万物"的感官记忆过于深刻，七个月过去了，我还是会忘记活人必须避让物体这一基本常识。

医学的高度发展正在重新定义"死亡"。

生与死的界限究竟在哪里？濒临死亡的肉体能不能再次苏醒，恢复正常意识？这些问题的答案注定随着时代的变迁而发生变化。

我和音叶遇到的"第二个幽灵"都曾因及时接受了心肺复苏，在半生半死之间变成幽灵。

——这大概是医学发展催生出的一种漏洞。

我和音叶都曾坚信幽灵化无法逆转。事实上直到最近，它确实还是真理。如同"第二个幽灵"在一百六十八小时后最终消散一样，我原本也会走向同样的命运。

但是人类向来不愿轻易放弃。自从有了"死亡"概念的那天起，千百年来，无数人明知死之不可违，却仍然前仆后继地投身研究，尝试攻克"死亡"。

我笑了。

——医学的发展永无止境，像SiVA淋巴细胞这类新的疗法，难免会引发新的漏洞。

纲士也看似配合地露出微笑。"你特意来一趟，该不会只是想跟我探讨实验疗法吧？连登场方式都这么炸裂，我还以为遭强盗了。"

他不慌不忙，将面前的文件拢起来装回公文包，示意我坐到圆桌正对面的沙发上。

"我今天来，是以你大哥朋友的身份。"

纲士嗤笑出声。

"桂司大哥的朋友？你？哈哈，别说笑了，你只能算他的徒弟，或者说崇拜者。不过无所谓，看你这架势，今天一时半会儿也聊不完，要喝点什么吗？"

纲士从沙发起身，走向开放式厨房。我没多说什么，依言落了座。

"记得一起去居酒屋的时候，你专喝芋烧酎来着。可惜家里只有葡萄酒，白的可以吗？"

他用一种毫无危机感的声音问道。就连这副若无其事的松弛做派，都和他死去的兄长一模一样。

纲士从杯架上取下一对高脚红酒杯。杯身是透明的，从杯脚下半部到底座则是高雅的靛蓝色，晶莹剔透的杯子在灯光下反射着美丽的光芒。

回到客厅时，纲士的手中多了一瓶白葡萄酒。

——果然选了最贵的。

之所以瞥一眼酒标就能认出好坏，是因为我早就为今天的会面做足了准备——趁他外出之际，我曾经两次潜入他家踩点调查，对他收藏的美酒自然了如指掌。

"呼。"

纲士从容地坐回沙发，将酒杯放到圆桌上后，动作娴熟地打开了酒瓶的木塞。金色的液体均匀地注入两只酒杯，其中一杯被他轻轻推到我面前。

隔着圆桌和酒杯，我们面对面直视着彼此。

我轻轻吸了一口气，率先打破沉默。"纲士医生，你认为现实中存在多重解答吗？以为抓住了真相，可一旦剥开外壳，就发现里面还蛰伏着其他更有说服力的真相，一层套着一层，似乎永无止境。"

"这个嘛……"

"我直说吧，这种事怎么看都不可能自然发生，我应该早点发现其中的异常才对。除非有个目标极其明确、计划极其周密的幕后黑手同时操纵多个人的行为，否则绝对不可能自然形成如此奇特的局面。一年前的三井夫妇命案就是这样一起拥有'多重解答'的事件。纵观案件全貌，我意识到这绝对不是一两个人灵光一现、用几个小时就能完成的事情。我早该察觉到，其中必定有着更深的内情，以及一个暗中操纵全局的人。"

纲士交叠起纤细的手指。"原来如此，你怀疑我就是那个幕后黑手。"

"正是。"

"这么说来,你刚才还指控我亲手喂三井夫妇吃了毒巧克力……敢问证据何在?"

"海青对镍过敏,而且是罕见的速发型过敏,出现症状的速度非常快。"

纲士神情一动,好像听见了什么新鲜事物。"对镍过敏?"

"对。警方的尸检结果显示,海青的双眼眼皮均存在过敏炎症反应。所以我推测,毒杀夫妇俩的真凶,可能在濒死的海青的眼皮上放置过冥钱。"

纲士闻言笑出了声。"那不是更证明你才是真凶?按你的说法,真凶最后又把死者眼皮上的硬币带走了,说明这冥钱并不是用来嫁祸他人的。"

他说得一点没错。

若真要嫁祸于人,真凶应当更加直接地展示冥钱的存在,否则警方注意不到也是白搭。

纲士继续道:"放硬币前忘了调查过敏情况,这的确是个纰漏。但是,真凶之所以收回冥币,显然是担心这种特殊的悼念方式会暴露其身份。据我所知,只有桂司大哥会用这种古怪的方式悼念死者,而会模仿他行为的人……随便怎么想,恐怕也只有黑羽先生你了。"

我露出苦涩的笑。"是啊,我也曾经差点以为是自己毒死了他们。可是,我这个人骨子里就胆小,干不了杀人这种大事。所幸除我以外,世界上还有一个人会模仿桂司前辈的悼念行为——当然,就是一直仰慕着兄长的纲士医生你啊。"

纲士皱了皱眉。"真意外。你醒来后一直坚称'失去了坠楼当天的记忆',我始终觉得你在骗我,没想到是真的失忆了。"

"很遗憾,我确实失忆了。"

去年白色情人节那天的记忆至今仍是一片空白,或许到死都不会恢复了。

"按照刚才的推理,有嫌疑的确实只剩下你我二人。但你既然不记得当天晚上的经历,就不能排除你毒杀了三井夫妇的可能性。就像小时候放任母亲和妹妹葬身火海那样,你不过是再次封印了不想要的记忆,好让自己心安理得罢了。"

我不禁浑身一颤。

——我从来没对他提过火灾的事。

是桂司前辈生前告诉他的?还是他自己调查过那场火灾,察觉到我做了什么?无论是哪种,都说明纲士已经撕下"无辜者"的假面具,彻底不装了。

露出本性的纲士挂着充满恶意的笑,说道:"对了,三井夫妇的女儿……好像是叫音叶?她似乎也认定你是毒杀她父母的真凶,虽然我不知道她是怎么查到的。最近,她总泡在鲁宾咖啡店里监视你,对吧?"

我不由得闭上双眼。

——啊,音叶。

"穿刺人"奇迹般地苏醒了,这则新闻很快登上热门。而音叶……我刚一醒过来,她就得知了消息。

八月十日,我从ICU转回普通病房的那天下午,音叶来到我的病床前。

彼时她已寄居在本市的远房亲戚家。

另一方面,唐津故意开枪击毙逆缟,随后留下遗书自杀身亡的事也上了电视新闻，但并没有人怀疑这和她还在读小学的侄女有什么关系。

想到当时的情形，我不禁叹息一声。

——她到底是怎么从新监护人的眼皮子底下跑出来，独自来到久远综合医院的？

像我之前教她的那样，音叶完美避开了所有医护人员，神不知鬼不觉地溜进病房，站在了我面前。她的眼中带着深深的恨意——

和犹疑的星火。

聪慧如她，必定在怀疑我究竟是真凶，还是为了让她打消复仇念头，而在消散前故意编造了巨大的谎言。

事实上，她开口的第一句话问的就是这个。

——我却无法回答。

我当时已经察觉还有一个人有可能给死者的尸体供奉冥钱，当然就是大薮纲士。再结合我和音叶调查到的事实，以及唐津告知的当日情形来看，真相早已指向了纲士，而不是我。

但我没法对音叶吐露。

——无论我回答那是"谎言"还是"真话"，都会将音叶重新推回血腥的复仇之路。如果我的推理没错，确实是大薮纲士毒杀了三井夫妇，那我们的敌人可是非常危险的。

无论音叶的复仇之刃指向我还是纲士，结果都一样，无非看纲士的心情罢了。以纲士的作风，一旦认定音叶的行为妨碍到了他的计划，他就会毫不犹豫地除掉音叶。

音叶必死无疑，绝无逃脱的可能。

——她已经承受了太多苦难。此刻，无关桂司前辈的理念，我只是发自心底地期盼音叶能够获得自由。

她让成为幽灵的我再度想起"活着"的喜悦。她嬉皮笑脸地叫我"师父",但实际上,我从她身上学到的远比传授给她的要多。

她以亲身行动带给我希望,向我证明:人是可以改变的,即便是我这样只会模仿别人的人,也可以堂堂正正地做自己。

所以我决定再次背叛音叶。

这是个痛苦的抉择,可若想暂时让她远离复仇的旋涡,保护她的安全,这是唯一的方法。

于是我装出一副完全失去了记忆、和音叶只是初次见面的陌生人模样。以她强烈的正义感,面对坚称失忆的我,她必定会在信与不信之间摇摆不定,复仇计划自然也会搁浅。

……我知道,这样做太过残忍。

她再怎么恨我,我终究是陪她共同见证唐津最后时刻的同伴,是世界上唯一和她共享那七天奇妙经历的人。

听见我的回答,音叶放声大哭,冲出了病房。直到出院,我都没有再见过她。

我露出苦涩的笑容。

——可是我太了解她了,她从来不是个轻言放弃的人。

出院后,我重新经营起鲁宾咖啡店。掸去厚厚的灰尘,给店里彻底清扫消毒,将朋友转让的吧台和桌椅擦得锃亮。

重新开业的第一天傍晚,音叶作为第三位顾客现身。此后她几乎每天放学后都跑过来,坐在吧台旁一边写作业,一边拉着我聊天,然后离开,周而复始。

——说起来,今天音叶也来了。

她像往常一样点了杯苹果茶就赖着不走,最后被我以临时提早打烊为由,半强迫半哄骗地赶了出去。

我究竟……背叛了她多少次？

我什么都没告诉音叶。关店后，我孤身一人来到大薮纲士家，打算彻底了结这一切。

恢复意识的瞬间，我终于重新拥有了肉体。和什么都做不了的幽灵时期不同，如今的我自己一个人就能报仇，不必再将音叶拖入腥风血雨的险境。

其实我想早点解决这一切的。然而四个多月的昏迷令我变得虚弱，体力、肌肉都需要时间慢慢恢复。

老实说，直到现在我仍然没有回到最佳状态。但从那天到现在，已经过去整整一年，我必须在今天做个了断……

"你还是不打算爽快认罪吗？"

纲士好整以暇地跷着二郎腿，点头道："认罪又没好处啊。"

他此刻的神态竟与其兄如出一辙。恍惚间，我仿佛看到大学时代的桂司前辈从时光中走出，坐在我面前。

我垂下眼帘。

——渴望着取代桂司前辈的，从来不止我一个人。

我们两个像镜像一样面对面坐着。我抬起头来，重新审视着他。

"事先声明，接下来我要说的话里包含警方都不知道的情报，是基于唐津警部补临终时告知侄女的信息构建起来的推理。"

纲士一挑眉。"真意外，没想到你和音叶交换了这么多情报。看来那孩子跑去接近你，并不是出于单纯的怀疑？"

——事实完全不是他想的那样。

但是隐瞒幽灵时期的情报搜集成果，让他误判现状，对我来说反而是好事。

我再度开口:"锁定真凶的关键是——让三井夫妇吃下毒巧克力的手法。鉴于现场留有冥钱的痕迹,姑且将嫌犯锁定为你我二人,没意见吧?"

"没意见。"

"好。另外,根据唐津的证词,真凶篡改了海青通过竖笛留下的死前留言,并从三井家带走了那盒未被下毒的甜心组合。"

我详细说明了竖笛中卡着一颗水族箱造景石的事,并阐述了得出"当晚三井家存在两盒甜心组合巧克力"这一推断的原因——如果只存在音叶制作热饮时拆封的那盒,现场实际遗留的酒心巧克力数量就对不上了。

全是胡扯!

纲士大可以如此反驳。

距离三井夫妇遇害已逾一年,音叶拼命想要封存回忆的三井家老宅已拆除,再加上唯一亲眼见过案发现场的唐津也死了……换句话说,我压根没办法证明自己刚才所说的内容的真实性。

但纲士没有提出任何异议,脸上始终保持着玩味的表情。

——果然,他并不是真的想否认自己犯下的罪行。

纲士想必也很清楚,无论今晚结局如何,我都不可能对警方提一个字。我们之间的恩怨只能在阳光照不到的角落了结——这是彼此心照不宣的默契。

我继续说道:"正如方才所言,真凶特意亲自去了三井家,在受害者尚未彻底断气时奉上冥钱,事后又篡改了他的死前留言。本来毒杀具备'提前布局、远程作案'的优势,真凶却放弃优势,冒险去了现场。由此可以断定,真凶必定亲眼看到了三井夫妇吃下毒巧克力的瞬间。"

"或许吧。"

"谈谈仅有的两个嫌疑人吧。先说我。据我所知，三井夫妇和'黑羽乌由宇'素不相识，和我并无仇怨。"

"但对'完美犯罪代理人'就未必了吧。"

"那当然，在三井海青看来，'完美犯罪代理人'是杀害他挚友的仇人。不管怎么说，他们都不可能对我放松警惕。要让戒心很重的人当面服毒，最有效的手段莫过于把夫妻俩都捆起来，一人塞一颗毒巧克力，再用他们女儿的性命做要挟，他们就不得不乖乖咽下去了。"

纲士从喉咙里发出一声冷笑。"依我看，这就是真相。我听说一向喜爱威士忌酒心巧克力的赫子胃中并未检出酒精成分，反倒是平时不碰酒心款的海青胃中有酒精。这恰恰说明毒巧克力是你硬塞的，你不了解他们的喜好，才会塞错口味。"

我摇摇头，站起来。

"这是不可能的。不如眼见为实吧。"

我走到距离圆桌一米左右的陈列架前，招呼纲士过来。这里恰好也放着一盒甜心组合，也许是送情人节回礼时用剩下的。

我一边仔细监视纲士是否有可疑举动，一边用双手打开盒盖。六颗形态各异的巧克力出现在眼前，其中只有两颗使用了大红色的塑料包装纸。

"看到了吗？只有威士忌酒心巧克力有单独包装，其他都是裸着放的。"

"……确实。"

"真凶如果强行往被害人口中塞巧克力，为追求效率，他一定不会特意选择带包装的款式，再花时间拆开。更何况，酒心巧克力由于内部存在液体，比常规款式更容易开裂、漏液，就不适合用力塞来塞去的。"

说着，我率先一步走回沙发。

纲士以目光追随我的动作，叹了口气后说道："逻辑算是说得通。但是，如果不靠强行喂毒，真凶究竟是如何杀死三井夫妇的？"

"当然是他们自愿吃掉毒巧克力的。对你这位医生而言，可谓易如反掌。"

"愿闻其详。"

久远综合医院设有全县罕有的头痛专科门诊，我当年三叉神经痛发作的时候也没少去看过病。该科室主任正是身为脑神经外科医生的纲士。

"我记得赫子患有偏头痛和糖尿病，长期在久远综合医院就诊，对吧？而且，偏头痛的话……你应该做过她的主治医生。"

纲士大方地点头，道："我确实是她的主治医生，那又如何？"

"在医院，你深受医护人员和病人的爱戴，完全有机会以此扩大社交圈。你通过赫子结识了海青，哪怕一时半会儿成不了挚友，拉近距离总是没问题的。一旦你们的关系超过普通医患，进入熟人阶段，你便有了去三井家做客的合理借口，这不难做到。"

纲士笑出了声。"我跟他确实有一些私交，但算不上朋友。当然，和偶尔跟你在居酒屋喝两杯的程度相比，还是要亲密一些的。不过，难不成你觉得我会坐在人家的客厅里，直接掏出巧克力说'请用'？"

我紧盯着纲士。"实际上，你就是这么干的。"

"那天是白色情人节，赠送一盒看似未拆封的毒巧克力当礼物也算顺理成章。但据你刚才所说，三井家还有一盒被音叶拆了封的甜心组合，对吧？那他们收到新的礼盒后肯定会先放一边，不会马上打开,我没办法让他们当场吃掉。"

——虚伪的狡辩。

"你进入三井家后,夫妇俩为你沏了绿茶,从两个人胃里检出的绿茶成分正是来源于此。随后,你找机会在他们的茶里下了毒。"

"什么毒?"

"当然是氰化钾。"

纲士故作惊讶地瞪大眼睛。"呀,毒不是下在巧克力里了吗?"

"确实如此。你在茶和巧克力中都掺了氰化钾,各有用途。"

我低头看着摆放在圆桌两端的两只酒杯,杯中的白葡萄酒散发出一阵阵带着危险气息的甜香。

"混进绿茶中的氰化钾剂量非常小,即便喝完也远远达不到致死量,只会造成轻微的头痛和眩晕——当然,你早就仔细测算过了。一般人的化学知识有限,没办法精确到这个程度,但你是一名医生,完全能通过查阅毒理学文献收集资料,并借助专业器具,精准控制所需的剂量。"

前两次潜入纲士的住宅时,我已经在地下室里发现了简易的实验装置。从一旁的空笼子和饲养过小动物的痕迹来看,他多半利用动物做过相关活体实验。

纲士耸了耸肩。"用这种方法造成他们身体不适,然后呢?和骗他们吃毒巧克力之间有什么关系?"

"当出现轻微头痛和眩晕症状时,一般人会首先怀疑什么?"

"可能是单纯的睡眠不足、感冒或体位性低血压什么的,这个因人而异。当然,也可能是某些重大疾病的前兆。"

"对赫子而言,她首先怀疑的必然是糖尿病药的副作用。这类药物效果不太稳定,有时候反而会引发低血糖。"

当幽灵期间,我曾经在三井家书房见过放在一起的糖尿病药和汽水糖。

——万一出现低血糖的情况,汽水糖可以代替葡萄糖,用来迅速缓解症状。

纲士沉默不语。

我继续说道:"糖尿病患者即便控制住血糖,也比旁人更容易口渴。你早就预判到赫子会喝掉更多绿茶,毒性也会发作得更快。等她有了反应,你便以医生的身份说:'这是低血糖啊,吃点甜食就能缓解。'再顺势递上那盒掺了氰化钾的巧克力。"

人身体难受的时候,医生的建议就是救命的稻草。那晚赫子自然是毫无防备地接受了纲士的"好意"。

"我也是调查之后才知道,原来酒精会减慢血糖回升的速度。赫子作为糖尿病患者,想必是知道这一点的,所以才没碰平时爱吃的酒心巧克力,特意选择了无酒精的款式。"

纲士发出轻笑。"原来如此,这个方法确实能骗赫子吃掉毒巧克力。可是……又该如何让海青中招?"

"只需你再开金口,随便诱导两句就够了。既然赫子已经吃了一颗,海青自然不会太过抵触。又或者,海青接下来要和完美犯罪代理人见面,不免有些紧张,正想来点酒精壮壮胆。"

话是这么说,也不能真的跑去喝酒,一不小心喝醉了反而误事。就在这时,有人把威士忌酒心巧克力推到他眼前,恰好能满足他对"一点点酒精"的需求。即便平时不吃这个口味,此情此景之下,难得吃上一颗也顺理成章。

"又或者……"

纲士愉快地打断我的推论,说道:"海青的胃中也检出了绿茶成分吧？虽不及赫子严重，想必他也出现了轻微的氰化钾中毒症状。这时只需要有个医生在旁边说一句'吃点巧克力定定心神'，他便会乖乖就范。"

太卑劣了。

——终于连表面上的辩驳都懒得再说了吗？

我目不转睛地盯着纲士。"你这么说，是打算承认了吧？真凶只可能是医生，才能同时在绿茶和巧克力中下毒，并且通过语言诱导，让三井夫妇二人几乎同步吃下有毒的巧克力。"

"看来是这样。"

"身为医生的真凶熟知赫子的病史并加以利用，却不知道海青有镍过敏症，导致往尸体上放置冥钱时不慎暴露了痕迹。这一破绽恰恰证明凶手并不是我，而是久远综合医院的医生。"

"哦？"

"你滥用职权调阅赫子的病历，自然掌握了她的看诊和用药详情。但海青是在家附近的皮肤科诊所治疗过敏症的，你查不到相关记录。我没说错吧？"

一串掌声在客厅炸响。

"精彩，太精彩了！被看破至此，我再反驳下去也毫无意义了。"

我哼了一声。"说得动听。你从一开始就没打算否认。"

纲士轻轻笑了几声，摊开双手。

"黑羽先生，请教个问题。海青用竖笛做出的死前留言，你觉得是什么意思？我知道他想暗示凶手是我，所以特意把笛头、笛尾捡回来重新装好。可直到现在，我还是不知道自己猜得对不对，真的很不爽。唉，我倒是想找本人问问，都怪他死得太快，一不注意人就没了。"

他为什么突然换了一副态度，故意用直白又难听的话，对我发出如此露骨的提问？是想挑衅，还是……

我拼命压抑内心的风暴，努力不让声音因愤怒而颤抖。"我也不知道他的真意，但考虑到他生前是个谜题作家，或许可以有两种解读。其一，从竖笛的英文'recorder'入手①。海青死前将竖笛拆开，并且扔掉了笛头、笛尾，只将笛身紧紧攥在手中。这或许是在暗示'recorder'这个词也可以拆为三部分，即're-cord-er'。"

纲士的双眼灼灼放光。"果然是这样！这么看来，他真正的死前留言就是代表笛身的'cord'！"

"嗯，'cord'也有'纲'的意思②。按照这种解释，他的死前留言确实指向你，纲士医生。"

"单凭一个'cord'就指控我是真凶，感觉还是缺了点说服力。那，第二种解释呢？"

我紧紧皱起眉头。"说实话，我很怀疑毒发濒死的海青还有没有余力在留言中设置多重含义。不过，听到'recorder'这个词，除了竖笛，还会联想到'录音机'吧。而将'录音机'这个词拆分成三部分，就成了'ロ-クオン-キ'③。"

纲士突然放声大笑。"按这种解读，死前留言就又成了代表笛身的'クオン'？哈！居然暗藏着我们医院的名字④。'久远'和'纲'的双重暗示，原来如此，确实是精准指向我一个人的线索。"

---
①日语中，竖笛为"レコーダー"，这个词正是英语 recorder 的音译。
②英语中，"cord"的基本含义为"绳索"。日语中，"綱"的基本含义也为"绳索"。
③日语中，录音机可以用汉字写成"録音機"，读音为"ロクオンキ（ROKU ON KI）"。请注意这里主角并未对应汉字来拆分音节。
④"久远综合医院"的"久远（久遠）"读音为"くおん／クオン"。

然而，这类暗示型留言可以有各种解释，我也是在真凶自曝身份后，才能从既定的结论倒推出含义。反过来，如果仅凭这份死前留言，应该没人能找出真凶吧。

沉默短暂地笼罩了我们。

我将双手抵在圆桌上。"最初使用'完美犯罪代理人'这个名号的，究竟是谁？"

"是我。"纲士坦然作答，"你也知道的，桂司大哥一直坚信，必须有人站出来制裁法律无法审判的罪恶行为。我自幼耳濡目染，打心底里认同他的理念。这世上充斥着肮脏龌龊的行为，像霸凌、虐待、职权骚扰、性骚扰……可悲的是，现实中绝大部分暴行都被粉饰成了玩闹、教育或指导，最终不了了之。偶尔有东窗事发的，加害者看似受到了正义的制裁。可是更多时候，恶行本身被一笔带过，加害者依然稳坐原位，反倒是受害者不得不弃家舍业才能逃离侵害。甚至被逼到无路可逃，只能选择自杀。"

他的说辞与桂司前辈几乎一模一样。

此时此刻，无数类似的悲剧仍然在日本的诸多角落反复上演。正因为清醒地认识到了这一点，当初我才会追随桂司前辈的理念，和他共同行动。

——但是。

纲士长长地呼出一口气。

"很遗憾，我和大哥之间终究还是存在理念分歧。他这个人实在太天真了，天真到令我作呕，总是说什么'必须严格筛选真正需要帮助的委托人''人命重于一切'……总是在一些奇怪的地方浪漫得莫名其妙。"

我压着怒火追问："所以，你就是真正的完美犯罪代理人，也是杀害桂司前辈的真凶？"

"初三那年春天,我决定与大哥分道扬镳。当时他已经在大学搞起了那些恶作剧,我只需要沿袭他的体系,继续扩张下去即可。哈哈!看你这副难以置信的表情,是在想初中生怎么可能做到这些?很简单,自己做不了的事就外包啊。哪家企业、哪个人不这样?"

——这思路倒是和音叶不谋而合。

胸口涌起苦涩的滋味。

尽管最讨厌被人当小孩看,音叶还是早早认识到了自身年龄的局限性。所以她才雇用我这个幽灵,希望借助我的力量完成复仇。

纲士眯起双眼,脸上带着怀念的神情。"最开始,我胁迫了一个诈骗犯当棋子,花一年半榨干了他的技术,看他没有利用价值,我就把他杀了。不过血缘这东西真是奇妙,我做完美犯罪代理人的事本来没打算告诉大哥,谁知还不到三年,他就察觉到葛西和石龟的死与我有关。"

当时桂司前辈的煎熬模样我都看在眼里。

——他之所以废寝忘食地追查完美犯罪代理人,莫非是因为那时他已经怀疑到了亲弟弟头上?

"我其实不想杀他的。"说到这里,纲士的脸上头一次浮现出后悔的神情,"小学时我遭遇了霸凌,每天都浑身脏兮兮地回家,可是家里人都只会说'弱者活该被欺负',只有桂司大哥站在我这边,帮我对抗霸凌。大薮家的人差不多都烂完了,只有桂司大哥还拥有正常人的良知。"

我微微露出一丝笑容。"我倒觉得桂司前辈也算不上正常人,虽然确实善良。"

"要我说,正是这份善良害死了他。他根本不理解我所做的事，也不想理解。我一再试图让步，他却顽固地要报警。我没有办法，只能伪装成随机杀人把他解决掉了。"

"强行正当化自己的行为有意义吗？你不过是把亲哥哥的性命和自身安危摆到天平的两端，最终为了自保，选择杀掉骨肉至亲罢了。"

"完全正确。"纲士恢复了戏谑的笑容，"不过，你突然发起疯来，对我来说可真是意外之喜。我万万没想到，你竟然会打着我发明的'完美犯罪代理人'名号，跑去实现桂司大哥的理想！冒昧问一句，你该不会想说'这都是为了引蛇出洞，帮桂司大哥报仇'之类的扫兴话，来为自己开脱吧？"

"不会。"

"那就好。"

"最开始，我确实想过拿自己当诱饵，引出真正的代理人。但是，仅凭这一个理由，我不可能坚持十一年。终究是我醉心于和前辈共同开创的复仇代行事业，再也无法抽身了。"

纲士叹了口气。"事情变成这样，怪谁呢？我偶尔会想，把这种愉悦的游戏教给我们的桂司大哥才是一切的元凶吧。这就像毒品一样，一旦品尝过完美犯罪的滋味，拿过唾手可得的报酬后，便再也离不开了。"

我眯起眼睛。"是吗？可是自从我顶替了完美犯罪代理人的名号，你就销声匿迹，蛰伏了很久很久。"

"十二年前我刚好要忙着考大学，进入医学部后的六年时间也被课业占据，我实在是分身乏术啊。"

"所以你才想到利用'倒吊人'逆缚，继续犯罪？"

纲士惊讶地问："哎呀，这你都看穿了？"

七个月前，逆缚在我的病房被唐津等人当场逮捕。此前，他在音叶面前狂热地吹捧真正的完美犯罪代理人,那副模样至今仍历历在目。他不仅一口咬定我是假冒的,并且完全不掩饰对真货的崇拜,可见他和真正的代理人之间必定有着不为人知的紧密联系。

"四年前……不,应该快五年了吧?你帮助警方逮捕了逆缡,结果被他跑了。你知道吗?当时在山穷水尽中拉他一把的人就是我。"

"所以,汽车爆炸后那具掩人耳目的尸体……"

"当然是我弄来的。成功帮他脱身后,我暗地里又做了不少工作,安排他神不知鬼不觉地接受了整容手术。"

我尽可能心平气和地问:"为什么要做这种事?"

"当时我已经拿到了医师资格证,正打算重拾完美犯罪代理人这一旧业。可惜医生也不好做,考到资格证只是第一步,还有两年的高强度研修在等着我。我思来想去……桂司大哥的梦想被你继承了,'完美犯罪代理人'的名头也被你占了。既然如此,我总得做些你绝对做不了的事。"

"比如驯养连环杀人狂,让他做你的犯罪棋子?"

纲士露出愉快的微笑。"专业的事就该交给专家。杀人的勾当,让杀人狂来处理再合适不过。四年来,逆缡完美遵循我的指令,完成了每一起完美犯罪。啊,别误会,我指定的目标都是些法律无法制裁的恶徒,只不过个个都是隐匿罪恶的行家,警方甚至查不出他们有什么共同点。唯一美中不足的,就是那家伙总爱在现场留下隐秘的'反转'元素当成签名,实在令我头痛。"

坠楼瞬间的战栗蹿过后颈。

"果然,指使逆缡杀我的也是你?"

"怎么会呢!"纲士正色道,"你可是继承了我大哥遗志的人，我怎么会让人害你，我派他去的目的，恰恰是想保护你。"

"啊？"

"我给逆缟的指令是，在白色情人节晚上九点前找机会袭击你，给你弄个胫骨骨折什么的。谁知道他自作主张，把你从楼上推了下去。"

——逆缟为什么会这样？

疑问出口之前，我心中已经有了答案。

"五年前，我害他差点进了监狱。虽然侥幸逃脱，他却从此对我怀恨在心。所以，他是为了报仇雪恨才突然把我推了下去？还是说，单纯被眼前的'反转'激起了杀欲？"

纲士耸耸肩。

"我看是后者，都怪柳院大楼门口的那座宇宙犬铜像。逆缟对'反转'有着病态的执念，当他发现'乌由宇（ウ由宇）'倒过来是'宇宙'时，冲动就战胜了理智。"他话锋一转，"这起不幸的事故确实是我的过失。所以我尽心尽力地帮你安排治疗，甚至不惜动用一切人脉，为你申请了最新的实验疗法，以表弥补之意。"

这个伪善者的脸上写满歉意，看起来可太真诚了。

"这些话就不必再说了！你指使他打断我的腿，是因为知道我约三井夫妇夜里零点在空屋见面，想阻止我赴约？"

纲士诚恳地点头。

"那当然了。他们注定要死在我手上，不可能再赴你的约了。况且，你出现在空屋会很危险。虽然我并没指望唐津会把那两具尸体搬到空屋去啦，不过三井家的冰箱上，可明明白白地贴着要和你见面的便条呢。"

我愤怒地盯着纲士。"少装蒜了，那张便条分明是你故意留在那里的，就为了陷害唐津！"

"确实如此。"他竟爽快承认，"不过就算唐津没把尸体搬过去，你面临的危险也不会减少一分一毫。试想一下，你按照约定在凌晨零点跑去空屋，白等了半晌不说，万一事后警方发现你半夜三更出现在那种地方，你可就百口莫辩了，搞不好真的会背上杀害三井夫妇的嫌疑呢。"

"所以打断我一条腿还算便宜我了？"

纲士绽放出阳光的笑容。"怎么不算？简直太划算了。毕竟万一你被警察抓了，他们去你家随便一查，谁知道会不会顺藤摸瓜，再查出其他的犯罪证据呢？"

"闭嘴吧！我问你，为什么要对三井夫妇下手？"

"因为想要唐津警部补啊。"

这个答案的残忍程度令我浑身颤抖。

——是啊，眼前这家伙仅仅为了将杀人狂收为己用，就帮助即将落网的逆缟逃脱了法律制裁。

"你完美实现了大哥生前的理想，我和逆缟的合作也非常顺利。但若要长久经营这份'事业'，光有你们这些犯罪执行者还不够，必须再拖一个警方的人来才行。"

我的声音因愤怒而颤抖。"就……就为了这种理由，你不单杀害了三井夫妇，还企图让音叶背上莫须有的杀母之罪？"

纲士的表情阴沉下来，眼神中带着责备，仿佛在说"连你也不能理解吗"。

"唐津警部补完全有这个价值。她可是县警里首屈一指的名侦探，还有比她更好用的人选吗？只要把她拉拢过来，捏造证据、操控证词，全都不在话下。即便是有瑕疵的推理，只要出自唐津之口，整个伏木县警都会买账。很不可思议吧？从今往后，还有谁能阻止我的完美犯罪?"

——想要那孩子,来商量吧,好吧好吧……

纲士轻快地哼起童谣《花一匁》①的歌词。

"我主动接近三井夫妇,那天晚上特意拜访三井家,没错,一切都是为了得到唐津。"

"他们来找我委托工作,也是你设计的?"

"当然了。海青刚好在为工作上发现的一起贪污案烦恼不已,我拐弯抹角地聊了点完美犯罪代理人的传闻,他们就乖乖地找上你了。呵呵,海青和被我杀死的石龟确实关系不错,但他们夫妻俩并没有你想得那么聪明。一直到死,他们都不知道石龟的死和完美犯罪代理人有关。至于我杀他们的过程……和你推理的一样。"

我舔了舔干燥的嘴唇。

"你去三井家时,确实带着有毒的甜心组合吧?"

"我提前几天在他们家装了窃听器,所以知道海青预订了甜心组合,要求白色情人节当天送到;也知道音叶几乎每天都会做热巧。"

我眉头紧锁。"你既然能提前潜入三井家,大可以在他们家的其他东西里下毒,方法有的是,为什么非要冒那么大的风险,自己带着毒巧克力过去?"

纲士夸张地摆出一副震惊的神情。

"这怎么可以,音叶会有危险的!万一她误食了毒药该怎么办?就算把毒下在酒里,也不能保证不会被用来做菜。要让唐津入局,无论如何都必须让音叶扮演弑母的凶手。这么重要的棋

---

① 《花一匁》为日本传统童谣,配合类似丢手绢的集体游戏轮流唱词。一说这首歌的最初起源是古代穷人卖女儿的吆喝,"花"是年轻女子的隐语。

子，我可舍不得让她遇到一丁点儿危险。"

虽然早有预料，但听他亲口说出这番话来，还是感到作呕。

——就因为他的算计，音叶才……

就在我陷入沉默时，纲士继续说道："白色情人节当天，我借口有急事商谈，强行去了三井家做客。那两个老好人虽然疑惑，但还是同我一起喝了绿茶。于是，我趁机在他们的茶杯里下了极微量的氰化钾。"

作为医生，诱骗身体不适的夫妇二人吃下毒巧克力并不算难事。

"难点在于二人必须同时服毒。也不是没有办法，只要在他们打算吃的时候搭话，多少能起到一些干扰作用。总之，他们服下了足以致死的氰化钾，并且几乎同时毒发。"

"太残忍了。"

"三井夫妇不是什么坏人，我也很同情他们的。为表哀悼，我模仿大哥的习惯为他们供奉了冥钱……早知道不放了。然后，我暂时没收了他们俩的手机以防他们报警。见他们快死了，我便走出客厅去消除来客痕迹，还得想办法把赫子的死因伪装成喝了音叶做的热巧。就在这时，竟然被海青摆了一道。"

纲士回到客厅时，海青居然还没断气，身子都快滑到地面了，手中还紧紧攥着竖笛笛身。当然，原本放在眼皮上当冥钱的两枚百元硬币也滚到了地上。

"笛头、笛尾都被他扔到鱼缸里去了，石头多半就是那时卡进去的吧。我当然看得出他这是在设计死前留言呢。但我并不慌张，等他一死，手自然会松开。"

我冷笑道："没想到，发生了尸体痉挛。"

"确实出乎意料。好在一旦把笛头、笛尾装回去，反而能解读出'凶手是音叶'的意思，也不坏。做完这些事后，我用海青的手机给唐津打了个电话——当然，用软件变成了海青的声音。"

电话里，纲士一边暗示是音叶不小心毒死了她母亲，一边假装海青情绪崩溃，即将自杀。不出所料，电话那头的唐津方寸大乱。

"挂断电话后，你就消除了自己来过的痕迹，直接离开了？"

纲士干脆地点头。"按我原本的设想，唐津为了保护音叶，稍微对现场做点手脚也就够了。一身清白的'名侦探'犯下捏造证据的罪行，光这一点就足够把她拉下神坛。"

"稍微？！你编造'三井夫妇复仇失败后，一个意外身亡、另一个殉情自杀'的故事说给她听，不就是算计好了她会将罪行推给完美犯罪代理人，为此不惜伪造整个现场吗？"

"嗯，我不否认。所以嘛，为了不让你平白遭遇危险，我才派逆缟去打断你一条腿。不过我没想到唐津竟然会大费周章，又是设计脚印诡计，又是把尸体倒吊起来，这位警部补倒真是有点犯罪天赋。"

"是你把她逼成这样的！"

纲士仿佛从身体的最深处发出一声叹息。

"可惜啊……逆缟和唐津都不是完美的好帮手。自从把你推下楼后，逆缟就变得越来越不听话。唐津虽然受胁迫帮忙捏造证据，却像个定时炸弹一样，不知道什么时候就会反水。"

"所以逆缟在我的病房被捕时，你非但没有帮他，反而站在警方那边落井下石？"

"这有什么的？我从未完全信任过那个杀人狂，既没有暴露过容貌，也没有透露过身份。可怜他到死都不知道，真正的完美犯罪代理人就在他旁边，好惨啊。至于唐津，她怀疑逆缟就是胁迫自己的'完美犯罪代理人'；然而她也一样，到死都没能跨过通向真相的最后一步，不知道逆缟只是我的傀儡，天真地以为只要跟他同归于尽，就能结束这一切。"

纲士如连珠炮般说完长篇大论，终于将目光落回我身上。

"事到如今，还站在我这边的就只有你了。不过就算搞砸了也无妨，再物色新人便是。比如尚未放弃为父母报仇的音叶，我看她就很有干这一行的潜质。我喜欢那孩子的思维方式和行动力，稍加培养，或许她能成为我远大理想的完美接班人呢。"

听见音叶的名字，我感到浑身的血液瞬间凝结。"休想！我死也不会把音叶交给你，不准你再伤害她了！"

"咦？头一回见你为了桂司大哥以外的人激动成这样。呵呵，这么在乎音叶？"

我顺了顺呼吸，这才重新开口道："其实我今天过来，确实是有一件关于音叶的事想要拜托你。"

"哦？"

"我请求你放过音叶。只要你信守承诺，我发誓绝对不会干涉你，警方那边也绝对不会透露半个字。我可以今晚就离开间幌市，永远不再回来。"

"我还以为你是来杀我的呢。"

"我确实想过。无数次……我无数次想亲手杀了你。但终究还是下不了手。"

纲士的眼中浮起轻蔑的神色。"因为桂司大哥的教诲？"

"不，这是我自己的意志。"

"自己的意志？……嗯，原来你也和过去不一样了，真遗憾。"

纲士的神情缓和了些，随手端起自己面前的酒杯。

"为你的旅途干杯。"

"干杯。"

我也用右手端起酒杯。再抬起头时，只见纲士一动不动，将酒杯的杯口倾斜着贴在唇边，正用玩味的眼神打量着我。

我笑了笑，将靛蓝色的朴座换到左手，杯口贴在嘴边，摆出了一模一样的姿势。

四目相对，谁都没有下一步动作。

"你不喝吗？"不加掩饰的恶意微笑再次出现在纲士脸上。

我下定决心，将杯中酒含入口中。纲士立刻跟上了我的动作。最后，我们几乎同时将香醇的白葡萄酒全部饮下。

几秒钟的沉默。

"你以为自己赢了是吧？"

我不作声。

"你以为我没有发现？黑羽先生，你的演技真的很烂。你好几次偷偷潜入我家，还对这张桌子做了无聊的改造，我全都知道。"

纲士忽然用右手抓住桌面。

圆形玻璃桌悄无声息地转了起来。他说得没错，我确实在这张桌子上加装了旋转机关。它精准地转了一百八十度，纲士喝干的酒杯正好停在我面前，我喝干的那只则停在了纲士面前。

"刚才一起去陈列架那边查看甜心组合时，你刻意将双手保持在我的视线范围之内，然后用我看不见的右脚跟悄悄地转了桌吧？想让我喝下为你准备的那杯酒？"

冷汗顺着脊背滑下。

——他果然发现了。

一切正如纲士所料。

我一开始就知道,这个残忍毒杀三井夫妇的恶魔,怎么可能突然大发慈悲,放知晓他身份与本性的我活着离开?所以我索性将计就计,不考虑自己下毒,而是让纲士饮下他亲手为我调配的毒鸩。

正所谓以其人之道还治其人之身,也是音叶最想要的结果。

然而,我却听见纲士从喉咙中发出的嗤笑。

"你这个人的弱点就是有时候想得太多,却不敢行动。没想到你今天竟然真的来杀我了,实在是令我惊讶。可惜你太缺乏经验,终究破绽百出。从一开始,我就料到你打算对调这两杯酒。所以我特地在自己面前的酒杯里下了毒,当你转完桌子后,毒酒就会转到你面前了。"

我几乎压抑不住声音中的颤抖。"那如果……我没对调杯子呢?你打算怎么办?"

"哈哈,我怎么会犯这种低级错误?你当然对调了,我全都看得见。告诉你吧,我家里某些酒杯的底座上带有很小的秘密标记。比如我放在自己面前的毒酒杯,底座印有玫瑰图案,放在你面前的无毒酒杯……是……素面……啊……"

渐渐地,纲士的声音变得断断续续,终于再也说不出话来。

我再次将圆桌旋转一百八十度,让它回到原本的位置,然后悠闲地端起我用过的那只空杯,露出靛蓝色的杯底。

上面空无一物,没有任何图案。

我笑了。想到再也不必提防他的毒计,我笑得很猖狂。

"看来,我喝的这杯没有毒。"

纲士喉间咯咯作响,艰难地抬起他的酒杯。杯底的玫瑰图案赫然在目。

"怎……怎么会……"

"没想到吧？我知道，我斜过玻璃杯的时候，你亲眼看见我手上这只杯子的底部有玫瑰图案。只是你没发现，那其实是假的。"

说完，我扬了扬握在手中的东西。

——是防水贴纸。

为了今天，我特意准备了无痕防水贴，大小刚好和酒杯的底座相同。

接着，我从口袋中掏出整整一沓贴纸。

"不过纲士医生，你的手段也够阴毒的。第一次潜入时我就发现了，你家的每一款茶杯、酒杯，都混着一些带有特殊标记的。你在给别人下毒时，想必是靠这些标记识别毒杯的吧？抱歉，被我利用了。"

我准备了不同尺寸、不同标记的贴纸，无论纲士使用哪种杯子，我都能应对。当然，能遮住杯底原有标记的贴纸我也备上了。

纲士无力地从沙发上滑落。

"圆桌上的……旋转机关……只是……幌子？"

"手脚要动得适当显眼，才能让你自以为识破了我的计划，从而放松警惕。果然，我不过假装旋转了桌面，你就欣喜若狂地饮下了自己调配的毒酒。"

"浑……蛋……"

我从沙发上起身。

"你说得很对，我曾经胆小懦弱，优柔寡断。但人是会成长的。过去这一年我终于明白，空想毫无意义，踌躇只会令我失去珍视之人。"

同音叶一起度过的七天时光在我的脑海中闪回。

"我很清楚，任何选择都会有代价。可是，无论要背上多么沉重的罪孽，我都不会宽恕你。你夺走桂司前辈的性命与未来，卑鄙地毒杀音叶的双亲，践踏唐津的人生、将她逼上绝路，以及，对音叶造成了一生都无法治愈的伤害。我绝对不会放过你。"

纲士没有再回应，他的颈动脉已经永远地沉寂了。

我将带来的两颗巧克力放到圆桌上，这正是一年前纲士毒杀三井夫妇时用剩下的甜心组合。

——也是唐津以生命守护的唯一证物。

为了保护音叶，唐津毅然留下它们，一旦音叶惹上嫌疑，她就会凭此自首，将一切罪责揽到自己身上。一年后的今天，它们终将成为纲士杀害三井夫妇的铁证。

伪造的遗书就静静躺在一旁。

清理掉我喝过的酒杯后，我环视一圈，确认这里已经没有任何我来过的痕迹。

只需用备用钥匙锁上后门——

这座房子就成了密室。毒杯上只有纲士自己的指纹，他自愿饮下毒酒，选择了死亡。

又一起完美犯罪就此完成。

*

避开监控回到柳院大楼停车场时，已经过了晚上九点半。停好爱车卡罗拉，我轻轻舒了一口气。

——终于，一切都结束了。

在停车场，我脱下工作时穿的黑色连帽衫，换上日常便服。针织帽、廉价运动鞋和鞋套被我塞进了另一个袋子，今晚它们将彻底消失。

咚咚咚。

突然有人敲车窗。我下意识抬起头,吓得大叫出声。

车窗外站着唐津……不,是这半年来个头蹿高了些、长相越发酷似小姨的音叶。

记得她曾提过上的补习班就在附近。周五有补习课,被我提早赶出咖啡店后,她应该是去上课了,然后又回来晃悠到了现在。

隔着紧闭的车窗,我听不见她的声音。但看口型,她分明是在说:

——胆小鬼。

"别吓人啊!"我无奈地放下车窗。

音叶双手合十,做抱歉状。"救命呀,鲁宾的店长先生。"

"嗯?"

"我补习完想回家时,发现自行车爆胎了。"

我伸头一瞥,音叶的自行车就歪在一边,轮胎上有一道利刃划破的痕迹。

"那真是太不走运了。"

对话间带着刻意的生疏——自出院以来,我们两个总是这样,彼此假装幽灵时期的那几天不存在。

"偏偏今天钱包丢了,手机也没电了。能借我用一下电话吗?"

我不禁微微一笑。

——搞什么新型诈骗啊。

她当然是故意的。

从我一反常态地提早打烊,到今天这个案件发生一周年的特殊日子，她不可能毫无觉察。于是她自导自演地划破自行车轮胎，就为了等我回来。

——真是半点破绽也不留。

大薮纲士的自杀很快就会登上热门新闻，当然还有他曾经毒杀音叶双亲的真相。

所以我再也不必刻意隐瞒什么，坦然点头道："一切都结束了。"

刹那间，音叶惊讶地睁大双眼。随即，她露出一个会心的微笑。

"我一直相信会有这一天。谢谢你，黑羽。"

我开门下车，一边把公文包和袋子往外搬，一边说道："抱歉，这会儿没带能用的手机（只带了地下工作专用的手机）。要不先回咖啡店，用座机给你家打电话？"

"好呀（智能手机有定位什么的，确实麻烦）。"

不必多言，彼此都懂对方的意思。

我们并肩走向柳院大楼二楼。

推开鲁宾咖啡店的大门，音叶立刻用固定电话联络了家人。果不其然，因为晚归，被电话那头念叨了一番，本人却不以为意，嚷嚷着"四月开始我就是初中生了，不用担心啦"之类莫名其妙的辩白。

听着吵闹而温馨的对话，看着她眉眼舒展的笑容，我明白，电话那头的新家，已经是能让她安心快乐的新归宿了，新的家人也都对她很好。

"黑羽，家里人说十分钟之后过来接我。"

音叶轻车熟路地霸占了吧台座位，目光灼灼地看向我，浑身散发着"全给我老实交代"的气场。

——短短十分钟,哪里讲得完啊?

"明天再说吧。"

说着,我不慌不忙地为音叶泡起苹果茶来。

SHOUJYO NIWA MUKANAI KANZEN HANZAI
© Kie Hojo 2024
All rights reserved.
Original Japanese edition published by KODANSHA LTD.
Publication rights for Simplified Chinese character edition arranged with KODANSHA LTD.
through KODANSHA BEIJING CULTURE LTD. Beijing, China

本书由日本讲谈社正式授权，版权所有，未经书面同意，不得以任何方式做全面或局部翻印、仿制或转载。
Simplified Chinese edition copyright: 2025 New Star Press Co., Ltd.
All Rights Reserved.
著作版权合同登记号：01-2025-3631

图书在版编目（CIP）数据

限时七日的委托 /（日）方丈贵惠著；任虹雁译 .
北京：新星出版社，2025.8. -- ISBN 978-7-5133-6141-5
Ⅰ. I313.45
中国国家版本馆CIP数据核字第2025D21T60号

限时七日的委托

［日］方丈贵惠 著；任虹雁 译

责任编辑	赵笑笑	责任校对	刘 义
责任印制	李珊珊	封面插图	mocha
装帧设计	冷暖儿		

出 版 人　马汝军
出版发行　新星出版社
　　　　　（北京市西城区车公庄大街丙3号楼8001　100044）
网　　址　www.newstarpress.com
法律顾问　北京市岳成律师事务所
印　　刷　北京天恒嘉业印刷有限公司
开　　本　910mm×1230mm　1/32
印　　张　11.5
字　　数　233千字
版　　次　2025年8月第1版　2025年8月第1次印刷
书　　号　ISBN 978-7-5133-6141-5
定　　价　59.00元

版权专有，侵权必究。如有印装错误，请与出版社联系。
总机：010-88310888　传真：010-65270449　销售中心：010-88310811